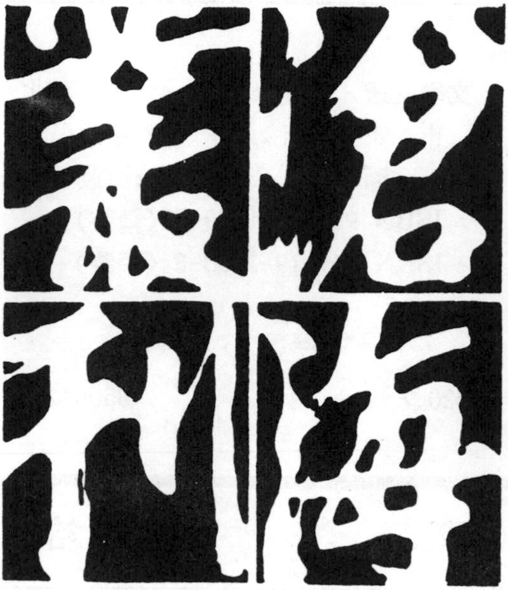

文學圖繪

周慶華 著

東大圖書公司 印行

國立中央圖書館出版品預行編目資料

文學圖繪／周慶華著.--初版.--臺北
市：東大發行：三民總經銷，民85
面；　　公分.--(滄海叢刊)
ISBN 957-19-1979-9 (精裝)
ISBN 957-19-1968-3 (平裝)

1.中國文學-論文，講詞等

820.7　　　　　　　　85001256

著作人　周慶華
發行人　劉仲文
著作財產權人　東大圖書股份有限公司
臺北市復興北路三八六號
發行所　東大圖書股份有限公司
地　址／臺北市復興北路三八六號
郵　撥／〇一〇七一七五——〇號
印刷所　東大圖書股份有限公司
總經銷　三民書局股份有限公司
門市部　復北店／臺北市復興北路三八六號
重南店／臺北市重慶南路一段六十一號
初　版　中華民國八十五年三月
編　號　E 81077①
基本定價　伍元肆角
行政院新聞局登記證局版臺業字第〇一九七號

ISBN 957-19-1979-9 (精裝)

（序一）文學學的活動是語意的化約

——周慶華教授《文學圖繪》代序

陳界華

文學學的活動是語意的化約。

「文學」這個詞，在創作上可以理解，在學術理論上，也是個合法可用的語詞。從創作上講，文學包含了人作爲創作者的人，這是說，人干與或者參與了自然的世界，所以，作爲人的創作品的文學，便是人詮釋自然的世界的形式與成品，而人與自然的世界的關係，便是一種包含與掌控的關係，這種包含或掌控的關係，在我們談論文學的時候，是文學的。

所以，我們說，作爲人的創作品的文學，指的是創作的成品，也指成品的形式。

在學術理論上講，「文學」就是「文學學」，是研究文學的科學。這種科學讓人左腳踩在「人—自然的世界」的關係上，右腳則與「文學—自然的世界」的關係相聯結，讓人永遠能夠、而且也必須站在文學的頭上講話，同時在人自己的背後謀求一個位置，以便能夠研究他的對象——文學；但是，人在這時候，卻也不得不研究他自己，描述他的對象，同時也檢察他自己的位置，而且只能用他自己聽得懂的語言。這就是文學研究，是批評的語言，加人的科學。

研究文學的人，在謀求發言的位置的時候，就是在創作文學上的人與自然的世界的關係，就是在創作人的科學的向度，在創作人的——研究者自己的——符號系統，好讓自己能得理解自然的世界，理解他的研究對象。所以，研究文學的人，會假設一種自以爲具有描述能力的語言，來描述、來包含或掌控他的對象，他會稱他自己的假設是一種策略，其實，他真正是在假設一個詮釋的社群，讓自己的情性有個駐所，讓自己的情性得以安身。研究者永遠是順著自己的情性走的，永遠是任性的，在這種屬於自己的情性上玩索的，衹有在這裡，他才覺得快樂，對自己底層的人的慾望，才有交代。我們說，研究者的論述是完密的，因爲他滿足於自己的情性，在那裡，他謀求了一個完全任性的位置，創作了一種語言；研究者把他的對象——文學——的世界給化約了，化約成他自己的語言，讓他的對象講他自己能懂的話。

這就是文學學的活動，是語意的化約。

詮釋、策略、完密論說——這些是類詞，它們的「情性」是一個樣的，這個樣就是周慶華教授的新作《文學圖繪》的樣，它們都表顯作者的情性的書寫，那就是：化約文學學的向度，讓文學的意義在創作上，以及在學術理論上，能夠允許研究者、書寫者或陳述者的語言的提示，去假設一種讀者群，並且限令他們依從「詮釋」、「策略」以及「完密論說」去理解文學，去理解人──自然的關係。

詮釋、策略、完密論說──這三個類詞，是不同的情性的時刻，是三個語言，它們都化約自同一個泛詞，這個泛詞就是理解。我的意思是說，「理解」這個描述文學研究的詞，經過語意的化約以後，就會有「詮釋」、「策略」、「完密論說」的稱謂，它們是三種研究者實際在用的語言，是研究者在自己的情性上玩索的結果，或者說，是研究者的情性在不同的時刻的顯示。

所以，從「理解」這個泛詞上講，周教授這部書，是一般的文學的著作，書中的〈晚清文體論的洞見與不見〉一文，就是討論「洞見與不見」的專題論文，而不是任何的西洋當代文論在研究「晚清文體論」上的「應用」，〈孔子項託相問書〉及相關文獻的考察，也可以脫離倫理的或道德的正負值的命令式，重新歸宿到「誤讀」或「影響焦慮」的理論／理解，更不必是敦煌寫卷的文獻的摘述，而《紅樓夢》的研究，則是「創作論」或「詮釋學」；其它論及〈文選序〉、沈約、孔子、巴特……的地方，自然不必因爲這些對象的籍貫，而發生國別的問題。這一點也爲我們研究「影響」的人，提供一個觀點、一個研究的向度：「影響」是一般性的，是學術理論的泛詞，它的含意是受文學的理解的符號系統所保證的。當我們把「巴特」拿來研究《浮生六記》，並且聲稱《浮生六記》是沈復的自傳的時候，我們實際上就在聲稱：《浮生六記》是沈復與巴特的自傳、是合傳。在這裡，「巴特」與「自傳」是互訓、互相詮釋的，「巴特」與「自傳」，都可以接受語意的化約，而獲得《浮生六記》、沈復……這些類詞——這些類詞，不論是書名，是人名，都是「文學的」稱謂，都共同構成文學的理解的符號系統。如果研究者從這裡出發——這是反向語意化約的活動——從沈復、《浮生六記》開始，迴過頭走向自傳、巴特……他就會遇到「影響」，好像「西洋的巴特的什麼」影響了「中國的《浮生六記》研究」，或者，沈復〔中國的？〕與巴特〔西洋的？〕，真的有什麼「事實」的連接。所以，當我們在證明——找到了「證據」來證明——臺灣的現代文論即是西洋文論的翻版的時候，我們也在「證明」：「臺灣」與「西洋」，都是文論的對象，是互訓的，兩者同屬於一個籍貫，同屬於「文論的對象」的籍貫。在這個意義上講，英文的「巴特」與中文的「巴特」是平行的，都是學術理論的泛詞，所以也是同義的，自然都可以入籍爲一般文學的「巴特研究」，而臺灣論述之爲一般文學的學術理論，自然可以包含「巴特研究」，同時不必排斥任何研究向度的西洋文論。

這種「包含」，是文學學的活動的形式，是人與自然的關係的辨認，是語意化約加反向語意化約的結果。

文學學的活動，是語意的化約。

略爲周慶華教授新作《文學圖繪》代序。

一九九五年冬寫於松山

（序二）在後現代情境中迂迴前進

孫中曾

後現代知識並非僅僅是權威手中的工具，它增強我們對於差異的敏感，並強化了我們對於不可共量性的寬容能力。

——弗朗索瓦・利奧塔德，《後現代狀態：導言》

對於後現代的論述，始終存著一個最基本的基調，就是差異（difference）的產生，差異是構成新事物的可能性基礎，形成在中心事物外的一種存在狀態，因此他者（Other）之所以有意義，是依存於差異與不可共量的新發現。事實上，後現代情境之所以產生，乃源自當代整個智識界的理論發展，當胡塞爾（Edmund Husserl, 1859～1938）在一九一三年發表《觀念——純粹現象學通論》時，就隱然將歷史承載的事物自身，隨著現象學還原的放入括號（Epoche），形成一種純粹描述的方法論，這導使西方對於事物的研究路徑，有一個新的轉向，從形上基礎，到語言，甚至到文本（text），表現爲外在可觀察事物的事物轉成一研究的對象，因此，當海德格（Martin Heidegger, 1889～1976）的《時間與存有》顯示出「道」（logos）在西方思維的詮釋系統之後，海德格的理論就不斷地透顯出人文學科所具有的異質特性，因此，「走向事情自身」（zu den Sachan Selbst）所形成的差異，則是當代所面臨的嚴重課題，難怪沙特（Jean-Paul Sartre, 1905～1980）延續此一路徑，更要取消現象與物自身二元分立的分裂，讓事物呈現事物自身，取消所謂的「物自身」，讓所有事物都按其自身的存在一般，將之顯露出來，所謂本質直觀（Wesenschauung），就是將現象直接顯露其自身。所有一切外顯於人之世界的，可被察覺的一切，文化、哲學、文學、藝術等一切人所創造出的表現，以「人」（或人體）爲中心的現象均成爲一種顯現，於是語言、文字、作品、文本，均成爲顯示自身的一種呈現。因此隨著結構主義、後結構主義對人自身的社會、心理、文化、權力、性、結構與歷史的顯現，以「中心」爲物自身的後設立場逐漸在理論的探索中失去其合法性的位置，取而代之的是去中心、去本質、去本體的，對現象本身的各種不同論述。

同樣，與胡塞爾同一源頭的另一支哲學理論系統，以弗列格（Gottlob Frege, 1848～1925）爲起點的邏輯及語言的分析，維也納學圈（the Vienna Circle）邏輯實證試圖爲現代科學中的數學、物理學建立起一種普遍性意義的科學、邏輯的哲學理論，但此一嘗試卻在多值邏輯、或然率（probability）與歸納證明（vindicution induction）的邏輯推理中所產生的不確定因素而受挫，嚴格而言，就是邏輯理論自身所導致科學理論與哲學語句間嚴格邏輯說明的理論系統的不完備，使科學理論與哲學間的確定關係產生模糊的中間狀態。維根斯坦（Ludwig Wittgenstein, 1889~1951）的遊戲比喻，更使語言的確定性意義呈現危機。這在理論的進展上，則導使語言朝向語言自身所具有的「異義性」，因此，就學術發展一般人更加堅定的認爲歧義的產生根本即源自語言的產生、傳播與使用。事實上，維根斯坦的遊戲理論所產生的震動，正如同戈德爾（Kurt Gödel, 1906~1978）提出的「不完備性證明」一樣，確定的某些信念與事物在當代中消逝了。當孔恩（Thomas Kuhn, 1922~）試圖解釋科學史上科學各種既存的理論與科學進步時，嘗試用語言哲學，蓋式塔心理學及革命理論來加以解釋時，其所謂的典範（paradigm）論點，在自然科學的「真理觀」上產生強大的殺傷力，他既以典範說明科學理論中所存有的人文學科性質，同時，也模糊了科學的「真理」的絕對性。所謂的不可共量性，誠如利奧塔德（Francois Lyotard 1924~）所言一般，幾乎是差異、他者的最佳注解。從歷史性的說明過程中，呈現理論系統的解釋模式、權力策略與違背真理觀的種種詮釋性言說。因此，在科學的進展過程中，費伊阿本（Paul Feyerabend, 1924~）的論點，對後現代主義論者而言，更具有說服力，他在《反對方法》的科學史的發展歷程中，以歷史顯現的各種真理來表明，科學之所以能夠產生或進步的環境基礎，在於「什麼都行」（Anything goes）的多元、異差所生的差異性中各自發展。而利奧塔德在其《後現代狀態》中指出，謬論（paralogy）的合法性，在當今科學的進展中，其「唯一的合法性，且能夠符合這類資格要求的是：它能產生各種觀念（ideas），換句話說，產生新的各種陳述（statements）」。其實，即便德希達（Jacques Derrida, 1930~）用極其晦澀的語言來論述其背反西方哲學傳統的系統，但其核心的作用，就是允許各種差異能由單一的系統中產生新的質素。因此，什麼是當代？當代就是一個走入後現代的狀態，愛因斯坦（Albrt Einstein, 1879~1955）提出相對論，海森堡（Werner Heisenberg, 1901~1976）所發現的測不準原理（Uncertainty Principle），以及最純粹的科學、數學，在戈德爾之後，科學走向的不確定狀態，更把當代的天空塗抹得如此的難以確定把握，而這正是當代的真實狀態，這和十八世紀康德（Immaauel Kant, 1724~1804）所說：「在我頭上者群星的天空，在我心中者道德的法則」（Der gestirnte Himmel über mir, das moralische Gesete im mir）的確定星辰與道德的律則，其天空竟是如許的差異。

面對當代，是慶華兄近年來始終自我面對的狀態，尤其在中西哲學、文學與文化的比較上，不斷地遊走在邊緣的位置上，在文學理論與文學史的基本概念上，尋找一種根本的基調，也就是如何尋找一種「差異」可能性的建立，而圍繞著差異的概念，則是以文本的反省爲核心，以文本的重新詮釋爲其最基本的方法論反省，也就是說，方法論的反省是差異形成的基本原則。事實上，這圍繞著當代對文本與文藝的整個反省。

如前所述，當代思維是對現象直接視爲一種本質的探究路徑，從中試圖尋求更深沈的詮釋說明。也就是哲學論述所指涉的是語言現象的差異，或者更直接的說，所形成的差異是以「人」爲本質而自然衍生的差異的存在。因此，美感經驗所指涉的是認識論，故而文藝（文學作品）所産生的意義，就轉成文字（語言）所形成的一套人對世界，人對自我，人對萬物的諸種認識。經由這個轉變，文學作品自此有一本質意義的轉向，就是有一後設性的新意義，因爲文藝提供出認識的一條途徑，所以後設的分析就變成一套哲學（或等同哲學）的探究分析，既是方法論，同時，也是哲學自身，所謂的哲學詮釋學的哲學意義是由此中而生的思維模式，文本轉變成現象的呈現。而對文本的後設性研究，是一套哲學體系的探究，同時，也是一套意識型態中的自我呈現，自我說明，要將自身的意識直接由文本中論述出來，「我思」變成對「何以要我思」的自我說明，自我論證，自我辯護；文本自此提供出「去作者」（或作者死亡）的文本，對文本的詮釋轉成新的作者。所以後設性分析，就是將自身的分析、運作、解釋等一切視域應該羅列的整體在文本之前自我剖析，自我思維。從現象學轉至詮釋學的說明系統，提供出「主體性」的位置，給予衆人的自我，差異性由這個「殊言殊器」的自我主體衍生，共感的本質意涵在第一序位的位置上淪亡，文本的詮釋轉成文本的再創作。慶華兄承繼著此一思維的核心觀點，詳細地找出中國傳統文論、文學理論、文學史的「不見」，這個盲點之所在就是找出「不斷以重構一固定不變的某種目的，或意圖」爲文學研究的目的，但文學前輩們卻徹底地遺忘了文學自身所自存的「變動不居」、變化性、差異性的本質，因而慶華兄是依此而重新反省文學理論、文學作品中自我呈現的意圖，希望從中爲文學提出一帖强化之劑，這在其〈晚清文體論的洞見與不見〉，〈從變易中尋找「變易」——中國古典小說研究的危機與轉機〉及〈論文體論〉中最可看出其對「差異性」提出的根本基調。但是，在面對解構思潮的文藝氛圍中，慶華兄更試圖走出一條「解構」之後的路向，首先，在論及文本的意義時，仍堅持其「傳達觀念」與「反映現實」的功能，而摒除解構主義以「語言遊戲」所導致文學的特殊面的消無之影響，既承認「差異」所產生的意義，同時，更以重建文學意義爲「差異」之所以必要的基礎。因此，在文學史的「重寫」與文體論、情性論的重新反省上，是重新賦與文學生機的必要性手段，同時，是策略，也是本質。此一思維的真諦除了顯示出一純正的後現代狀態，對差異的認知，對不可共量的寬容力之外，更顯示慶華兄與當代思維的緊密相連，其論述的趨向直指當代「後現代」的精神及其困境，既非完全的沿襲「解構主義」，並予以一種超克之路向，尤其若以中國文學的精神爲主軸，則更可直接地反映在比較的反省思維上。其實，慶華兄所面對的問題，共同是吾人於此一時代中所必須面對的思想挑戰，也是吾輩在面對當代西方主流思潮的挑戰中，如何吸收、迴應與挑戰的必由之路。無疑地，慶華兄顯然超先地走在這條路上。

我想，除了上述的理論描述外，我更想指出一個學術競爭的問題。西方學術的發展在近三百年來，意、法、德、英、美之間在科學、人文各領域上的競相爭鳴、發展，令人目不暇給，即使在此一世紀的學術發現上、或理論的更替取代上，每十年即生一變化，既有論爭又有體系，可說應了古人所謂：「江山代有才人出」的真實寫照，但是，西方是否一直如此？其實若反省到中世紀的西方，其理論也有進展，但似乎其發展的動力及活力皆與近代有別。反省此一問題，則更可凸顯中國學術理論的活力問題。事實上，在隋唐的詩詞發展，佛學系統的爭論，兩宋新儒家的論辯，明朝文論、陽明思辯、及清初到清中期間的理論變動曾有遜色？其動力與活力均未嘗稍停，從歷史規律而言，既是中國一統之局，由經濟發展而言，又是物庶豐盈的時代，中西方的停滯原因或有時、空、文化的差異，但頗值反省的是，學術內部的競爭往往源始於「異質」性的產生，既形成體系，又互爲溝通、論辯的基礎，這往往是學術發展的動力。這種現象，在科學史的發展中最爲明晰，但若從中國大陸美學思想發展的例子，六〇年代的美學「大論辯」，形成美學的跳躍性發展，就可看出學術團體進步發展的動力根源。由此反觀臺灣近三十年來的學術發展，實有頗多可議之處，既是學術派別林立，山頭互擁，但僅是人脈的牽連勾搭，唯唯諾諾者，既爲探囊之上策，有一顯質異的人才卻視爲下駟，黨派法界森嚴，但既無理論上的區別，又無體系的建立，兩造相遙相望，互論其短，但從不打學術意義上的論辯與溝通，尤有甚者，一方則固守殘缺，既不張目一視西方理論的發展，也視西方理論爲異端毒草；而另一方面則唯以西方是歸，既不精研中國思想文化的深刻之處，也不深究西方理論的歷史、哲學的基源所在，儘隨代代而異的層出理論而起舞，同時，凡有所批駁，則直接以原文原典指責對方的淺陋無知，但從不以理論體系爲批判的根據，甚至不能置一詞於理論論證。如此，既封閉了溝通的可能性，也喪失修正理論或建立新體系的可能性。殊不知，從人性中的共有基礎，從文本的鬆動、與詮釋性的視域、世界觀的理論來看，更值得反省的是理論間的互動，而不是始終環繞在原文、原本、原典的解說上，而以上的現象，在中文學界與外文學界的對立上更爲明顯。故而，如何捐棄山頭成見，形成溝通，似乎有更值深思的必要。

從學術的發展來看，慶華兄的研究趨向則更有學術進步的深刻意義，在中文學界，不斷的提出學術正統性中的「雜音」，試圖在「什麼都行」的後現代狀態中對中文學界及中文文學理論的「新」生命提出一條方向，同時，也不斷的尋找與西方學界的理論進行比較、反思。因此，也由此可以解消中西文學界上對立情況的可能性。而這是吾輩深深期望於學術界的最後「烏托邦」。最後，與慶華兄在人文講會上論道二年餘，會友共同論述指向當代的諸種議題，中西互論，學思並參，會友間熱烈而不留情面的理論爭辯，使諸友在各領域學問的開拓上均有長足進步，而猶有幸焉，慶華兄囑序於余，我也僅能略言一己心得。只不過在情感上，我想多寫一點自己的感想，在近代的中國，動蕩戰亂，陳寅恪欲求「與兄弟戚友保聚一地，相與從容講文論學於乾憾坤岌之際」而不可得，吾人何幸能與專精深思的師友會聚一堂，共探學術精微，互相砥礪精進，此誠人生至樂。由此一環境，如何更進一層，進中國學術發展於天壤之間，或許是本序更「意在言外」的所指。

序於屏東永達工商專校希野堂小室，時值重新披閱《柳如是別集》

文學圖繪　目次

■附錄

再現／改寫／添補？

——文學的詮釋問題

一

宋妲（Susan Sontag）於一九六四年發表〈反詮釋〉一文，對於長期以來的文學批評及詮釋將形式和內容截然二分的作法頗不以爲然。她指出西方從柏拉圖以來所服膺的文學理論是「摹擬論」，認定文學是在摹擬現實事物或摹擬某個造物者的原始理式；而文學作品的理解，自然就偏重於對內容的詮釋。問題是任何詮釋都是片面的，它只就內容的部分點滴加以整理而成，並未照顧到作品的全貌；更何況任何內容都無法脫離形式而存在呢！因此，宋妲認爲最好的批評乃將是對於內容的考量溶入形式的考量中一併處理，而我們所要做的是去感覺作品的全面性，而不是訴諸五花八門的詮釋訣竅去找出作品的「意思」[1]。姑且不論宋妲的看法是否正如她所想像的那麼「理所當然」，只就她反「詮釋」一點來說，就有很多問題要被「激喚」出來。

首先，「詮釋」到底是什麼？而它是否只針對作品的內容而不針對作品的形式？還有倘若內容和形式不可截然二分，那詮釋者所作的詮釋，我們是否能說它只顧及「內容」而沒有顧及「形式」？其次，即使解決了上述的問題，我們也可以再問：詮釋是否必要？它跟原作究竟有什麼關係？而它的目的又是什麼？同時有關詮釋的結果，詮釋者（自己）和旁觀者又該如何看待它？再次，如果詮釋確屬必要，那它的具體對象又包括那些？實際的（詮釋）過程又是怎麼一回事？這些問題彼此「牽連」、「糾葛」而「繁瑣」，恐怕不是宋妲本人或其他也在從事詮釋工作的人所能「體會」。而在這裡也無暇或不需對宋妲或其他人多所「苛責」，只因爲我們終究不可避免要面對文學、談論文學，而「詮釋」正是當中一個重要的課題，先在開頭點出它的複雜性，好讓底下的論述有所「依循」（也讓讀者有個「接受」的心理準備）。

至於如何確定「詮釋」是一個重要的課題，這先不必借助「詮釋」一詞在古希臘的用法中包含「說話」、「說明」和「翻譯」等基本意義指向❷而聯想到文學創作和文學批評都離不開詮釋

---

❶ 見蔡源煌，《當代文化理論與實踐》（臺北，雅典，一九九一年十一月），頁一三二～一三四引述。

❷ 詮釋（interpretation）一詞，曾被用來翻譯古希臘動詞"hermeneuein"和名詞"hermeneia"。而以動詞形式"hermeneuein"爲例，就有三種涵義：一是用語詞大聲表達，就是「說話」；二是說明，譬如說明一種境況；三是翻譯，譬如翻譯外國語。參見帕瑪（Richard E. Palmer），《詮釋學》（嚴平譯，臺

情境（說話或說明或翻譯），也不必借助哲學詮釋學所說的詮釋是人存在的一種方式[3]而推及文學詮釋不免也要佔有「一席之地」，只從「詮釋」近來普遍被認爲是文學批評的主要成分之一[4]這個「事實」來看，大略就能加以判別和肯認。換句話說，只要涉及文學批評這件事，我們就不好輕忽「詮釋」問題的比重而得考慮優先給予解決。

二

當我們確立「詮釋」在文學批評[5]中所佔的重要地位後，立刻要面臨上面所提及的「詮釋是

北，桂冠，一九九二年五月），頁一五。

[3] 參見霍伊（David C. Hoy），《批評的循環》（陳玉蓉譯，臺北，南方，一九八八年八月），頁七五～一〇九。

[4] 文學批評的成分，不外有描述（或記述）、詮釋（或說明或解釋）和評價，而詮釋和評價的重要性又大於描述。參見劉若愚，《中國文學理論》（杜國清譯，臺北，聯經，一九八一年九月），頁二；杜夫潤（Mikel Dufrenne），〈文學批評與現象學〉，收於鄭樹森編，《現象學與文學批評》（臺北，東大，一九八四年七月），頁六一；亞德烈（Virgil C. Aldrich），《藝術哲學》（周浩中譯，臺北，水牛，一九八七年二月），頁七一、一五三～一九九。

[5] 本文所說的「文學批評」，相當於韋勒克（René Wellek）、華倫（Austin Warren）《文學理論》一

什麼」、「詮釋是否必要」、「詮釋的對象有那些」和「詮釋如何進行」等問題。而似乎只有解決這些問題，「詮釋」的重要地位才具有較爲「可靠」的認知意義；不然徒有「詮釋」不可忽視或得優先考量等一些朦朧的概念，仍無濟於實際從事文學批評或研究文學批評。此外，我們想要知道是否還有某些「隱而不顯」或「未竟其意」的（次要）課題，也得透過對這些問題的有效掌握才能決定。本文所要致力的，就是嘗試來提供一些可能的答案，以及發掘有待進一步思考的課題。倘若結果還算可信，那往後從事文學批評或研究文學批評的人，多少都不能忽略有這麼一個可相互「勘驗」的對象的存在（姑且說這是本文寫作的目的所在）。

現在就試著爲上述那些問題作些疏解。首先，「詮釋是什麼」這個問題所以能夠成立，主要是「詮釋」的本質（或詮釋本身的意義）至今仍有爭議，而我們還要使用該概念，勢必得有一番「追究」的工夫。如果從現有的文獻來考察，大略會發現在當代哲學詮釋學興起以前，「詮釋」是統指一種在陳述、推斷和轉換事物（或作品）時的智力的基本操作❻或人文科學的一般方法

書所指的「文學批評」（研究具體的文學藝術作品）或劉若愚《中國文學理論》一書所指的文學批評中的「實際批評」。見韋勒克、華倫，《文學理論》（梁伯傑譯，臺北，水牛，一九八七年六月），頁四五；劉若愚，《中國文學理論》，頁一～二。

❻ 在中國古籍中，「詮釋」（單用詮）多指解說事理，如《淮南子·詮言訓》注說：「詮，就也，就萬物之指以言其徵，事之所謂，道之所依也。」《說文解字》說：「詮，具也。」（段注：「然則許意謂詮解。」桂注：「謂具說事理。」）而在古希臘語中，「詮釋」（指動詞形式"hermeneuein"）一詞有「說

❼，具有認識論上或方法論上的意義。這點在當代遭到海德格（Martin Heidegger）和伽達瑪（Hangs-Geog Gadamer）等人所倡導哲學詮釋學的強力挑戰：先是海德格從胡塞爾（Edmund Husserl）的現象學得到啓示，認定存有者（存在者）的存有（存在）是人思維的重點，而詮釋就是揭示或彰顯存有的形式；後是伽達瑪在海德格本體論的基礎上，強調詮釋的普遍性（同時適用於人文科學、社會科學和自然科學），並認爲存有是通過語言來體現的，而詮釋就是揭發這種存有的手段。海德格和伽達瑪等人就以這點爲根據，一方面批判傳統的詮釋理論所認爲詮釋是一個心理學重新構造的過程（詮釋的對象是從過去傳到現在的作品的原意，也就是作者當初創作時的意向），一方面越過認識論或方法論層次重新賦予詮釋一個本體論上的意義（詮釋是人存

話」、「說明」和「翻譯」等涵義（見注❷）。彼此雖有廣狹的差別，但都不離基本的詮釋學境況，也就是「詮釋」等於主體陳述、推斷和轉換事物或作品時的智力運作。

❼ 不論是古希臘人的解說衆神的信息和荷馬（Homer）等詩人的作品及中古時期人的注釋《聖經》和其他著作（特指所存古典文獻），或是近代施萊爾馬赫（Friedrich Daniel Ernst Schleiermacher）的系統闡述詮釋作爲把握各種作品（不限於《聖經》和古典文獻）的普遍方法和率先爲詮釋本身的可能性和局限性作出說明及狄爾泰（Wilhem Christian Ludwig Dilthey）的從認識論上來證明詮釋作爲人文科學特殊的方法（解釋一切精神活動的內在意義）和把它放在自然科學的實證方法（解釋一切物質現象的因果關係）同一地位上，「詮釋」都被人當作一種人文科學的方法在實際運用或討論著。參見張汝倫，《意義的探究——當代西方釋義學》（臺北，谷風，一九八八年五月），頁一～八四。

在的方式，而不是人文科學的一般方法）❽。以上兩種對「詮釋」的看法，表面上相互對立（不可共量），實際上只是彼此所預設的詮釋對象不同（一個是語言所體現的存有，一個是文本所隱含的原意）而已。因此，我們不妨跳出因前兩種詮釋理論互相對峙所顯現的「詮釋對象」和「詮釋過程」混淆不清的局面❾，而暫定「詮釋」爲「爲瞭解或獲得某一對象的過程或方法」，排除既有或將有的別的意義。

其次，光知道「詮釋」是什麼還不夠，這連帶的另一個「詮釋是否必要」問題也得解決。當初宋妲所以「反詮釋」，基本上是不滿於一般人「一味只針對內容作詮釋」，而不是「不要詮釋」。她表示：過度強調內容，自然會造就無窮盡的詮釋，而永無寧日；反過來看，這種習性讓人以爲在探討作品的時候只是爲了要詮釋內容，甚至產生一種錯覺，認爲內容是獨立自主的存

❽ 參見注❷所引帕瑪書，頁一四一～二五六；注❼所引張汝倫書，頁八五～一六一。

❾ 哲學詮釋學另一個代表人物呂格爾（Paul Ricoeur），曾企圖結合兩種詮釋理論（把認識論上和方法論上意義的詮釋，嫁接在本體論上意義的詮釋上，從而藉由語言表面意義的解析，以達到對語言深層意蘊（存有）的把握），使詮釋學眞正能作爲哲學本身，而爲西方哲學提供一個新的方向（參見注❼所引張汝倫書，頁一六二～一九五）。呂格爾的作法，頗爲一般論者所稱道。但從本文的分辨來看，呂格爾似乎也還不知道兩種詮釋理論的差別不在彼此所預設的「詮釋過程」，而在彼此所預設的「詮釋對象」，以至他所從事的綰合兩種詮釋理論的工作成效就很有限（不過，他無意中揭露了「詮釋」有不同的進程或層次，倒是值得大家注意）。

在。這樣說來，宋妲的「反詮釋」並不徹底，她最後所暗示的無非是要大家轉移詮釋的對象（由詮釋作品的內容改爲詮釋作品的整體），而使得詮釋本身又「借屍還魂」過來。但我們也該知道確實有「不要詮釋」這種情況的存在，如（這裡所說的詮釋只限於關聯文學）不思考文學、不討論文學的人就不必用到詮釋。因此，「詮釋是否必要」這個問題，勢必得放在人思考文學、討論文學的情境中來談，才能構成本文「有用」的一個成分。那麼從事文學批評是否可以不要「詮釋」？倘若不要「詮釋」，我們所能作的只有「描述」和「評價」。但「描述」和「評價」所以可能，是因爲我們對作品的部分或整體已經有所瞭解（掌握），而就憑這一對作品的「瞭解」（未必會在「描述」或「評價」的過程中明白表示出來），我們自然聲稱不了「我可以不要詮釋」了。連「描述」和「評價」都無法斬斷跟「詮釋」的關係，何況是「詮釋」單獨在文學批評中運作？可見「詮釋是否必要」這個問題，我們應該給予肯定的答案。

再次，解決了「詮釋是什麼」和「詮釋是否必要」兩個根本性的問題後，剩下來就是「詮釋的對象有那些」和「詮釋如何進行」等一些實際層面的問題。其中「詮釋的對象有那些」這個問題特別複雜：如果只從詮釋學的角度來看，文學詮釋的對象當然就限於作品的「意義」（相當一般人所說的「內容」）。理由是詮釋學所說的「詮釋」，主要是相應著爲使作品[10]所蘊涵的「意

---

[10] 本文所說的「作品」，沒有特別意涵的限定。它可以是巴特（Roland Barthes）所區分過的專指有別於讀者的「文本」（text）的作者的「作品」（work），也可以是艾塞（Wolfgang Iser）所區分過的專指

義」明朗化而設想出來的。而所謂「意義」，不外是指作品語言由於結構（組織）而有的內在關係和指涉在外的事項、作品語言所隱含的世界觀或人類的存在處境，以及作品語言所隱含的未自覺的個人慾望和信念或社會的價值觀和社會關係等等⓫。這樣有關文學的詮釋，也就跟非文學的詮釋沒有兩樣了⓬。換句話說，非文學的詮釋以非文學作品所蘊涵的「意義」爲對象，而文學的詮釋也以文學作品所蘊涵的「意義」爲對象，彼此沒有（對象）本質上的不同。但如果從語言學或記號學（符號學）或美學的角度來看，文學詮釋的對象就跟作品的「意義」無關，而跟作品的「形式」或「組構方式」有關了。依照作品所呈現的面貌，語言學提供了我們一些認知的概念，如韻律（包括音韻、節奏和格律等）、意象、隱喻、象徵……等等⓭；記號學提供了我們有關文學作品的表達過程及其所依賴的原理原則等理論架構⓮；而美學更提供了我們涉及形式（結構）

有別於作者的「文本」（text）的讀者的「作品」（work）。以上兩種作品觀，參見簡政珍，〈當代詩的當代性省思〉，刊於《中外文學》，第二三卷第三期，一九九四年八月，頁一四、三〇引述。

⓫ 參見沈清松，《解釋、理解、批判——詮釋學方法的原理及其應用》，收於臺大哲學系主編，《當代西方哲學與方法論》（臺北，東大，一九八八年三月），頁二一～四〇。

⓬ 這也難怪會有像伊格頓（Terry Eagleton）那樣極力反對常人所假定文學批評或文學理論具有獨特的本質（見伊格頓，《當代文學理論導論》（聶振雄等譯，香港，旭日，一九八七年十月），頁一八七～一八九）。因爲從「意義」層面來看，的確很難找出「文學」和「非文學」的差異點。

⓭ 參見注❺所引韋勒克、華倫書，頁二三七～三二八；王夢鷗，《文學概論》（臺北，藝文，一九七六年五月），頁六五～一五八。

特徵方面的許多美感經驗⑮。這類關係作品的「形式」或「組構方式」，在我們理解或掌握的過程中，未嘗跟前一種情況有明顯的差別（彼此都是在作「詮釋」），但所得卻常被引來作爲區分「文學」和「非文學」的依據。因此，我們不宜因論者不定會聲明自己在詮釋作品的「形式」或「組構方式」（不聲明的原因，可能是爲了怕被人誤會自己在作「意義」的詮釋），就把這類對象摒除在文學的詮釋範圍以外。

至於另一個「詮釋如何進行」問題，原來的文學批評領域並沒有留下什麼具體的說法，只得再向詮釋學領域尋求「奧援」。大約在中古時期，詮釋《聖經》的神學家就曾察覺到：《聖經》中的任何詞語、段落、章節，必須在瞭解整體《聖經》的基礎上，才能得到恰切的瞭解；而在瞭解《聖經》的整體含意之前，又必須從一個個詞語、段落、章節開始。這就是後來常被人提及的整體和部分的所謂「詮釋循環」的先聲⑯。到了近代，狄爾泰又發現詮釋活動跟詮釋者所擁有的

---

⑭ 參見高辛勇，《形名學與敍事理論——結構主義的小說分析法》（臺北，聯經，一九八七年十一月）及古添洪，《記號詩學》（臺北，東大，一九八四年七月）等書。

⑮ 參見姚一葦，《美的範疇論》（臺北，開明，一九八五年三月）及門羅（Thomas Munro），《走向科學的美學》（安宗昇譯，臺北，五洲，一九八七年五月）等書。

⑯ 雖然神學家們早就觸及到這個問題，但狄爾泰認爲是施萊爾馬赫率先使用「詮釋循環」一詞來表述；而當代學者韋勒克考證是康德（Immanue Kant）首先使用「詮釋循環」一詞。參見殷鼎，《理解的命運》（臺北，東大，一九九〇年一月），頁三四。

知識和經驗有密切的關係，於是詮釋循環就包括相互依賴的三種關係：單個詞語和作品整體；作品本身和作者心理狀態；作品和它所屬的種類和類型。而在每一種情況中，問題都是怎樣將已知和已經驗的部分（個別詞語或作品本身）跟更大的首先是未知和絕不能全知的背景關係聯繫起來。正是這更大的背景關係給予已知的東西以意義⓱。以上所講的詮釋循環，是指作品詮釋時所遇到的現象。這在當代海德格那裡，轉變成存有的本體論特徵之一。他以「前有」、「前見」和「前設」三個概念，來說明作爲存有和認識根本條件的詮釋循環⓲。而詮釋所以可能，就是緣於由前有、前見和前設一起構成的前結構（而事物的作爲結構，就出自詮釋的前結構）。稍後伽達瑪以詮釋的歷史性和前判斷（成見），將海德格的詮釋的前結構思想加以發揮和具體化，有意爲詮釋循環的本體論意義作一明確的肯定⓳。傳統詮釋學和哲學詮釋學所說的都有道理，而且根據

⓱ 參見注❼所引張汝倫書，頁三七。

⓲ 所謂「前有」，是指人絕不會生活在眞空中，在他有自我意識或反省意識之前，他已置身於他的世界，因此，他不是從虛無開始瞭解和詮釋的，他的文化背景、傳統觀念、風俗習慣，他那個時代的知識水準、精神和思想狀況、物質條件，他所從屬的民族的心理結構等等，都會影響他、形成他的東西；所謂「前見」，是指在前有這一存在視界中包含了許多的可能性，究竟先詮釋那些可能性，怎樣去詮釋，必然要有一個特定的角度和觀點作爲入手處；所謂「前設」，是指在詮釋某事物時，總是對它預先已有一個假設（觀念），然後才能把它詮釋「作爲」某物。同上，頁一〇五～一〇八。

⓳ 同上，頁一二二～一三〇。

本文前面的分辨，兩種詮釋理論所論詮釋對象的差異並無妨詮釋作爲方法的性質，自然也構成不了此處彼此所提及詮釋循環的對立（反而要把前者所說的已知和已經驗納入後者所說的前結構，作爲詮釋所以可能的基本條件）。只是要以這種詮釋循環來解決實際的詮釋（所以可能）問題，似乎還不夠。因爲詮釋者可以進行詮釋，也可以不進行詮釋；而即使進行詮釋，詮釋者也可以任意選擇詮釋對象，這豈能一併歸因於詮釋循環？如果說實際詮釋所得必然是出自前結構而由詮釋循環理論保證它的可能性，那詮釋者所以要進行詮釋以及刻意選擇某一詮釋對象，就不能援同例而得仰賴別的條件來保證。這個條件，就是詮釋者的意願和意圖。換句話說，如果詮釋者不是有意要詮釋和爲了實現詮釋本身以外的某些特定目的（尤其在他深知詮釋對象無窮多時），他就不太可能或根本不可能去從事詮釋的工作。因此，從理論上來規範或辨析詮釋的進程或層次（如呂格爾所說的從詮釋作品的表面意義到詮釋作品的深層意蘊之類）以及爲詮釋的前結構確立當然的地位，只道著了詮釋所以可能的必要條件，它的充分條件還在詮釋者的意願和意圖。非文學的詮釋是這樣，文學的詮釋也是這樣。

三

透過以上的疏解，大家應該不難看出：在關係文學詮釋的衆問題中，「詮釋是什麼」和「詮釋是否必要」兩個問題只要「重新」給予確立（意義）和貞定（必要性），大致上就再也沒有什麼可以爭論的空間。此外，恐怕得要預留多些供人商量的餘地。比如「詮釋的對象有那些」這個問題，固然理當如本文所說的包含作品「意義」和作品的「形式」或「組構方式」（二者「合」為作品的整體），但為何要以「意義」和「形式」或「組構方式」相稱呼，以及在「意義」和「形式」或「組構方式」底下分別衍生的各種細目（如上所述），卻沒有任何先驗的標準可藉來衡量，以至所謂的「詮釋對象」仍是一個不確定的變數。又如「詮釋如何進行」這個問題，縱有詮釋的前結構以及詮釋者的意願和意圖從中起作用，但詮釋的結果跟原作是否「相應」以及詮釋者和旁觀者又要如何看待該結果，卻也如謎樣的還困擾著我們，以至明白了「詮釋過程」仍算不上已經了盡詮釋的課題。顯然我們還得繼續審視下去，才有可能「完滿」這一類的論述。

這裡就先針對「詮釋對象」一項再作省察。讀過荀子書的人，當還記得荀子說過的話「名無固宜，約之以命，約定俗成謂之宜」（《荀子．正名》）。如果我們接受作品的「意義」和作品的「形式」或「組構方式」等「詮釋對象」，那也只顯示我們在進行一種「公益」或「互利」的約定，並不代表它具有什麼確切性或絕對性（正如荀子所說的「名無固宜」、「約定俗成謂之宜」）。因此，有關「詮釋對象」的認定，就只能訴諸彼此的默契或協議，而無法求得某一先驗的準則。這樣一來，所有既在或將在的作品成分（如「意義」、「形式」或「組構方式」及其各別細目之類）的區分或不區分，就不宜以「是」「非」觀念相權衡（如宋妲所作的那樣），而得採取「可約定」的態度重新面對。當然，倘若有人還要開發或假設作品的成分，並且規定該成分爲詮釋的對象，這也沒有什麼不可以；但它終究得經「約定俗成」的過程，以保證它的「合法性」或「合理性」。

雖然「意義」和「形式」或「組構方式」及其各別細目已經被公認爲文學詮釋時所要瞭解或獲得的對象，但這裡頭還含有一個「終極性」的預設，就是「文學」是爲了某一特定的目的而存在，以至所有構成作品的成分或質素都要「服務」於該目的，才算有意義或有價值。所以我們自然不能以只獲知作品有那些成分或那些質素可被詮釋爲滿足，還得進一步考察什麼因素促成作品各成分或各質素的「呈現」（存在）。後面這一點，可簡單歸結到兩種文學主張上：一種是文學爲主體（人）意識的直接或間接顯現，如寫實主義所主張的「文學反映現實生活」（主體意識的間接顯現）或浪漫主義所主張的「文學表現思想情感」（主體意識的直接顯現）；一種是文學爲語言符號的結構體（不關主體意識），如新批評所主張的「文學是獨立自足的有機體」或結構主義所主張的「文學是語言體系的作用」或解構主義所主張的「文學是一連串意符的延異（指意連鎖）」[20]。而作品各成分或各質素就是相應於這類主張而被設想組構成的。因此，談論文學詮釋

⑳ 參見王岳川，《藝術本體論》（上海，三聯，一九九四年三月），頁一七～三五；歐陽友權，《文學創造本體論》（北京，中國文學，一九九三年五月），頁四二～七〇。按：王岳川在他的書中還提到一種「新」的藝術（文學）活動價值論（頁三六～四五），試圖化解前兩種理論的相互對立或衝突。這恐怕

的問題，也就不得不兼顧各種文學（本體）主張對於詮釋策略所產生的影響。

大體說來，凡是假定「文學為主體意識的直接或間接顯現」的人，他的詮釋策略多半是要去「再現」該主體意識，不然他所作詮釋的「著力點」是什麼就很可疑。而為了「再現」該主體意識，他也必然要肯定或聲稱詮釋所得的（作品）成分或質素無一不是主體意識（包括顯意識和潛意識）下的「產物」。但它的難點也在這時暴露出來了：如詮釋所用的語言（詞彙、語句和組構方式）和原作所用的語言並不相同，怎能說詮釋所得就是主體意識中有的東西（如果承認原作是主體意識下的產物的話）？又如原作者和詮釋者對作品的見解歧異，又該以誰的說法為準？顯然還要堅持以「再現」主體意識為詮釋方向的人，所會遭到被質疑和被考驗的機率一定特別高。那麼別的情況又如何？所謂別的情況，是指假定「文學為語言符號的結構體」的詮釋考量。凡是假定「文學為語言符號的結構體」的人，他的詮釋策略大都不是要去「改寫」該結構體，就是要去「添補」該結構體。前者如巴特（Roland Barthes）用疑問、動作、內涵、象徵和文化等五種語碼（語規），去分解巴爾扎克（Honore de Balzac）的短篇小說㉑；後者如德希達（Jacques Derrida）經常專從極細微的邊緣片斷著手解析（一個注腳、一再出現的字眼或意象、隨便提及

沒有什麼作用，畢竟前兩種理論已經各自預設或顯露了「價值觀」（彼此都可以說出一套審美價值來），並不盡如王岳川所批判的那樣「異化」。

㉑ 參見注⑭所引古添洪書，頁一四三～一四六。

的典故、向不受注意的札記等），精密演繹，以至作品由本身的邏輯步入「意義的困境」，推翻或引發了自己想陳述、壓抑的[22]。然而，「改寫」或「添補」的用意是要讀者知曉作品的「支離破碎」或「有所缺漏」（一改過去文學「反映」現實生活或「表現」思想情感的觀念），這又（變相的）關聯到人的意識（起碼是詮釋者有的意識），以至這類詮釋策略所演示的並不如論者所想像那樣可盡脫離主體的經驗。

其實，從兩種文學主張的相互對立及各自所隱含的困境（如「反映」或「表現」觀念如何可能，終究不能無疑；而排除主體於語言結構體外，又不能完全切斷語言結構體和主體間的某些聯繫）來看，「文學」這玩意兒也只是一個「可約定」的對象。而以它爲前提所設定的「再現」、「改寫」和「添補」等詮釋策略，當然也不是什麼「天經地義」，一切都由詮釋者權爲發用或採行。至於各詮釋策略的「合法性」或「合理性」，那就有賴所有參與詮釋情境者的共同認可或範限了。

四

接著要就「詮釋如何進行」一項再作省察。雖然「可約定」的詮釋對象如上所述那麼「衆

---

[22] 參見廖炳惠，《解構批評論集》（臺北，東大，一九八五年九月），頁一二。

多」，而任何一個詮釋對象的發露背後又可能預設了某種文學觀，但要將它連到詮釋者實際從事的詮釋活動上，卻不免會出現（產生）一個悖論：就是「詮釋」所要瞭解或獲得的對象爲作品的「意義」和作品的「形式」或「組構方式」及其各別細目，而這些對象在詮釋過程中（因「詮釋循環」關係）卻全出自深印在詮釋者腦海的前結構（而跟是否眞有作品的「意義」和作品的「形式」或「組構方式」及其各別細目無關），這豈不是「自相矛盾」？這樣的悖論（詮釋學家似乎還沒有發覺它的存在），目前還無法消除，只能說詮釋者的前結構不斷「充實」有關的成分，可以使詮釋結果具有「相互主觀性」（能邀得有相近經驗者的認同或肯定）。正因爲有這一悖論的存在，我們勢必要轉移注視的焦點（不能在前結構的問題上窮耗），將捲入詮釋課題中的另一個變數（詮釋者的意願和意圖），儘可能給予妥適的「安置」。

就在詮釋的前結構作爲詮釋所以可能的必要條件逐漸變成人人盡知的事以後，詮釋的前結構可被討論的重要性，很明顯就不及詮釋者的意願和意圖了。而就詮釋者的意願和意圖的先後秩序來說，意願部分往往是受到意圖部分的「促成」（或說意圖部分先於意願部分而存在），以至意圖部分理當成爲詮釋理論的「新課題」。

按照當代一些言說理論的講法，「言說」作爲語言使用的一個特定領域，可以通過跟它相關的制度設施、通過它所出發的立場和爲言說者選定的立場來加以確認；而言說者所選定的立場又常根源於言說者的「權力慾望」，致使一切「言說」很少不是爲了達到支配他人的目的而設㉓。

從這個角度來看所有的文學詮釋案例（文學詮釋案例也以言說形式展示），實在很難不把它也跟權力慾望繫聯在一起。換句話說，詮釋者所以從事文學詮釋工作，最終目標可能都是爲了樹立他在文學批評領域的權威形象，或者謀取某些特定的利益。因此，當詮釋者宣告他詮釋所得是作品的某一成分或某一質素時，實際上是要藉它來遂行支配或影響他人的意志，而跟「實情」（經由共同約定所確認的作品成分或質素）不必相關（但不妨彼此偶有相合）。這是在「超越」先前詮釋理論所犯的悖謬後，大家可以再行關懷的重要課題。

不過，在爲詮釋者的意圖確立可討論的價值或地位前，也許要先通過解構主義部分論說的「考驗」。當代以德希達爲首所倡導的解構主義，曾以一個「延異」觀念，強烈批判傳統詮釋學和哲學詮釋學所謂「邏各斯中心主義」的「在場」，使得所有詮釋的對象都變成不可能㉔。這難免也會「威脅」到現在或今後所嘗試的理論再建構。但基於言說可以（或不得不）在聲稱「權宜性」的情況下繼續展演㉕，大家所要公開的一切論說仍無妨它的存在性或必要性（只是它終將是

㉓ 參見麥克唐納（Diane Macdonell），《言說的理論》（陳墇津譯，臺北，遠流，一九九〇年十二月），頁一三、一三一～一五四。

㉔ 參見王岳川，《後現代主義文化研究》（臺北，淑馨，一九九三年二月），頁六三～六八。

㉕ 參見周慶華，《秩序的探索——當代文學論述的省察》（臺北，東大，一九九四年十一月），頁一四～一一五。

暫定的，而不是絕對的㉖）。這樣任何詮釋者就不可能再把詮釋所得視爲當然或確義（如果過去有這種情況的話），而得將它歸諸言說策略下的權宜作法；同時，詮釋者藉詮釋所得所要遂行的意圖，也該「標明」它的「權宜性」（至於旁觀者信或不信，那就聽便了）。這「無疑」是文學詮釋者或談論文學詮釋者思考「詮釋如何進行」問題的新起點，否則勢必要「倒回」過去的混沌局面。

五

如果說「一切言說都是權宜作法」這個論斷可靠的話，那麼大家以該論斷作爲前提，至少還有「詮釋者的意圖如何才能實現」和「詮釋者的意圖所憑藉的（詮釋）對象有何展望」等問題可以繼續考慮。由於問題是本文所揭示的，這裡多少也得（仿照前例）提出一點因應的辦法。

目前個人的想法是這樣的：因爲詮釋是一種權宜性的策略運作已經成爲難以改變的「事實」（過去有人不承認這一點，並不代表它不存在），所以任何詮釋者所作的詮釋，不可「免俗」要

㉖ 雖然解構論曾被薩依德（Edward Said）批評爲是「一種新的形上學」（見朱耀偉，《後東方主義——中西文化批評論述策略》（臺北，駱駝，一九九四年六月），頁六〇引述），而連帶本文此處所說的「暫定」、「權宜」等等也可能會被貼上同樣的標籤，但這實在是「後設性」的言說所能達致的「極限」，不這樣處理又要如何了結？

跟其他詮釋者所作同類或同質的詮釋相互競爭（看誰能獲得多數人的贊同）。而爲了取得競爭時的優勢（進而達到預定的目的），類如完密詮釋的程序和新展詮釋的對象等，都是必須妥爲裁量和處理的。倘若說詮釋主體的意圖能博得他人的敬意或信仰，那完密詮釋的程序（具有高度可靠性的前提和相干且有效的推論——雖然這也是暫定而非絕對的）可能就是最重要的因緣了。至於新展詮釋的對象（如在既有作品的「意義」和作品的「形式」或「組構方式」及其各別細目外，開發一些新穎的名目），雖然不定有益於詮釋者意圖的實現，卻可以帶給他人另一種「觀念受到啓迪」的驚喜。

有意從事文學詮釋或討論文學詮釋的人，何妨在本文的論說基礎上重新出發，也許能爲文學批評領域營造出一片「新氣象」㉗。至於那「新氣象」是否眞該期待，這就不是本文所能解答了。

（本文原發表於佛光大學籌備處主辦「『文學學』學術研討會」，一九九五年六月。）

㉗ 本文這套說法，用在非文學的詮釋也沒有什麼不妥當。這麼一來，可能有人要質疑本文何必強調（這是在談）「文學詮釋」？但這是屬於「自我宣稱」的問題，當我們說的是「文學（作品）詮釋」而不是「哲學（作品）詮釋」或「宗教（教義）詮釋」，那本文自然就是相應於這種宣稱的後設系統；否則，就該調整用詞（當然，如果我們取消了文學和非文學的區別——甚至取消了詮釋和非詮釋的區別，本文可能也要自動作廢了）。

論文體論

一　什麼是文體論

文體論，又名文體學，它是以文體為討論對象的一門學問。由於各人對文體的認知不同，所演繹出來的文體論也面貌迴異。在西方，文體論可以總括為「研究所有為某些種表情達意的目的而特設的語言形式」（所包括的範圍遠比文學或修辭學為廣），而「所有為了達致強調和明白的效果而設的語言形式都可以在文體論的大前提下加以再分類」❶。但在實際運作時，有人偏重在研究語言使用的場合如何影響文體（如教科書文體、新聞文體等），有人偏重在研究作家的語言

❶ 韋勒克（René Wellek）、華倫（Austin Warren），《文學理論》（梁伯傑譯，臺北，水牛，一九八七年六月），頁二六二。

如何由常規中脫軌，有人偏重在研究個別作家的語言殊相❷，並不一致。即使研究個別作家的文體，也有分析「說出來的話」（包括語詞、句構和語意三個層次的表現）和探討「說話情況」（就是語言使用者和語言的關係）等途徑的區別❸。而有人更把文體論劃分爲語言學的文體論和文學的文體論兩個範疇❹。這種紛歧，在相當程度上是源於大家對文體認知的差距，而跟學科的「內部分工」沒有太大關聯。

反觀中國的文體論，自始至終也是歧見互出，而且還很難條理出跟西方各派別相應的論說。如《易文言傳》說：「修辭立其誠。」《尚書・畢命》說：「辭尚體要，不惟好異。」《禮記・表記》說：「情欲信，辭欲巧。」《左傳》襄公二十五年說：「言以足志，文以足言……言之無文，行而不遠。」《論語・衛靈公》說：「辭達而已矣。」《孟子・盡心》說：「言近而指遠者，善言也。」《墨子・非命上》說：「言必有三表……有本之者，有原之者，有用之者……。」《老子》說：「信言不美，美言不信。」《莊子・秋水》說：「可以言論者，物之粗也；可以意致者，物之精也。言之所不能論，意之所不能察致者，不期精粗焉。」又〈天下〉

❷ 張漢良，《比較文學理論與實踐》（臺北，東大，一九八六年二月），頁一一六。

❸ 同上，頁一一七。

❹ 赫許（Graham Hough），《文體與文體論》（何欣譯，臺北，成文，一九七九年四月），頁二三～六四。

說：「詩以道志，書以道事，禮以道行，樂以道和，易以道陰陽，春秋以道分名。」這些也許可以勉強歸入文體的「實用層次」（就是說話情況）來討論。但各人所論或南轅北轍，或各有側重，卻不便課以某些固定的名目。又如曹丕《典論・論文》說：「夫文本同而末異，蓋奏議宜雅，書論宜理，銘誄尚實，詩賦欲麗。」陸機〈文賦〉說：「詩緣情而綺靡，賦體物而瀏亮，碑披文以相質，誄纏緜而悽愴，銘博約而溫潤，箴頓挫而清壯，頌優遊以彬蔚，論精微而朗暢，奏平徹以閑雅，說煒燁而譎誑。」姚鼐〈復魯絜非書〉說：「告語之體各有宜也……其得於陽與剛之美者，則其文如霆，如電，如長風之出谷，如崇山峻崖，如決大川，如奔騏驥；其光也，如杲日，如火，如金膠鐵；其於人也，如憑高視遠，如君而朝萬衆，如鼓萬勇士而戰之。其得於陰與柔之美者，則其文如升初日，如清風，如雲，如霞，如煙，如幽林曲澗，如淪，如漾，如珠玉之輝，如鴻鵠之鳴而入寥廓；其於人也，漻乎其如歎，邈乎其如有思，暖乎其如喜，愀乎其如悲。」又《古文辭類纂・序》說：「凡文之體類十三，而所以爲文者八：曰神、理、氣、味、格、律、聲、色。神理氣味者，文之精也；格律聲色者，文之粗也。」這些或許也可以勉強納入文體的「語言特徵」（就是說出來的話）來討論。但各人所論或意在規範，或旨在條陳，莫衷一是，也很難同西方已有的範疇相比擬。可見中國自有中國的文體論，不需也不必跟西方的文體論並列而談。

雖然如此，中西方文體論發展到今天，已經面臨不得不相互借鏡或對勘的地步，我們沒有理由不去嘗試綰合兩者的工作，如果說文體是一個既存而未被知解的現象，必須透過文體論它才能被知解（甚至被運用），而文體論爲了便於被知解，都有自成「體系」的傾向，那我們就可以假定文體論就是對文體有體系的論說。至於各文體論之間的差異，就是各體系的差異。歷來討論文體論的人，在這方面不是「分判不清」，就是「會合無力」❺。現在我們再來探討這個問題，自然要避開前人的「盲點」，儘量把它疏通得透徹明白，才不枉費這番筆墨。

二　從文體到文體論

文章稱體，大概類比於人體。人體有表裡；裡爲骨骸血脈，表爲容貌儀態。文體也有表裡；表爲語言結構，裡爲意義結構。而所謂意義結構，是指語言由於結構的決定而有的內在關係和語言所指的在語言以外的存在事項❻。照理文體的意義結構是由語言結構所決定，語言結構改變

❺ 這不論是早期薛鳳昌的《文體論》、蔣伯潛的《文體論纂要》等專門論著，或後來徐復觀的《中國文學論集》、張漢良的《比較文學理論與實踐》等兼論文體，幾乎都是如此。

❻ 沈清松，〈解釋、理解、批判——詮釋學方法的原理及其應用〉，收於臺大哲學系主編，《當代西方哲學與方法論》（臺北，東大，一九八八年三月），頁二九。按：這只是意義結構的一個層面，還可以據此而推出語言所隱含的世界觀或人類的存在處境，以及語言所隱含的未自覺的個人慾望和信念或社會的價值觀和社會關係等兩個層面（同上，頁三〇～三一）。

了，意義結構也要隨著改變。但從變形語法學興起後，大家又體認到不同的語言結構，可以表達相同的意義結構（倒過來說，相同的意義結構，可以由不同的語言結構表達）。前者稱爲表面結構，後者稱爲基底結構❼。這可以藉陳騤《文則》中所舉的一個例子來說：「劉向（《說苑》）載泄冶之言曰：『夫上之化下，猶風靡草，東風則草靡而西，西風則草靡而東，在風所由，而草爲之靡。』此用三十有二言而意方顯。乃觀《論語》曰：『君子之德風，小人之德草，草上之風必偃。』此減泄冶之言半，而意亦顯。又觀《書》曰：『爾惟風，下民惟草。』此復減《論語》九言而意愈顯。」如果各語句所要表達的意思（上以德化下）是基底結構，那各語句就是表面結構；而緣此同一基底結構而來的表面結構，就有三個。這就可以讓我們輕易的揭開文體論的諸多「祕辛」。

首先，以往的文體論所討論的文體，名目繁多，而且又各有所指，常使人困擾莫辨。如摯虞〈文章流別論〉說：

昔班固為〈安豐戴侯頌〉，史岑為〈出師頌〉、〈和熹鄧后頌〉，與魯頌體意相類，而文辭之異，古今之變也……古詩率以四言為體，而時有一句二句雜在四言之間，後世演之，

❼ 謝國平，《語言學概論》（臺北，三民，一九八六年九月），頁一六四～一八六。另參見喬姆斯基(Noam Chomsky)，《變換律語法理論》(王士元、陸孝棟編譯，臺北，虹橋，一九六六年六月)一書。

遂以為篇。

沈約《宋書・謝靈運傳論》說：

自漢至魏，四百餘年，辭人才子，文體三變：相如巧為形似之言，二班長於情理之說，子建、仲宣以氣質為體……欲使宮羽相變，低昂互節，若前有浮聲，則後須切響……自靈均以來，多歷年代，雖文體稍精，而此祕未覩。

這裡不但各人所說文體前後不類，連彼此所說文體意旨也不一。又如嚴羽《滄浪詩話・詩體》說：

風雅頌既亡，一變而為〈離騷〉，再變而為西漢五言，三變而為歌行雜體，四變而為沈宋律詩……以時而論，則有建安體、黄初體、正始體、太康體、元嘉體……以人而論，則有蘇李體、曹劉體、陶體、謝體、徐庾體……又有所謂選體、柏梁體、玉臺體、西崑體、香奩體……又有古詩，有近體，有絕句，有雜言，有三五七言……論雜體，則有風人、藁砧、五雜俎、兩頭纖纖、盤中……。

劉勰《文心雕龍・序志》說：「古來文章，以雕縟成體。」又〈宗經〉說：「故文能宗經，體有六義：一則情深而不詭，二則風清而不雜，三則事信而不誕，四則義貞而不回，五則體約而不蕪，六則文麗而不淫。」又〈體性〉說：「若總其歸塗，則數窮八體：一曰典雅，二曰遠奧，三曰精約，四曰顯附，五曰繁縟，六曰壯麗，七曰新奇，八曰輕靡。」這裡各人所說的文體指涉更是洋洋大觀。不明究裡的人，乍看眞會如墮五里霧中。其實，這些文體論不是統就語言結構和意義結構論文體，就是分就語言結構或意義結構論文體，不然就是較量語言結構和意義結構而論文體。只要細加甄別，不難明白各家旨意。

其次，以往的文體論所討論的對象，不一定限於文體的語言結構和意義結構，還會涉及作者的表達方式，而最後也把這表達方式視爲文體。如孔穎達《毛詩正義》說：「風雅頌者，詩篇之異體。賦比興者，詩文之異辭。大小不同而得並爲六義者，賦比興是詩之用，風雅頌是詩之成形。」楊載《詩法家數》說：「詩之六義，而實則三體。風雅頌者，詩之體；賦比興者，詩之法。故賦比興者又所以製作風雅頌者也。」賦比興本爲三種不同的表達方式，跟慣稱的文體不在同一層次上。但有人卻把這些表達方式當作文體，吳喬〈答萬季埜詩問〉說：「國風好色而不淫，小雅怨誹而不亂，發乎情，止乎禮義，所謂性情也。興賦比風雅頌，其體格也。」方回〈唐長孺藝圃小集序〉說：「詩以格高爲第一，三百五篇聖人所定，不散以格目之。然風雅頌體三，比興賦體三，一體自有一格，觀者當自得之於心。」這在賦比興剛出現的年代是沒有這個意思的

[8]。又如邵長蘅〈與魏叔子論文書〉說：「文體有二：曰敘事，曰議論，是謂定體。」蕭子顯《南齊書・文學傳論》說：「今之文章，作者雖衆，總而爲論，略有三體：一則啓心閑繹，托辭華曠……次則緝事比類，非對不發……次則發唱驚挺，操調險急……。」這裡所說的每一文體，也都是指表達方式，跟賦比興爲同類（或有重複）。這也會令人深感困惑，以至「無所適從」。然而任何表達方式，一旦體現在文章中，立刻有語言結構（或賦或比或興）可說，而由語言結構再見意義結構（或所敘事或所論理或所抒情）。因此，表達方式也可以稱體。只是這種體是「貫串」在其他各體中，不得「獨自」出現，只能稱爲「隱體」（相對其他各種「顯體」來說）。經過這一分殊，有關表達方式也稱體的事，就不再有什麼詭異了。

再次，文體除了語言結構，就是意義結構，此外別無他物。但以往的文體論在討論語言結構和意義結構外，又常多出一些「東西」，直讓人莫明所以。如劉勰《文心雕龍・附會》說：「夫才量學文，宜正體製。必以情志爲神明，事義爲骨髓，辭采爲肌膚，宮商爲聲氣。然後品藻玄

---

❽〈毛詩序〉說：「詩有六義焉：一曰風、二曰賦、三曰比、四曰興、五曰雅、六曰頌。」這是最早將風雅頌賦比興連詩爲說。但〈毛詩序〉只解釋風雅頌三體，並未爲賦比興置一詞，顯然它不以賦比興爲體。章太炎〈經學略說〉曾以《周禮・太師》「敎六詩」爲據，斷定「賦比興與風雅頌並列，則爲詩體無疑」。然《周禮》所說六詩，已經不可考知，而依今本《毛詩》來看，不當有賦比興三體。賦比興稱體，應是後來的事。

黃，摛振金玉，獻可替否，以裁厥中。斯綴思之恆數也。」李廌〈答趙士舞德茂宣義論宏詞書〉說：

> 凡文章之不可無者有四：一曰體，二曰志，三曰氣，四曰韻……文章之無體，譬之無耳目口鼻，不能成人。文章之無志，譬之雖有耳目口鼻而不知視聽臭味之所能，若土木偶人，形質皆具而無所用之。文章之無氣，雖知視聽臭味，而血氣不充於內，手足不衛於外，若奄奄病，支離顛頓，生意消削。文章之無韻，譬之壯夫，其軀幹枵然，骨強氣盛而神色昏瞢，言動凡濁，則庸俗鄙人而已。有體有志有氣有韻，夫是謂之成全。

所謂「辭采」、「事義」，自然是在語言結構和意義結構範圍內；而「情志」（志），也可以從意義結構推知。但「氣」（聲氣）、「韻」等又是什麼？後人終究不能沒有疑問。雖是這樣卻也不盡不可理解。讀者基於某些相似的經驗，能夠經由文體的語言結構和意義結構揣摩到作者創作時「使上」的氣勢和神采。而文體論就以此爲據，給文體加入一些「表面」看不出來的成分（李文所說「志」、「氣」、「韻」，全在「體」中見，並不是跟「體」平列的東西）。因此，不論文體論給文體添加多少成分，只要掌握此中分際，應該不會再有任何知解上的障礙存在。

由此看來，從文體到文體論，並不是沿著一條「直線」前進（就是文體論只用來討論文體本身），其中有「歧出」，也有「分化」，顯示了文體論內涵的「豐富性」，以及文體可被討論的「奇特性」。凡是有意從事創作或批評的人，都不能不在廣泛接觸各種現成文體之餘，也花點精力來注意已經發生或將要發生的文體論。否則，於文體已是一知半解，更別說創作或批評將何所遵循了。

三　文體論形成的原理

文體論以文體爲討論對象，必有一些道理可說，不然文體論的出現就很令人懷疑了。而在所有可說的道理中，應以文體論何以形成這一層道理最爲重要。換句話說，不明白文體何以形成，也就不明白文體論的文義和價值；而不明白文體論的意義和價值，我們也就無從爲文體論作些必要而有益的規劃。可見有關文體論所以形成的道理，確是迫切要加以掌握的。

這可以分兩方面來說。第一，文體本身到底「提供」了什麼可被討論的質素？根據上面的分析，文體本身具有語言結構和意義結構，而此語言結構和意義結構會隨文體的改變而全部改變或局部改變。如果是前者，文體和文體之間顯著的差距，就會爲文體論提供可「分別」論說的依據；如果是後者，文體和文體之間些微的差距，也會爲文體論提供可「比較」論說的依據。如牛希濟〈文章論〉說：

> 今古之體分而為四：崇仁義而敦教化者，經體之制也；假彼問對，立意自出者，子體之制也；屬詞比事，存於褒貶者，史體之制也；又有釋訓字義，幽遠文意，觀之者久而方達，乃訓詁雅頌之遺風，即皇甫持正、樊宗師為之，謂之難文。

這裡以經、子、史、難文分佔文體四個領域，顯然經、子、史、難文就以顯著的差距，爲文體論提供了可「分別」論說的依據。又如劉勰《文心雕龍·宗經》說：

> 故論說辭序，則《易》統其首；詔策章奏，則《書》發其源；賦頌歌讚，則《詩》立其本；銘誄箴祝，則《禮》總其端；紀傳移檄，則《春秋》為根。並窮高以樹表，極遠以啓疆，所以百家騰躍，終入環內者也。

這裡以《易》、《書》、《詩》、《禮》、《春秋》爲各文體的根源，顯然各文體和《易》、《書》、《詩》、《禮》、《春秋》之間就以些微的差距，爲文體論提供了可「比較」論說的依據。此外，緣文體而衍生的表達方式稱體，以及爲文體添加成分等問題，也因爲作者的表達習慣和讀者的經驗認知確有不同，而爲文體論提供了可「分別」或「比較」論說的依據，這就不必再繁爲舉例了。

第二，雖然文體本身提供了可被討論的質素，但不能保證文體論必然會發生，這還得看從事文體論說的人，是否有論說的意願，才能決定。一般說來，有意願從事文體論說的人，多半持有某些特殊的目的；而在衆目的中又以「疏通」或「規範」文體，以爲創作或批評的「憑藉」事關重大。也就是說，如果從事文體論說的人，不是爲了替創作或批評找出「憑藉」，他的論說就沒有什麼意義了。這一點，在以往的文體論中常有明喻或暗示。如陸機〈文賦〉說：

余每觀才士之所作，竊有以得其用心。夫其放言遣辭，良多變矣。妍蚩好惡，可得而言。每自屬文，尤見其情。恆患意不稱物，文不逮意，蓋非知之難，能之難也。故作〈文賦〉以述先士之盛藻，因論作文之利害所由，他日殆可謂曲盡其妙。

劉勰《文心雕龍・序志》說：

去聖久遠，文體解散，辭人愛奇，言貴浮詭，飾羽尚畫，文繡鞶帨，離本彌甚，將遂訛濫。蓋《周書》論辭，貴乎體要；尼父陳訓，惡乎異端。辭訓之異，宜體於要。於是搦筆和墨，乃始論文。

鍾嶸《詩品・序》說：

陸機〈文賦〉，通而無貶；李充〈翰林〉，疏而不切；王微〈鴻寶〉，密而無裁；顏延〈論文〉，精而難曉；摯虞〈文志〉，詳而博贍，頗曰知言。觀斯數家，皆就談文體，而不顯優劣。至於謝客集詩，逢詩輒取，張騭〈文士〉，逢文即書。諸英志錄，並義在文，曾無品第。嶸今所錄，止乎五言。雖然，網羅今古，詞文殆集，輕欲辨彰清濁，掎摭利病，凡百二十人。預此宗流者，便稱才子。至斯三品升降，差非定制，方申變裁，請寄知者爾。

茅坤《唐宋八大家文鈔・總序》說：「予於是手掇韓公愈、柳公宗元、歐陽公修、蘇公洵、軾、轍、曾公鞏、王公安石之文，而稍爲批評之，以爲操觚者之劵，題之曰《八大家文鈔》。」張惠言《詞選・序》說：「故宋之亡而正聲絕，元之末而規矩隳，以至於今四百餘年，作者十數，諒其所是，互有繁變，皆可謂安蔽乖方，迷不知門戶者也。今弟錄此篇，都爲二卷，義有幽隱，並爲指發。」這些都表明了「疏通」或「規範」文體，以爲創作或批評「憑藉」的目的取向。而文體論所以爲文體論，就在這裡顯出它的「特殊意義」。如果該文體論能獲得大多數人的接納，那它的價值就非同小可了。

綜合說來，文體本身提供了可被討論的質素，以及從事文體論說者個人的論說意願，合而保證了文體論的必然發生。我們先有這一點認識，就比較方便理解文體論的各種實踐方案。

四 文體論實踐的方法

依照前節所述，文體論的目的在於「疏通」或「規範」文體，以爲創作或批評的「憑藉」。爲了達到這個目的，文體論必然會有某些「具體」的措施。根據我們的觀察，文體論的第一步工作，多半是在爲文體作分類。而大約從曹丕開始，這種分類工作就成了一種「定例」。先是曹丕《典論・論文》分文體爲四類（實爲八類），再有陸機〈文賦〉分文體爲十類、劉勰《文心雕龍》分文體爲二十類（實爲一〇〇多類）、蕭統《文選》分文體爲三十九類、任昉《文章緣起》分文體爲八十四類。此後爲文體分類者更多，如姚鉉《唐文粹》分二十二類、呂祖謙《宋文鑑》分六十一類、蘇天爵《元文類》分四十三類、程敏政《明文衡》分三十八類、眞德秀《文章正宗》分四類（實八類）、吳訥《文章辨體》分五十九類、徐師曾《文體明辨》分一二七類、賀復徵《文章辨體彙選》分一三二類、姚鼐《古文辭類纂》分十三類、曾國藩《經史百家雜鈔》分十一類。至於近代，有緣舊有分法而重新爲文體分類，有兼採西洋分法而再爲文體分類❾，也相當「可觀」。而有人就把所分類稱爲文類（如姚鉉《唐文粹》以下，幾乎都是如此），或體類並稱

（如姚鼐《古文辭類纂》、永鎔《四庫全書總目提要》等是如此）。其實，文類（文體種類）只是文體的次級概念[10]，不能「冒稱」文體。不過，文類既是文體所分，就直接稱文體爲文類，也「未嘗不可」。此外，有表達方式稱體，或文體添加成分相混入體（今人或另有「風格」一名指實），文體論也會有所分辨，這是不言可喻的。

再來就是定義。這是繼分類後一項重要的工作；如果沒有定義，所分類只是一群沒有「意義」的符號，無法顯示文類和文類之間的差異，可以作爲進一步論說的依據。因此，文體論的文體定義，也就特別「顯目」了。如〈毛詩序〉說：「是以一國之事，繫一人之本，謂之風。言天下之事，形四方之風，謂之雅……頌者，美盛德之形容，以其成功告於神明者也。」摯虞〈文章流別論〉說：「賦者，敷陳之稱，古詩之流也……言其志謂之詩……七發造於枚乘，借吳楚以爲客主……。」蕭統〈文選序〉說：

---

⑨ 薛鳳昌，《文體論》（臺北，商務，一九七七年六月），頁四六～一一三；蔣伯潛，《文體論纂要》（臺北，正中，一九五九年七月），頁六九～八〇。

⑩ 蕭統〈文選序〉中有「詩賦體既不一，又以類分。類分之中，各以時代相次」的話，這是緣各文體而設的次級分類（因同類文體的語言結構或意義結構的些微差距所致），不同於文體稱類的類。至於後世有將文體的次級分類稱體的（如司空圖《詩品》及嚴羽《滄浪詩話》中所說的），這又另當別論。

古詩之體，今則全取賦名……又楚人屈原，含忠履潔，君匪從流，臣進逆耳，深思遠慮，遂放湘南。耿介之意既傷，壹鬱之懷靡塑，臨淵有懷沙之志，吟澤有憔悴之容。騷人之文，自茲而作。詩者，蓋志之所之也，情動於中而形於言……頌者，所以游揚德業，褒讚成功……箴興於補闕，戒出於弼匡，論則析理精微，銘則序事清潤，美終則誄發，圖像則讚興……。

這些都是爲純粹的文體所作的定義。又如劉勰《文心雕龍．比興》說：「詩文弘奧，包韞六義，毛公述傳，獨標興體，豈不以風異而賦同，比顯而興隱哉！故比者，附也；興者，起也。附理者切類以指事，起情者依微以擬議。」李廌〈答趙士舞德茂宣義論宏詞書〉說：

體力於此，折衷其是非，去取其可否，不徇於流俗，不謬於聖人，抑揚損益，以稱其事，彌縫貫穿，以足其言行，吾學問之力，從吾制作之用者，志也。充其體於立意之始，從其志於造語之際，生之於心，應之於言，心在和平，則溫厚爾雅，心在安敬，則矜莊威重，大焉可使如雷霆之奮鼓萬物，小焉可使如脈絡之行，出入無間者，氣也。如金石之有聲，而玉之聲清越，如草木之有華，而蘭之臭芬薌，如雞鶩之間而有鶴，清而不群，太羊之間而有麟，仁而不猛，如登培塿之丘，以觀崇山峻嶺之秀色，涉潢汙之澤，以觀寒溪澄潭之清流，如朱絃之有餘音，太羹之有遺味者，韻也。

這些都是爲表達方式稱體及添加成分相混入體所作的定義。

最後是規範。當文體論在爲文體作定義時，多少已對該文體進行了規範⓫。只是那種規範尙嫌簡略，不足以作爲創作或批評的「憑藉」，必須另外詳爲審定或指明，於是再有規範文體的工作。如劉勰《文心雕龍·明詩》說：「若夫四言正體，則雅潤爲本；五言流調，則清麗居中。華實異用，惟才所安。」又〈樂府〉說：「詩爲樂心，聲爲樂體。樂體在聲，瞽師務調其器；樂心在詩，君子宜正其文。」又〈詮賦〉說：「原夫登高之旨，蓋覩物興情。情以物興，故義必明雅；物以情觀，故詞必巧麗。麗詞雅義，符采相勝，如組織之品朱紫，畫繪之著玄黃，文雖新而有質，色雖糅而有本，此立賦之大體也。」⓬吳訥《文章辨體·露布序說》說：「西山先生嘗云：『露布貴奮發雄壯，少麄無害。』」又〈彈文序說〉說：「王尙書應麟有曰：『奏以明允誠

⓫ 理論上有所謂描述定義或本質定義（劉奇，《論理古例》（臺北，商務，一九八〇年六月），頁一四九～一五三及一五八～一六一），但實際上一切定義都帶有規範性。這是因爲對一個對象進行描述定義或本質定義，不得不先有某種假設，而這個假設就是對該對象的一種規範。

⓬ 按：這裡所說的賦，是作爲文體的賦，跟作爲表達方式的賦不同（雖然前者也得用後者來表達）。作爲表達方式的賦稱體，是後起的事。又《文心雕龍》從〈明詩〉到〈書記〉，都在討論文體，也都爲文體作了規範。此地限於篇幅，不一一舉出。

篤爲本。若彈文，則必理有典憲，辭有風軌，使氣流墨中，聲動簡外，斯稱絕席之雄也。』」又〈序序說〉說：「大抵序事之文，以次第其語，善敍事理爲上。」徐師曾〈文體明辨・近體律詩序說〉說：「至論其體，則一篇之中，抒情寫景，或因情以寓景，或因景以見情。大抵以格調爲主，意興經之，詞句緯之。以渾厚爲上，雅淡次之，穠豔又次之。」又〈詩餘序說〉說：「詩餘以婉麗流暢爲美……至論其詞，則有婉約者，有豪放者。婉約者欲其辭情醞藉，豪放者欲其氣象恢弘，蓋雖各因其質，而詞貴感人，要當以婉約爲正。」又〈樂語序說〉說：「夫樂曰雅樂，詩曰雅詩，則雖備其聲容，娛其耳目，要歸於正而已矣。」這些不是分就文體的語言結構和意義結構作規範，就是合就文體的語言結構和意義結構作規範，都比定義更進一層。至於對表達方式稱體或添加成分相混入體的規範，也可以循此例去考得，這裡就不再贅說了。

五　文體論的功能和局限

文體論爲了替創作或批評找出「憑藉」，對既有文體進行分類、定義和規範的工作，這又能發揮什麼功能，以及有什麼局限？我們應該也要有一番反省，才能判斷文體論所具有的意義和價值。

從創作的角度來看，一個作者要創作某種文體，最便捷的途徑就是揣摩該文體的各個「範本」或閱讀有關該文體的各種論說，從中獲取創作的「靈感」或「資源」。但在他懂得揣摩該文體的各個「範本」時，他已經先擁有了該文體相關的知識，而這些知識就是來自文體論。這樣文體論自然成了創作必要參考的對象。而文體論本身就以這一創作不可不參酌的特性，展現了它「不凡」的意義。如果該文體論非常「精審」，博得多數人的「信賴」，那它就會獲致高度的評價，而可能被廣爲流傳。再從批評的角度來看，一個批評者要批評某種文體，也得借助該文體相關的論說，不然他就無從「著力」。這也顯示了文體論的重要。可見文體論可以發揮「影響」創作和批評的功能，這點是不容否認的。

然而，文體論只是文體的後設理論，裡頭隱含了許多的「假設」，而這些「假設」不一定都能獲得「現實」文體的印證。就以遍照金剛《文鏡祕府論》所載一段「論體」的話來說：「凡製作之士，祖述多門，人心不同，文體各異。較而言之，有博雅焉，有清典焉，有綺豔焉，有宏壯焉，有要約焉，有切至焉。」這裡以「博雅」、「清典」、「綺豔」、「宏壯」、「要約」、「切至」等名目分體。但各體卻很難這樣截然劃分，而不免會有相互「跨越」的情況。元好問〈評劉汲〉說：「屏山爲作序云：『人心不同如面，其心之聲發而爲言，言中理謂之文，文而有節爲之詩。然則詩者，文之變也，豈有定體哉？』」劉祁《歸潛志．評李純甫》說：「趙閑閑教後進爲詩文，則曰：『文章不可執一體，有時奇古，有時平淡，何拘？』」俞文豹《吹劍錄》說：「詩不可無體，亦不可拘於體。蓋詩非一家，其體各異，隨時遣興，即事寫情，意到語工則爲之，豈能一切拘於體格哉？」文章沒有定體，而作文也不可拘執於一體，這豈不是「否定」了文體論的功能⓭？另外，以表達方式稱體的，也是這樣。鍾嶸《詩品·序》說：

故詩有三義焉：一曰興，二曰比，三曰賦。文已盡而意有餘，興也；因物喻志，比也；直書其事，寓言寫物，賦也。宏斯三義，酌而用之，幹之以風力，潤之以丹采，使味之者無極，聞之者動心，是詩之至也。若專用比興，患在意深，意深則詞躓。若但用賦體，患在意浮，意浮則文散，嬉成流移，文無止泊，有蕪漫之累矣。

作詩不宜單用一體（法），那文體論一直強調各體如何如何，又有什麼作用？

如果我們只從這個側面來說，當然會得出這樣的結果。但如果我們改從整體來說，未嘗沒有商量的餘地。也就是說，文體論對於不「跨越」文體的創作或批評，仍具有相當程度的「制約

⓭ 王若虛〈論文體之辨〉說：「凡人作文字，其他皆得自由，唯史書、實錄、制誥、王言，決不可失體。」劉祁《歸潛志·論文章》說：「文章各有體，本不可相犯欺……如雜用之，非惟失體，且梗目難通。」這絕不是事實。至少他們所說不可失的「體」，只是他們的假定，實際並無可作爲不可失體的「體」。而他們所以要這樣假定，純爲了「規範」一個可作爲創作或批評依據的文體。如果別人不遵循他們所定的規範，他們也奈何不了。

力」，這是應該給予肯定的。只不過當不守既有文體規範的創作越來越多時，文體論的功能就會越來越小，這是文體論可能面臨的最大「考驗」。因此，文體論也許要「改絃更張」，不再從分類、定義、規範等範疇去「使力」，而儘量開拓多重「領域」，使自己更有「包容性」，才可望突破已經遇到或即將來臨的困境。

六　結語

在過去的文體論中，我們不難發現文體論所以可能，是建立在文體是「一個封閉的、穩定的、實存的系統」的假定上。但從一九六〇年代解構學派興起後，這種假定就遭到強烈的質疑。該學派認爲文體是開放的、不定的、自我解構的一種創造力，一個衍生力量的表演場所或空間⓮。這是因爲過去文體論都認爲語言符號有表意作用（語言結構蘊含意義結構），而解構學者認爲語言符號互相指涉（如「痛」只能跟「難受」、「不舒服」、「悲傷」等相互指涉，並不指向語言以外實存的「痛」），在它們形成的空間中充分運動，作意義與結構的無窮變化⓯。這樣以往的文體論，都難免要遭到「解構」的命運。但我們還是要言說，文體論也仍然要存在，只是這

⓮ 同注❷，頁一一九。

時的言說或文體論，都得先表明它的「策略性」（即使不表明，大家也會認定它是一種策略）。有了這一點共識，文體論依舊大有發展的空間。

（本文原刊載於《中國文化大學中文學報》，創刊號，一九九三年二月。）

⑮ 伊格頓（Terry Eagleton），《當代文學理論導論》（聶振雄等譯，香港，旭日，一九八七年十月），頁一二四～一四六。另參見蔡源煌，《從浪漫主義到後現代主義》（臺北，雅典，一九八八年八月），頁二五七～二六一；廖炳惠，《解構批評論集》（臺北，東大，一九八五年九月），頁一～一九。

晚清文體論的洞見與不見

一

「歷史」所以為歷史，恐怕不合依常識把它理解為「所發生過的事」或「所發生過的事的紀錄」，甚至也不合依史學著作把它理解為「歷史意識和歷史事件的交互作用」或「研究往事的學術」❶，而應該把它看作不斷在向我們召喚的潛在的「文本」（text）。前者經常會引發「史實的眞假」和「史實認定標準的可靠與否」等無謂的爭論，而略去較為重要的隱藏在史實認定表象

❶ 史學著作普遍認為歷史是史學家研究往事的成果，它是解釋性的。參見卡勒爾（Erich Gabriel Von Kahler），《歷史的意義》（黃超民譯，臺北，商務，一九七八年三月），頁一五八～一九一；杜維運，《史學方法論》（臺北，三民，一九八七年九月），頁二一～三一。

背後的「信仰抉擇」或「意識型態鬥爭」問題❷；後者可以讓人比較「安心」的各憑本事去把那潛在的歷史文本「化隱爲顯」，並爲它注入各自所要注入的意義或爲它賦予各自所要賦予的價值。

從「文本」這個角度來看有關晚清時期的論述❸，確也教人眼花撩亂而又驚喜莫名：原來晚

---

❷ 史實認定並無絕對客觀的標準（任何人所提出的「標準」，最多只具有相互主觀性），而這還不是「最」重要的；最重要的是史實認定者的企圖。正如尼采所提示的，並無所謂「純粹的認知」，認知本身就是一種詮釋和評價的活動，一種意義和價值的設置建構。因此，大家所認定的「史實」從來就不是什麼純粹的「史實」，而是一個意義價值界定的範疇。這個範疇，其實已形同一個崇高的「理念」，它不僅僅是可作爲討論相關問題的依據，更是指導行動、定位行動主體的最高價值體系。而當大家在爭論誰所認定的「史實」才是眞史實時，那並不是它更客觀或更眞確，而是因爲它更理想或更崇高。換句話說，史實的判定並不是認知層面上的「眞／假」問題，而是價值層面上的「信仰抉擇」或「意識型態鬥爭」問題。參見路況，《虛無主義書簡——歷史終結的遊牧思考》（臺北，唐山，一九九三年二月），頁一二二～一二三。

❸ 把一個可理解對象稱作「文本」（而不稱爲「作品」），是因爲它實際上是「複數的」或「具有多重意義的」，可以經由意符不斷生產、活動、重組而不斷擴散，而不是一個被動的消費品（被化約爲溝通、再現或表現的語言）。參見巴特（Roland Barthes）〈從作品到本文〉，收於朱耀偉編譯，《當代西方文學批評理論》（臺北，駱駝，一九九二年四月），頁一五～二二。又本文所說的「晚清」，時限依一般歷史學者所定：從鴉片戰爭（一八三九或一八四〇）到辛亥革命（一九一一）；但討論的對象主要是從甲午戰爭（一八九四）到辛亥革命間所出現的文體論。有關晚清的斷限問題，參見康來新，《晚清小

清已經充分發揮了它的「召喚」功能，促使今人紛紛投入該一文本的顯發和意義建構行列；舉凡「政治性的」、「經濟性的」、「社會性的」、「思想性的」、「文學性的」等等「文本」，無不有爲數衆多的學者在爲它費心揭發和構設，一場紛亂而激烈的「信仰抉擇」或「意識型態鬥爭」遊戲顯然可以預見。這對喜歡「刺激」或勇於接受「挑戰」的人來說，豈能不「爲之動容」而有所行動？現在本人選定晚清的文體論作爲討論對象，自然也不能諱言有這一「躍躍欲試」的心理。只是這裡無意「公開」去挑激同類型的論述，但求能自我「完密」論說的程序，而提供讀者一個可能比較「有效」的思考模式。

有了上述這個前提，如果本文所論確是「大不同」於同類型的論述，對讀者也才有所交代。換句話說，本文也是在從事一種意義和價值的設置建構（而不關「晚清文體論」是否「眞如所論」問題），可信或不可信，就由讀者自行去判斷了。因此，儘管本人現在聲明底下所要做的是有關晚清文體論「文本」的顯發和意義建構的工作，也無妨他人（如果有興趣）可以別爲「認證」或進行「重構」而瓦解本文嘗試要取代或籠罩衆說的企圖。但這時也不過顯示從潛在「文本」到顯在「文本」的通路有無數條（也就是各人可以形塑出與衆不同的晚清文體論「文本」）和意義建構的不確定性或多重性，而無法掩蓋彼此所要保有或持續的權力意志（以一種意識型態

說理論研究》（臺北，大安，一九八六年六月），頁一九；李瑞騰，《晚清文學思想論》（臺北，漢光，一九九二年六月），頁八～九。

取代別種意識型態的企圖)。

二

大體上，文體論旨在處理文體創作該有的法則，以及文體創作和社會情境、歷史文化等範疇的關係，甚至讀者應有的相應的認知和感受❹。這在中國傳統上歷代都有，但直到晚清才出現具有「現代意義」(可爲現代人開啓新知)的突破性進展。通觀晚清的文體論，一方面可看到以往文體論的種種主張無不被重行申述，一方面還可看到一股強勢的「新敍事理論」的醞釀和生發。然而，當晚清文體論在開啓文體創作「新變」的途徑之餘，卻不免也陷於不能解決「爲什麼會有不同的文體論主張」和「倡導新敍事理論究竟有何意義」等困境中。如果說開啓「新變」途徑是晚清文體論的「洞見」，那不免陷於上述困境就是晚清文體論的「不見」了。

❹ 參見韋勒克(René Wellek)、華倫(Austin Warren)，《文學理論》(梁伯傑譯，臺北，水牛，一九八七年六月)，頁二五五～二七五；赫許(Graham Hough)，《文體與文體論》(何欣譯，臺北，成文，一九七九年四月)，頁二三～六四；埃斯卡皮(Rebert Escarpit)《文學社會學》(葉淑燕譯，臺北，遠流，一九九〇年十二月)，頁三三～一五七；張毅，《文學文體概說》(北京，中國人民大學，一九九三年一月)，頁一～一一。

本文主要是要彰顯晚清文體論的洞見和揭發晚清文體論的不見（合而展現一種晚清文體論「文本」的顯發和意義建構的進程）。前者將有較多的描述成分；後者則以當代的言說理論（批判理論）作爲「對諍」，析出晚清文體論背後的「信仰抉擇」或「意識型態鬥爭」因素，俾便今人重新考察從晚清以降文體論（及其實踐）瞬息萬變的「關鍵」原因，並採取有效的「因應」對策。不過，在實際論說前，還有兩個問題得先作個說明：

第一，本文所關注的是「晚清文體論」的洞見和不見，而不是「晚清文體論」本身，所以取材只要「足夠」用來研判所謂的「洞見」和「不見」就行了，而不必涵蓋所有的晚清文體論（假如有人認爲這裡所舉文獻不足以提供有關「洞見」和「不見」的研判，那他可以再另立標準進行取材或重新判斷）。還有「洞見」的相對面就是「不見」，所以用來研判「洞見」的材料（文獻），大致上也可以用來研判「不見」，這就不涉及雙重取材或雙重標準如何可能問題。因此，本文定題爲〈晚清文體論的洞見與不見〉，應該沒有什麼不妥處。

第二，說文體論旨在「處理文體創作該有的法則，以及文體創作和社會情境、歷史文化等範疇的關係，甚至讀者應有的相應的認知和感受」，這是比較空泛的講法，實際上它有幾個稍爲具體的論述方向：1.語言使用的場合如何影響文體，如教科書文體、新聞文體等，它們可稱爲場合性文體；2.作家的語言如何由常規中脫軌；3.個別作家的語言殊相（這可從兩個不同的層面入手：⑴分析「說出來的話」，包括語詞、句構和語意三個層次的表現；⑵探討「說話情況」，就是語言使用者和語言的關係，也就是所謂的實用層次）❺。但這多半是學者從西方傳統文體論歸納得來的；倘若只就中國傳統文體論來說，那就蠻明顯是偏重（獨顯）在分類、定義和規範文體，以爲創作或批評的憑藉❻。因此，這裡所要考察的文體論，自然是指後一意義下的文體論。還有所謂文體論中的「文體」，是由人體類比而來，總看爲一語言（文字）結構體，分看有形式和意義兩個層面；又因爲在結構語言過程中，有表述方式的採用（如賦、比、興之類）和表述者情緒的夾纏，以至文體也常被用來指稱語言的表述方式和作者的情緒特徵（如氣力、神韻等）❼。這在後面的論述中，除非必要，不然就不再另作解說（讀者可對照本節的分疏去掌握各語脈中的「文體」義）。

❺ 參見張漢良，《比較文學理論與實踐》（臺北，東大，一九八六年二月），頁一一六～一一七。

❻ 參見薛鳳昌，《文體論》（臺北，商務，一九七七年六月），頁四六～一一三；蔣伯潛，《文體論纂要》（臺北，正中，一九五九年七月），頁一三～六八；周慶華，〈論文體論〉，刊於《中國文化大學中文學報》，創刊號（一九九三年三月），頁三八四～三八六。

❼ 參見注❻所引周慶華文，頁三七七～三八一。

三

根據一些前行的研究結果可知：以前論詩論文的種種主張，無論是極端的尚質或極端的尚文，極端的主應用或極端的主純美，種種相反的或調和的主張，在前人曾經說過的，有清一代無不重行演繹而加以申述❽。這在晚清因爲有西方文化的刺激而「炒」得更爲熱烈。但這裡本人不願去重複那些事跡（事實上它的價值也有待重估），只想集中力氣來凸顯可以使晚清文體論「表現」其洞見的環節，這才能據以爲判斷洞見的對立面「不見」爲何存在。底下就從兩方面來設定晚清文體論的「文本狀況」：

---

❽ 參見郭紹虞，《中國文學批評史》（臺北，文史哲，一九八二年九月），頁四三八、七四七～一〇八二；陳鍾凡，《中國文學批評史》（臺北，龍泉，一九七九年五月），頁一一八～一三三。其中郭紹虞還認爲清代學術更有其特殊的風氣，就是「不喜歡逞空論，而喜歡重實驗」，而「清代的文學批評（文體論），其成就也正在於是。對於文集詩集等等的序跋，絕不肯泛述交情以資點綴，或徒貢諛辭以爲敷衍，於是必根據理論以爲批評的標準，或找尋例證以爲說明的根據」（同上引郭紹虞書，頁四三九）。後面這一點，有人不以爲然（他認爲清人爲人作序跋，「貢諛辭」、「徇人情」等情況，依然不免）。見吳宏一、葉慶炳編輯，《清代文學批評資料彙編》（臺北，成文，一九七九年九月），上集，緒論，頁三。對於這類爭論，無妨也把它看成是「信仰抉擇」或「意識型態鬥爭」問題，而不必硬要去作調人。

首先是晚清文體論大多在討論「文章與世道為汚隆」或「文章之隆汚，與世運為升降」而得注意「文章與世變相因」或「文章之事，莫大乎因時」的課題❾。金松岑〈文學觀〉中有段話說：

夫文學不能立古人之前，猶之人類不能出社會之外。然而改革社會，豪傑之所能為；則變化古人，亦文學家之有事乎！變化如何？曰仍其義，變其例；仍其例，變其義。是故經變而為史。說經變而為傳。史變而為本紀、書表、世家、列傳；紀傳變而為鑑，為綱目，為本末體；書表變而為類志，為譜錄，為地志、水經；其文為詔令，為奏議，為碑、傳、狀。經史之瑣者為鐘鼎金石圖記。子變而為文。子史互變而為學案，為藝術史。文亦有選集，有專集，其體為駢散文，為賦，為古今詩，為詞，為曲。子集之瑣者為語錄、筆記、題跋、詩詞話。變古之跡，又大略具矣。❿

---

❾ 這裡藉晚清早期文人的論說為引子，它們分別見於魏源〈國朝古文類鈔序〉、方宗誠〈徐庾文選序〉、曾國藩〈歐陽生文集序〉、梅曾亮〈答朱丹木書〉，同收於郭紹虞、羅根澤主編，《中國近代文學論著精選》（臺北，華正，一九八二年六月），頁五、八八、六一、二〇。

❿ 收於郭紹虞、羅根澤主編，《中國近代文學論著精選》，頁五一四～五一五。

這裡提出不跟古人相同模樣的兩種變化途徑：一是「仍其義，變其例」；二是「仍其例，變其義」。所謂「其例」和「其義」，是指文章的體例（體式）和文章的體義，也就是文章的形式和文章意義（涵義）。而一切的變化，就在這兩個層面間「斟酌損益」以至於跟前行文體有所差別（此地不排除有「創體」的可能，但那已是「開新」而不是「變古」了）。考察晚清的文體論，凡是提到文章的形式或意義該如何如何時，都會涉及這個「變古」的問題。只是所變的「古」究竟以什麼爲準，論者的看法不盡一致，如有關用語方面，王闓運〈論文體〉說：

> 文體之別，士衡賦已詳矣，今所問作法也。作法構思，陸賦亦能盡之。所疑者時代區分，古今遂有雅俗也。帝曰「俞」，制曰「可」，旨作「知道了」，其用一也。今欲改「知道了」為「俞」，則愈增其醜；以「了」字入文，則必不可行。以此推之，他可知矣。故嘗謂文無家數，而有時代；一代之語，不可仿古，要須擇其雅言耳。⓫

這是說各時代的用語不同，不必以「古語」代「今語」（也就是行文要「變」古語爲今語），而這又以選擇「雅言」（非俚鄙語）爲上乘。從這段話看來，所要變的「古」就涵蓋先前各個時代的用語了。又如有關造句鍊意方面，吳汝綸〈與姚仲實〉說：

⓫ 同上，頁三三〇。

> 桐城諸老，氣清體潔，海內所宗，獨雄奇瑰瑋之境尚少。蓋韓公得揚、馬之長，字字造出奇崛。歐陽公變為平易，而奇崛乃在平易之中。後儒但能平易，不能奇崛，則才氣薄弱，不能復振，此一失也。曾文正公出而矯之，以漢賦之氣運之，而文體一變，故卓然為一代大家。近時張廉卿又獨得於《史記》之譎怪，蓋文氣雄俊不及曾，而意思之恢詭、辭句之廉勁，亦能自成一家。是皆由桐城而推廣，以自為開宗之一祖，所謂「有所變而後大」者也。⓬

這是說桐城創派衆老的文章缺少「雄奇瑰瑋」的意境（只達「氣清體潔」的地步而已），而後起者想要自開堂廡，就得在造句鍊意上下功夫。從這段話看來，所要變的「古」就特指先前桐城派散文的平易造詣了。又如有關文飾或質朴方面，劉師培〈論近世文學之變遷〉說：

> 宋代以前，「義理」、「考據」之名未成立，故學士大夫，莫不工文。六朝之際，雖文與筆分，然士之不工修詞者鮮矣。唐代之時，武夫隸卒，均以文章擅長，或文詞徒工，學鮮根柢。若夫於學則優，於文則拙，唐代以前，未之聞也。至宋儒立「義理」之名，然後以語錄為文，而詞多鄙倍。至近儒立「考據」之名，然後以注疏為文，而文無性靈。夫以語

⓬ 同上，頁三〇七。

錄為文，可宣於口，而不可筆之於書，以其多方言俚語也；以注疏為文，可筆於書，而不可宣之於口，以其無抗墜抑揚也。綜此二派，咸不可目之為文……近歲已來，作文者多師龔、魏，則以文不中律，便於放言，然襲其貌而遺其神。其墨守桐城文派者，亦囿於義法，未能神明變化。故文學之衰，至近歲而極。⓭

這是說以語錄或注疏爲文（無性靈），只見直陳，不見文飾，不足以稱爲「文」；而爲避免語錄或注疏繼續主導文學的走向（僞稱文學），就得改工修詞（這是順著劉文的話尾來說）。從這段話看來，所要變的「古」就專指先前語錄體或注疏體的質朴了。又如有關白話或文言方面，裘廷梁〈論白話爲維新之本〉說：

人類初生，匪直無文字，亦且無話，咿咿啞啞，啁啁啾啾，與鳥獸等，而其音較鳥獸為繁。於是因音生話，因話生文字。文字者，天下人公用之留聲器也。文字之始，白話而已矣……後人與不明斯義，必取古人言語與今人不相肖者而摹仿之，於是文與言判然為二，一人之身，而手口異國，實為二千年來文字一大厄……嗚呼！使古之君天下者，崇白話而廢文言，則吾黃人聰明才力無他途以奪之，必且務為有用之學，何至闇沒如斯矣……吾今

⓭ 同上，頁五七八～五八二。

> 為一言以蔽之曰：文言興而後實學廢，白話行而後實學興；實學不興，是謂無民。⑭

這是說文言深而白話淺（這略異於前面所說的文飾和質朴，後者可同時施用於文言和白話），前者認得的人少而不免會成爲「愚天下之具」，後者認得的人多而大可作爲「智天下之具」。如果想振興實學（指工業、商務、兵制等等），一定得從改用白話做起。從這段話看來，所要變的「古」就是二千年來風行不輟的文言了。又如有關文類（體類）特徵方面，黃遵憲〈人境廬詩草自序〉、梁啓超〈譯印政治小說序〉、三愛〈論戲曲〉分別說：

> 僕嘗以為詩之外有事，詩之中有人；今之世異於古，今之人亦何必與古人同？嘗於胸中設一詩境：一曰復古人比興之體；一曰以單行之神，運排偶之體；一曰取〈離騷〉樂府之神理，而不襲其貌；一曰用古文家伸縮離合之法以入詩。其取材也，自群經、三史，逮於周、秦諸子之書，許、鄭諸家之法，凡事名物名，切於今者，皆採取而假借之。其述事也，舉今日之官書會典、方言俗諺，以及古人未有之物，未闢之境，耳目所歷，皆筆而書之。其鍊格也，自曹、鮑、陶、謝、李、杜、韓、蘇，訖於晚近小家，不名一格，不專一體，要不失乎為我之詩。誠如是，未必遽躋古人，其亦足以自立矣。⑮

---

⑭ 同上，頁一七六～一八〇。

中土小說，雖列之於九流，然自虞初以來，佳製蓋鮮。述英雄則規劃《水滸》，道男女則步武《紅樓》，綜其大較，不出誨盜誨淫兩端，陳陳相因，塗塗遞附，故大方之家，每不屑道焉……在昔歐洲各國變革之始，其魁儒碩學，仁人志士，往往以其身之經歷，及胸中所懷政治之議論，一寄之於小說。於是彼中綴學之子，黌塾之暇，手之口之，下而兵丁、而市儈、而農氓、而工匠、而車夫馬卒、而婦女、而童孺，靡不手之口之，往往每一書出而全國之議論為之一變。彼美、英、德、法、奧、意、日本各國政界之日進，則政治小說為功最高焉……今特採外國名儒所撰述，而有關切於今日中國時局者，次第譯之，附於報末，愛國之士，或庶覽焉。⑯

我國以演戲為賤業，不許與常人平等，泰西各國則反是，以優伶與文人學士同等，蓋以為演戲事，與一國之風俗教化極有關係，絕非可以等閒而輕視優伶也……演戲雖為有益，然現演者之中，亦有不善處，以至授人口實，謂戲曲為無益，亦不足怪也。故不能持盡善盡美之說，以袒護今日之俳優，不善者宜改絃而更張之，若因微劣而遂以無益視之，亦非通

---

⑮ 同上，頁一六九。

⑯ 收於阿英編，《晚清文學叢鈔・小說戲曲研究卷》（臺北，新文豐，一九八九年四月），頁一三～一四。

論矣。今條述其優劣於左：㈠宜多新編有益風化之戲……㈡採用西法……㈢不可演神仙鬼怪之戲……㈣不可演淫戲……㈤除富貴功名之俗套……我國戲曲，若能依上五項改良，則演戲決非為遊蕩無益事也……惟戲曲改良，則可感動全社會，雖聾得聞，雖盲可見，誠改良社會之不二法門也。⑰

這是說作詩要有「自家面目」、寫小說要有「利於群治」成分、編戲劇要採用西法（有益風化），否則將無以顯示作詩、寫小說、編戲劇的必要性和特殊價值。從這幾段話看來，所要變的「古」無非是先前已成定格的詩作、不脫誨盜誨淫色彩的小說和盡是俚俗淫靡荒謬質素的戲劇。

不論晚清文體論者對於「變古」的看法如何紛歧，我們都不好輕易忽視他們有很「強烈」的「變」的意識⑱。但這一意識固然是論者有感於「世變日亟」而想到文章也得「因時」或「與世變相因」所促起，我們仍不能略過還有更爲深層的原因存在，那就是論者爲求在創作實踐上「自

---

⑰ 同上，頁五三～五五。

⑱ 這不分什麼「改良派」、「非改良派」。近人有專挑「改良派」（包括魏源、龔自珍、康有爲、梁啓超、黃遵憲等人）主張作爲晚清文體論「變古」意識的代表（這從阿英編《晚清文學叢鈔・小說戲曲研究卷・敍例》和郭紹虞、羅根澤主編《中國近代文學論著精選・前言》中，已經可以充分感受到，爾後「繼續」這種說法的也大有人在），那是窄化了「變古」的意義（像上面所引劉師培的意見，我們能說那不是在求變嗎）。

立」的心理。這點在上面所引金松岑的論說已經可以瞧見⑲，此地再引黃遵楷〈人境廬詩草跋〉中的一段話爲證：

> 其（黃遵憲）於詩也，雖以餘事及之，然亦欲求於古人之外，自樹一幟。嘗曰：「人各有面目，正不必與古人相同。吾欲以古文家抑揚變化之法作古詩，取《騷》、《選》、樂府、歌行之神理入近體詩。其取材以群經、三史、諸子、百家及許、鄭諸注，為詞賦家所不常用者。其述事以官書、會典、方言、俗諺及古人未有之物，未闢之境，舉吾耳目所親歷者，皆筆而書之。要不失為以我之手，寫我之口云。」故其詩散見於宇內者，輒為人所稱頌。以非詩人之先兄，而使天下後世僅稱為詩界革命之一人，是豈獨先兄之大戚而已哉？⑳

---

⑲ 金松岑〈文學觀〉一文開頭有段話更加顯豁：「金一曰：吾讀五千年祖國文學史，而歎古之所謂著書者，著他人之書而已。甚矣作者之難也！夫著書之人，如英雄之爭天下。從古帝王之業，眞能赤手開創而無所憑藉者，歷史之上，多不過三四人。著書之業，眞能獨立改制而無所依傍者，經籍所志，多不過五六人。其他皆炳古人之燭，以爲榮光而已。何文學之無新紀元也！」（同注⑩所引郭紹虞、羅根澤主編書，頁五一三）

⑳ 同注⑩，頁一七〇～一七一。按：另外主張小說革新或戲劇改良的人，當也有相同心理，天僇生〈中國歷代小說史論〉說：「嗚呼！吾國有翟鏗士、托而斯太其人出現，欲以新小說爲國民倡者乎？不可不自

因此，所謂文章要「因時」或「與世變相因」，就只是為求在創作實踐上「自立」這一前提下一個難可被取代的「藉口」罷了。而晚清文體論者所以有這種心理，又跟他們也「察覺」到「一代有一代文學」或「人各有好尚」㉑不無關係。換句話說，晚清文體論者在察覺「一代有一代文學」或「人各有好尚」的「事實」後，很難不警醒也要有所「自立」或勸人也得「自立」。以上就是我們所以會在晚清文體論中「處處」感受到它們要以探索或開示「變古」途徑來顯其特殊性的一段「必要理路」了。

撰小說，不可不擇事實之能適合於社會之情狀者為之，不可不擇體裁之能適宜於國民之腦性者為之。」（同注⑯，頁三六～三七）箸夫〈論開智普及之法首以改良戲本為先〉說：「中國文字繁難，學界不興，下流社會，能識字閱報者，千不獲一，故欲風氣之廣開，教育之普及，非改良戲本不可……中國舊日喜閱之寇盜、神怪、男女數端，淘汰而改正之。復取西國近今可驚、可愕、可歌、可泣之事，如波蘭分裂之慘狀、猶太遺民之流離、美國獨立之慷慨、法國改革之劇烈，以及大彼得之微行、梅特涅之壓制、意大利之三傑、畢士麥之聯邦，一一詳其歷史，摹其神情，務使鬚眉活現，千載如生。彼觀者激刺日久，有不鼓舞奮迅，而起尚武合群之觀念，抱愛國保種之思想者乎？」（同注⑯，頁六一）只是此一「自立」的比照對象，不是中國傳統的小說、戲劇，而是西洋近代的小說、戲劇，這比詩界革命等主張要多一些轉折。

㉑ 胡蘊玉〈中國文學史序〉說：「一代之興，即有一代之治；一代之治，即有一代之學；一代之學，即有一代之書。」（同注⑩，頁四六九）寧調元〈南社集序〉說：「詩者，志之所之也……人各有志，志之卑抗殊，而詩之升降，亦於以判。」（同上，頁四六七）由這兩段話可見一斑。又「一代有一代文學」或「人各有好尚」，也包括「一代有一代文體論」或「人各有所好發而為文體論」在內。

其次是晚清文體論對於西方小說、戲劇（尤其是小說）這類敘事性文體有著在中國所未見或所罕見的「敘事模式」也頗多關注，似乎有意要推介給國人而一改傳統敘事性文體的審美特徵。這方面的論述，主要見於有關中西方敘事方式、敘事觀點和敘事結構的分判上，如知新室主人〈毒蛇圈·譯者語〉說：

> 我國小說體裁，往往先將書中主人翁之姓氏來歷敘述一番，然後詳其事於後；或亦有楔子、引子、詞章、言論之屬，以為之冠者，蓋非如是則無下手處矣。陳陳相因，幾於千篇一律，當然讀者所共知。此篇為法國小說鉅子鮑福所著，乃其起筆處即就父女問答之詞，憑空落墨，恍如奇峰突兀，從天外飛來；又如燃放花炮，火星亂起。然細察之，皆有條理，自非能手，不能出此。雖然，此亦歐西小說家之常態耳。㉒

林紓〈歇洛克奇案開場序〉說：

> 此（奇案開場）歇洛克試手探奇者也。文先言殺人者之敗露，下卷始敘其由，令讀者駭其前而必繹其後，而書中故為停頓蓄積，待結穴處，始一一點清其發覺之故，令讀者恍然，

㉒ 見陳平原，《中國小說敘事模式的轉變》（臺北，久大文化，一九九〇年五月），頁四二引。

此顧虎頭所謂傳神阿堵也。寥寥僅三萬餘字，借之破睡亦佳。㉓

論著對西方小說有這種倒敍手法甚表驚訝，而回頭看中國小說千篇一律採用順敍手法，不免要覺得索然乏味了。

又如觚菴〈觚菴漫筆〉說：

偵探小說，東洋人所謂舶來品也，已出版者，不下數十種，而群推《福爾摩斯探案》為最佳。余謂其佳處全在「華生筆記」四字。一案之破，動經時日，雖著名偵探家，必有疑所不當疑，為所不當為，令人閱之索然寡歡者。作者乃從華生一邊寫來，祇須福終日外出，已足了之，是謂善於趨避。且探案全恃理想規劃，如何發縱，如何指示，一一明寫於前，則雖犯人弋獲，亦覺索然意盡。福案每於獲犯後，詳述其理想規劃，則前此無益之理想，無益之規劃，均可不敍，遂覺福爾摩斯若先知，若神聖矣。是謂善於鋪敍。因華生本局外人，一切福之祕密，可不早宣示，絕非勉強，而華生既茫然不知，忽然罪人斯得，驚奇自出意外。截樹尋根，前事必需說明，是皆由其布局之巧，有以致之，遂令讀者亦為驚奇不

㉓同注⑯，頁二四三。

置。余故曰：其佳處全在「華生筆記」四字也。[24]

西方小說家懂得採取這類限制觀點來安排小說情節，自然不是見慣自家傳統小說（多半採取全知觀點來安排小說情節）的國人所能想像，難怪論者會大爲嘆服！

又如瑟齋〈小說叢話〉說：

> 英國大文豪佐治賓哈威云：「小說之程度愈高，則寫內面之事情愈多，寫外面之生活愈少，故觀其書中兩者分量之比例，而書之價値可得而定矣。」可謂知言。持此以料揀中國小說，則惟《紅樓夢》得其一二耳，餘皆不足語於是也。[25]

林紓〈塊肉餘生述序〉說：

> 施耐庵著《水滸》，從史進入手，點染數十人，咸歷落有致。至於後來，則一丘之貉，不復分疏其人，意索才盡，亦精神不能持久而周遍之故……若是書持敘家常至瑣屑無奇之事

---

[24] 同上，頁四三〇。

[25] 同上，頁三一〇～三一一。

蹟，自不善操筆者為之，且慨慨生人睡魔，而迭更司乃能化腐為奇，撮散作整，收五蟲萬怪，融匯之以精神，真特筆也。㉖

中國小說向來以情節爲結構中心，比較缺乏人物性格的刻劃和背景氛圍的描寫，而西方小說卻能兼顧或別爲突出，以至論者不禁要另眼相看。

從上述種種跡象看來，晚清文體論者不止熱衷於尋求文體的「變古」途徑，還有餘力開發一種中國所欠缺的敍事模式㉗。雖然這種敍事模式在晚清並沒有廣爲實踐，但它儼然已是中國未來發展敍事性文體所不可缺少的資源了㉘。這相對中國傳統的敍事模式來說，不可謂不是一項大幅度的「躍進」，從而「徹底」改變了國人的敍事觀念。如果說晚清文體論（比較以往文體論）有

㉖ 同上，頁二五四。

㉗ 該一敍事模式自然也適用於戲劇（這從晚清文體論者常將小說、戲劇一併或混合討論可以測得。有關晚清文體論者將小說、戲劇合併討論部分，參見注❸所引李瑞騰書，頁一六五～一六六）。此外，也有一些論者注意到「悲劇」在感發人心上的特殊功能，而極力去揭發中國傳統敍事性文體中的悲劇成分或援引西方傳統敍事性文體中的悲劇成分以爲國人存思或借鏡（見王國維《紅樓夢評論》、蔣觀雲〈中國之演劇界〉，同注⑯，頁一一二～一一六、五〇～五二），這也蠻特別的。但它所獲得的迴響甚少（爾後也沒有長足的發展），似乎沒能給國人帶來什麼新知，所以這裡就不浪費筆墨加以論述。

㉘ 最明顯的是五四時代的小說，幾乎都不可避免要遵循這種敍事模式。參見注㉒所引陳平原書，頁三三～一三六。

什麼特殊的話，那這對新敍事模式的揭發或引介就是了。而我們也不妨把它當作是晚清文體論者所提供的一項「創新」信息（雖然它本源於西方），而跟前一項「變古」信息合爲晚清文體論可資辨認的特徵。此外，想要從別的角度來透視晚清文體論而挖掘另一些可以或值得進一步討論的質素，恐怕不是一件容易的事。

四

以上所勾勒的晚清文體論文本，實際上帶有相當程度的化約性。比如當有人在暢論「白話爲維新之本」時，也有人在詆斥白話作品「不足觀」或考得白話作品「不甚通行」㉙，而本文並沒

㉙ 如陸紹明〈月月小說發刊詞〉說：「中國小說分兩大時代：一爲文言小說之時代，一爲白話小說之時代……爲白話小說者，往往蟻視小說，率爾爲之，此白話小說之所以不足觀也。」（同注⑯，頁一四九）覺我〈余之小說觀〉說：「就今日實際上觀之，則文言小說之銷行，較之白話小說爲優……余約計今之購小說者，其百分之九十出於舊學界而輸入新學說者，其百分之九出於普通之人物，其眞受學校教育而有思想、有才力、歡迎新小說者，未知滿百分之一否也？所以林琴南先生，今世小說界之泰斗也，問何以崇拜者之衆？則以遺詞綴句，胎息《史》《漢》，其筆墨古樸頑豔，足佔文學界一席而無愧色……夫文言小說，所謂通行者既如彼，而白話小說其不通行者又若是，此發行者與著譯者，所均宜注意者也。」（同上，頁四六～四七）

有再作處理；又如當有人在為西方小說的情節布局「驚奇不置」時，也有人在為中國小說的情節布局「贊賞不已」㉚，而本文也沒有別為分疏。另外，只要有一種文學主張存在，多少都會有反對的主張出來相抗衡，而本文也都不曾稍加措意。但這些只是晚清文體論文本內部的「異質」聲音，不致影響到它所具有的特徵（更何況異質聲音的出現，還有助於我們看出論者多半反省不到「獨特異見」的關鍵原因呢）。所以無妨可以繼續為晚清文體論文本來建構意義。

倘若我們勤於考察歷史，當會「發現」古人早已擅長構設一套「文體屢遷」而作者不得不有「求變心理」的說法，如劉勰《文心雕龍·通變贊》說：「文律運周，日新其業。變則其久，通則不乏。趨時必果，乘機無怯。望今制奇，參古定法。」蕭子顯《南齊書·文學傳論》說：「習玩為理，事久則瀆，在乎文章，彌患凡舊，若無新變，不能代雄。」顧炎武《日知錄·詩體代降》說：「詩文之所以代變，有不得不變者：一代之文，沿襲已久，不容人人皆道此語。今且千數百年矣，而猶取古人之陳言，一一而摹倣之，以是為詩，可乎？」而在這一套說法底下，又有無數相互違異的「變革方案」。這究竟是怎麼可能的？我們從「變則其久，通則不乏」、「若無

㉚ 如東海覺我〈小說林緣起〉：「西國小說，多述一人一事；中國小說，多述數人數事；論者謂為文野之別，余獨謂不然。事蹟繁、格局變，人物則忠奸賢愚並列，事蹟則巧絀奇正雜陳，其首尾聯絡，映帶起伏，非有大手筆大結構，雄於文者不能為此，蓋深明乎具象理想之道，能使人一讀再讀，即十讀百讀亦不厭也；而西籍中富此興味者實鮮，孰優孰絀，不言可解。」（同上，頁一五七）

新變，不能代雄」、「一代之文，沿襲已久，不容人人皆道此語」這些語氣來看，不難想知它正是古人急於「自立」的表徵。換句話說，「求變」所以必要，是因爲人不甘願作他人的「影子」或變成他人的「傀儡」。而這也就是爲什麼有些一味「復古」或「擬古」的論調經常遭人鄙薄的緣故㉛。因此，要「變」才有開展性，要「變」才有獨特性，終於成了這類論述的「洞見」所在。而我們看晚清文體論不但揭示許多「變古」途徑，還引發一些「創新」案例，自然也展現了同樣或類似的洞見。而這當然也包括個別晚清文體論間常以不同「面貌」來自我（暗中）「標榜」與衆不同的作爲。如果不涉及實踐問題而純就論述來說，晚清文體論這種「力求與人異」的論說風格，更有可能是（我們所容易忽略的）它的「眞正」精彩處。

這樣說來，晚清文體論本身的演示所意味的「一代有一代文體論」（晚清文體論無疑也可稱爲「一代文體論」），似乎比晚清文體論所提供給人的那套「新變」方案要更耐人尋味。因爲後者不過讓我們見識晚清文體論者亟於尋求「自立」或勸人「自立」的用心，此外再也無法想像如

㉛ 如皎然《詩評》說：「作者須知復變之道：反古曰復，不滯曰變。若惟復不變，則陷於相似之格；其壯如駑驥同廄，非造父不能變，能知復變之手，亦詩人之造父也。以此相似一類置於古集之中，能使弱手視之，眩目何異！」（見注❽所引郭紹虞書，頁二一一引）袁宏道〈雪濤閣集序〉說：「夫古有古之時，今有今之時，襲古人語言之跡而冒以爲古，是處嚴冬而襲夏之葛者也。」（《袁中郎全集》卷一）論者所譏誚的無乃是「復古」或「擬古」的作爲太沒出息吧！

有不同形態且相互衝突的「自立」又該怎麼辦；而前者卻會立刻「促使」我們想到這「一代有一代文體論」包含著各文體論間有「不可共量」成分，論者自己又要怎麼說而讀者又當怎樣看待？顯然這不能隨意爲論者設想一個理由（因爲論者自己沒說）就能搪塞過去，而得略作一點「抽絲剝繭」的工作。首先，論者彼此對同一課題有不同的見解或主張㉜，這類差異的形成如果也把它看成是論者爲了「自立」（在論說上「自立」），那它就不可能是中性義的「自立」，而是價值義的「自立」。因爲它是相對其他的「自立」或超越其他的「自立」而存在的「自立」，不可能不帶有價值的印記。這麼一來，勢必要再追究這「自立」的價值根源是什麼或論者爲什麼要賦予「自立」價值？論者並沒有繼續反省這個問題，以至不免盡流於跟他人作「誰是誰非」的無謂爭辯。其次，由上一個問題延伸下來，論者要藉由論說顯示自己在創作實踐上「自立」的企圖心和激勵他人也得有相同的想望，這也一樣是在價值情境中才有可能，而論者仍然要反省：憑什麼要求自己或他人走這樣的「自立」路，而如果不走這樣的「自立」路又會怎樣？遺憾的是，論者似

㉜ 就以晚清文體論者頗爲關心的小說革新一事爲例，有的極力主張要以能支配人道、左右群治等實用價值爲依歸（見梁啓超〈論小說與群治之關係〉、別士〈小說原理〉、楚卿〈論文學上小說之位置〉、天僇生〈論小說與改良社會之關係〉等文，同收於注⑯所引阿英主編書，頁一四～一九、二一～二七、二七～三一、三七～三九），有的卻大力呼籲要以有優雅格調、高明技巧等審美價值爲鵠的（見東海覺我〈小說林緣起〉、黃摩西〈小說林發刊詞〉等文，同上，頁一五六～一五八、一五八～一六一），彼此相互鑿枘。

乎也沒有意識到這個問題的存在，致使連他自己所精心構設的一套說法也失去了「根植」。

就在晚清文體論者沒能再爲他們的論說作這類後設的反省時，整體晚清文體論所顯現的獨特性以及所給予後人的啓迪（特指「新敍事理論」部分），頃刻間在我們的眼前「模糊」了起來。因爲還有更有看頭的話題等著我們去揭開，那就是晚清文體論正陷於無法解決「爲什麼會有不同的文體論主張」和「倡導新敍事理論究竟有何意義」等困境中，而到底有什麼辦法可以「救它一救」？換句話說，晚清文體論「終於」露出了它的「不見」面，這又該如何善了？

五

顯然我們會看到，在晚清文體論含有這「不見」後，原先的「洞見」就算不得什麼了。畢竟現在我們所面對的文體課題，遠比晚清文體論所提及的複雜；而所需要用來處理或解決跟文體有關的問題的資源，也不是晚清文體論所成就的那「丁點」新變理論能夠湊數㉝；但關於那個「不

㉝ 以敍事理論來說，底下所列今人所撰的幾本專書，就不知比晚清文體論所提供的多出多少倍：高辛勇《形名學與敍事理論——結構主義的小說分析法》（臺北，聯經，一九八七年十一月）、徐岱《小說敍事學》（北京，中國社會科學，一九九二年九月）、盛子潮《小說形態學》（福州，海峽文藝，一九九三年六月）。至於當今所要面對的文體課題的複雜性，可參見下列各書：伊格頓（Terry Eagleton）

見」就不同了，它可能存在以往的文體論中，也可能存在當今的文體論中，如果我們不夠警覺，難保不會在這個節骨眼上現出跟晚清人同樣的闇昧乏知。

其實，一切論述（言說）都是「意識型態」的實踐。而這種實踐的方式，會隨著論述在它裡頭成形的各種制度設施和社會實踐的不同而有所不同，也會隨著那些論述者的立場和那些接受者的立場的不同而有所不同。因此，我們可以通過跟論述相關的制度設施、通過論述所出發的立場和為論述者選定的立場來確認論述的「意義」㉞。這是當代言說理論所啓示我們的。而它也著實引領著我們看清任何對立論述背後的「實況」：一場你來我往互不相讓的信仰對抗或權力鬥爭。此刻已經沒有所謂絕對的是非對錯（有的只是各自所抱持的相對的是非對錯），也沒有什麼必要實現的「理想」（一切全看「權力慾望」的趨向而定）。

我們回頭看晚清文體論，起初讓人想不透的問題，現在都有了解答。也就是各種不同的文體

《當代文學理論導論》（聶振雄等譯，香港，旭日，一九八七年十月）、阿特金斯（G. Douglas Atkins）等《當代文學理論》（張雙英等編譯，臺北，合森文化，一九九一年九月）、朱耀偉編譯《當代西方文學批評理論》（臺北，駱駝，一九九二年四月）、蔡源煌《從浪漫主義到後現代主義》（臺北，雅典，一九八八年八月）及周慶華《秩序的探索──當代文學論述的省察》（臺北，東大，一九九四年十一月）等。

㉞ 參見麥克唐納（Diane Macdonell），《言說的理論》（陳墇津譯，臺北，遠流，一九九〇年十二月），頁一一～一三。

論主張背後，無不有著支配他人的慾望；而倡導新敍事理論，正是同一慾望的不同「形態」表述（而這時所謂的「變古」、「創新」、「自立」等等說詞，也都跟該慾望掛上了鉤，成爲它最好的「幫手」。）晚清文體論所以「不見」，說穿了就是蔑視或遺忘這一慾望的存在。

明白這點，可能會使我們眼前再度豁然開朗。因爲從晚清以後，文體論更是「日遞月嬗」，至今仍未停息，似乎還沒有人能給予這種現象一個「合理」的解釋（如果有人指出那是受到西方文體論影響，我們必須知道它不算是「合理」的解釋，因爲它還沒有說出西方文體論瞬息萬變又是什麼緣故），而我們以「權力慾望」這一變數相衡量，應該會當下契悟而所作解釋也能「入理」。

最後，假使還有可以討論的，那將不關晚清文體論或晚清以來文體論，甚至彼此背後所有的信仰或意識型態糾結，它可能是各自「伸張」權力導致言論失序或價值觀混亂的重整或再建構的問題（當然這也是「伸張」權力的另一種方式，但它將會多一分「自覺」而少一分「盲昧」）。不過，這已經超出本文的範圍，只好留待他日再作討論。

（本文原發表於中央大學中文系主辦「近代中國文學與思想研討會」，一九九五年四月。）

當代西方文學思潮在臺灣

一

就臺灣文學界來說，近五十年的變化即使不算「波詭雲譎」，也夠「燦人心目」了。西方新興的文學思潮❶，一波波的湧進來，不斷地撞擊此地許多愛好文學的心靈，隨即發出或深或淺的

❶ 一般所說的「文學思潮」，在西方多以某種主義來指陳，如人文主義、古典主義、浪漫主義、寫實主義、象徵主義、未來主義、表現主義、存在主義、超現實主義、結構主義……等等；在我國原沒有什麼「主義」，因而論述思潮的變遷時用詞多不一致，有的以「運動」來表達，有的以「精神」來指陳，有的以「派別」來界說……紛紛紜紜。參見郭育新、侯健，《文藝學導論》（臺北，中國文化大學，一九九一年四月），頁二六〇~二七三；李牧，《疏離的文學》（臺北，黎明，一九九〇年五月），頁一二五~一三六。雖然如此，有的思潮（主義）含有一套嚴謹的理論體系，可以作爲創作或批評的法則（如

共鳴，幾乎要改變傳統文學論述的體質。其中歸國學人的迻譯引述、書商的仲介推銷和傳播媒體的刊載傳送等等，是引發這場變化的重要因素，也給此地社會投下促其日漸開放的部分的「催化劑」❷。

不論這種現象是否隱含著「文化帝國」或「文化霸權」已經在臺灣取得文學支配地位❸，都不可否認臺灣文學界到現在還沒有中止過對外來文學思潮的吸取和容納，同時早期常見的懷疑或排斥心態❹也逐漸被「同情共感」所取代❺。這顯示了此地人心的什麼樣的趨向？是像海峽對岸一位學者所說的基於「崇拜」心理而隨人趕時髦❻？還是應了比較文學家所指出的「在一國文學

寫實主義、結構主義等）；有的思潮只是對某一現象的描述或期待（如人文主義、未來主義等），並未自成一套體系。

❷ 常見一種論調：「文學常是時代的反映，而任何時代都有構成它的文化中心或基礎思想，做為該時代一切活動的軸心和轉動時勢的根本精神，此謂之『時代精神』。當然，文學的背後也必有它的『時代精神』。」（見廚川白村，《西洋近代文藝思潮》（陳曉南譯，臺北，志文，一九八七年六月），頁二八）根據這點來推，文學思潮的背後也必有它的「時代精神」。問題是：那「時代精神」又是怎麼來的？難道那「時代精神」的形成也可以不包括文學思潮在內嗎？因此，在無法絕對釐清文學和社會或文學思潮和社會風氣（時代精神）之間關係的情況下，寧可選擇比較「有利」的論述立場，也就是主張前者也參與了後者的摶成或形塑進程，這樣才能凸顯文學社群的能動性或主動性。

❸ 有關「文化帝國」或「文化霸權」的問題，詳見湯林森（John Tomlinson），《文化帝國主義》（馮建三譯，臺北，時報，一九九四年五月），波寇克（Robert Bocock），《文化霸權》（田心渝譯，臺北，遠流，一九九一年十月）。

中新出現的趨勢及信仰，常常受外來模式的激發，以對抗本國盛行的理論和實踐」❼那種「影響

---

❹ 早期傳來的文學思潮，如存在主義、超現實主義和精神分析學等等，雖然曾獲得熱烈的迴響，但也引起不少人的質疑或拒斥（如關傑明、唐文標等人對現代詩的西化風的批判，以及有意「回歸」本土化的詩刊的相繼創立等，所表現的最爲明顯）。參見何欣，〈六〇年代的文學理論簡介〉，刊於《文訊》，第一三期（一九八四年八月），頁四一～四二；李豐楙，〈民國六十年前後新詩社的興起及其意義——兼論相關的一些現代詩評論〉，收於陳鵬翔、張靜二合編，《從影響研究到中國文學》（臺北，書林，一九九二年一月），頁三九～五九。

❺ 尤其是後現代主義、女性主義和後殖民主義等一些晚近的文學思潮傳來以後，大家很少不震懾於「解構」、「顛覆」、「去中心」、「文本互涉」、「衆聲喧嘩」、「諧擬」、「博議」、「意符遊戲」、「女性書寫」、「抵殖民」……等等觀念，而不禁在文學創作和文學批評的實踐上有所「符應」。參見孟樊，〈臺灣後現代詩的理論與實踐〉，收於孟樊、林燿德編，《世紀末偏航——八〇年代臺灣文學論》（臺北，時報，一九九〇年十二月），頁一四五～二一四；吳潛誠，〈八〇年代臺灣文學批評的衍變趨勢——一個初步觀察〉，同上，頁四一五～四三五；張惠娟，〈直道相思了無益——當代臺灣女性小說的覺醒與徬徨〉，收於鄭明娳主編，《當代臺灣女性文學論》（臺北，時報，一九九三年五月），頁三九～六一；蔡源煌，《從浪漫主義到後現代主義》（臺北，雅典，一九八八年八月），頁二九三～三〇四；邱貴芬，〈「發現臺灣」：建構臺灣後殖民論述〉，刊於《中外文學》，第二一卷第二期（一九九二年七月），頁一五一～一六三。

❻ 見古繼堂，《臺灣新文學理論批評史》（瀋陽，春風，一九九三年六月），頁七三。

❼ 見維斯坦因（Ulrich Weisstein），〈影響與模仿〉（孫麗譯），收於李達三、劉介民主編，《中外比較文學研究》（臺北，學生，一九九〇年九月），第一冊（下），頁四四一。

焦慮」？或是純粹為了爭奪「發言權」（試圖以「西」補「中」之不足而成為「新」的意見領

袖）而採取的不二策略？

顯然這是一個難以詳考也無從說得準確的課題。畢竟崇拜心理和影響焦慮都不是人所樂意承認的，而爭奪發言權一事也常被刻意的包裝，到頭來所下的論斷恐怕都無法獲得當事人「認可」的實例給予印證❽；何況還有類似底下那種偶然的情況：「作家之所以接納外來的東西，往往是因為『心有戚戚焉』，也就是說，這些外來的事物能符合、激發或引導出他內心原來就有的想法——也許原先只是一些模糊的觀感——此內在因素與外在因素的分野與比例難以取決」❾，這要如何才能夠善了？因此，有關此地文學界接受外來文學思潮的心理背景，大概也沒有多少可以

---

❽ 如「創世紀」詩社要員之一洛夫，曾大力宣揚超現實主義精神，也創作不少超現實主義詩，卻相當反感別人硬派給他「超現實主義者」的頭銜（參見張漢良，《比較文學理論與實踐》（臺北，東大，一九八六年二月），頁七八～八五）。又如稍早顏元叔、葉嘉瑩、周英雄等人，採用新批評、精神分析學、詮釋學、符號學、接受美學、意識批評、結構主義等方法來批評傳統的詩、詞、小說，已經獲得各方的矚目（有了發言權），卻一再表白這樣做不過是要豐富傳統文學或為傳統文學批評開闢新蹊徑（詳見顏元叔，《何謂文學》（臺北，學生，一九七六年十二月），頁八一～九五；葉嘉瑩，《中國詞學的現代觀》（臺北，大安，一九八八年十二月），頁三三～六一；周英雄，《結構主義與中國文學》（臺北，東大，一九八三年三月），頁二〇五～二二五）。

❾ 見單德興，〈論影響研究的一些作法及困難——以臺灣近三十年來的小說為例〉，收於鄭明娳主編，《當代臺灣文學評論大系·小說批評卷》（臺北，正中，一九九三年六月），頁九九。

「著力」探討的地方了。

那剩下來還有什麼可看的？如果我們不在乎文學的「前途」，就任其漫無目的演變下去，根本不需要費心來理會外來文學思潮的衝擊、甚至支配等等問題；但如果我們還關心在這番「波動」後應當有一些新的展望，那對於外來文學思潮在此地究竟起了什麼「作用」，自然就不能輕易略過。這種考察因爲有較爲具體的「數據」爲憑，一來可以掌握外來文學思潮在此地被接受的一般實況；二來可以進一步推測未來文學（包含創作和批評）可能或必要的走向。這項任務（過去有不少人在擔負，但能「徹底」完成的好像還沒有）想必有它的迫切性，而本文正要嘗試來挑起。

二

想了解外來文學思潮在此地究竟起了什麼「作用」，大體上有三個考察進程（步驟）：第一，屬於平面式的，看看外來文學思潮所起具體變化的層面；第二，屬於縱深式的，就此地文學界在接受外來文學思潮過程中實際的「消化」情況進行探勘；第三，也屬於縱深式的，從此地文學界所發出的省思來掌握外來文學思潮的命運（這可以反觀外來文學思潮所作用的程度）。現在就先來作點平面的考察。

如果只就文學思潮的個別形態來說（而不涉及文學思潮的性質類型），五、六〇年代所引進的有延續自十九世紀末的象徵主義和二十世紀初的前衛派或現代派（如超現實主義、意識流、存在主義等；二者統稱爲現代主義），以及延續自二十世紀二、三〇年代的形式主義（新批評）等；七、八〇年代所引進的有結構主義、符號學（記號學）、現象學、詮釋學、精神分析學、讀者反應理論、接受美學、後結構主義、解構主義、新馬克思主義、女性主義、魔幻寫實主義、後現代主義和新歷史主義等；九〇年代以來引進的有後殖民主義，混沌學批評和系譜學批評等，這些是大家普遍都能辨認的外來文學思潮。此外，像七〇年代鄉土文學論戰（或較前的現代詩論戰）時廣泛在討論的現實主義或社會寫實主義，也是起源於西方，卻很少有人去正視它的外來性⑩。

以上這些文學思潮，此地譯介的文章和專書不計其數，但有些文學刊物（或文化性的刊物）卻很明顯有意或有計畫的在作引介或推廣的工作，如五、六〇年代的《文星》、《文學雜誌》、《現代文學》、《現代詩刊》、《創世紀詩刊》、《藍星詩刊》等；七、八〇年代的《純文學》、《幼獅文藝》、《中外文學》、《聯合文學》（及《中國論壇》、《當代》）等。其中

---

⑩ 甚至連許多人所標榜的「鄉土文學」一名，也是舶來品（源自德國），而他們都沒加以「理會」。參見侯立朝，〈七〇年代鄉土文學的新理解〉，收於尉天驄主編，《鄉土文學討論集》（臺北，遠景，一九七八年四月），頁四三二。

《幼獅文藝》、《中外文學》、《聯合文學》（及《當代》）至今仍在發行。此外，九〇年代才創刊的《臺灣詩學季刊》，對於外來文學思潮也不乏汲引和演繹。如果也把有意無意或有計畫無計畫引介或推廣外來文學思潮（或某些特定的外來文學思潮）的刊物算在內，五、六〇年代的《文壇》、《中華文藝》、《筆匯》、《文學季刊》、《文藝月刊》等；七、八〇年代的《書評書目》、《文學思潮》、《文訊》等都是⓫。可見外來文學思潮在相當程度上已經「左右」了此地文學刊物的製作。

早期此地文學刊物在競相引介或推廣外來文學思潮時，香港的《大學生活》和《文藝新潮》兩種大力介紹西方文學思潮的刊物就先在此地公開發行，有人認為它們頗有帶動風氣或刺激觀念的功能：

> 對現代文學有濃厚興趣的知識分子中，幾乎沒有人不知道這兩份刊物的。而這兩份刊物使年輕一代的知識分子在文藝觀念上產生最大轉變的潛在力量，也是促使我國文藝批評轉位的主要因素。⓬

⓫ 參見薛茂松，〈臺灣地區文學雜誌的發展（一九四九～一九八六）〉，刊於《文訊》，第二七期（一九八六年十二月），頁八〇～八八。

⓬ 見尹雪曼總編纂，《中華民國文藝史》（臺北，正中，一九七五年六月），頁九〇。

不論此地同類型刊物的創立是否實地得自這兩份刊物的啓發，這兩份刊物和此地繼起的相關刊物的確改變了此地的文學格局，不僅「現代詩」、「現代小說」、「現代戲劇」、「後現代詩」、「後現代小說」（後設小說）、「後現代戲劇」到處可見，連實際批評也流行採用「形式主義」、「結構主義」、「符號學」、「現象學」、「詮釋學」、「精神分析學」、「讀者反應理論」、「接受美學」、「後結構主義」、「解構主義」、「新馬克思主義」、「女性主義」、「後殖民主義」等等解剖刀。此地學者所編的《中國現代文學大系》（巨人版）、《當代中國新文學大系》（天視版）、《中華現代文學大系》（九歌版）、《新世代小說大系》（希代版）、《臺灣新世代詩人大系》（書林版）及《當代臺灣文學評論大系》（正中版）等，個別有大篇幅著錄這些成果，恰似外來文學思潮在此地發揮影響力的「展示區」。可見外來文學思潮也在相當程度上已經「扭轉」了此地文學創作和文學批評的方向。

三

當受外來文學思潮影響的文學作品和文學評論一篇篇的出來後，不免會令人想到此地文學界到底「消化」了多少外來文學思潮？曾經有人對於「影響」的情況有這樣的論述：

我們常常會發現，甲雖然受乙影響，但影響的方向，卻是朝著另外一目標邁進，大有「橘踰淮而北為枳」的味道。究其原因，不外乎下列三點，其一，可能是受影響者對原著的精神，並不能十分把握，望文生義，匆忙引進，在自圓其說一番之後，便開始大張旗鼓的實行了起來；其二，可能是因為受影響者，別有懷抱，專取原著中符合自己意願的部分，大為宣揚。有時候可能還會犯了斷章取義的毛病，與原作者的意思背道而馳；其三，是受影響者，根本誤解了原著，借題發揮，憑空杜撰。然後，進一步鼓動風潮，呼風喚雨，聚集來一群喜新好奇的人，隨聲附和。⓭

這說的是受影響者往往「各取所需」而不理會或無法理會影響者的究竟義，導致「影響」產生偏向。如果承認這種偏向是個「常例」，而把造成這種偏向的三個原因用來衡量此地文學界對外來文學思潮的接受，恐怕也無從一一數出相對應的例子；因爲判斷所以偏向的原因本身，就很難取得絕對的客觀的依據或標準（最多大概可以取得「相互主觀」的依據或標準）。

雖然如此，爲了瞭解此地文學界如何「消化」外來文學思潮，還是要透過一些現有的評論來作點推測（也許推測的結果可以獲致相互主觀性）。這裡就舉幾位作家和批評家的話爲例：

⓭ 見羅青，〈各取所需論影響〉，收於李達三、劉介民主編，《中外比較文學研究》，第一冊（下），頁四六三。

三十三位作家的文學技巧，也各有特殊風格，有的運用意識流心理分析，有的運用語言象徵，有的簡樸寫實，有的富麗堂皇，將傳統溶於現代，借西洋揉入中國，其結果是古今中外集成一體的一種文學，這就是中國臺灣六〇年代的現實。⓮

這是白先勇為歐陽子所編《現代文學小說選集》寫的序中的一段話，它無非在告訴人此地所出現的「現代小說」只是「文學技巧上的學習，而非意識型態的模仿」⓯。

由顏元叔在五十年代起所一力提倡的新批評，要求批評者正面面對文學作品為對象，將興趣焦點集中於作品的內在因素，以細讀方法將作品的結構形式加以詳盡的分析；繼而用一些有機體、作品整體的上下文意（context），配上矛盾語、分歧義和多義性所產生的張力或張勢等等為評價標準，使文學批評在國內一時獲得無限生機……當然，顏氏用新批評的方法將一首詩從時空完全孤立架空，使之絕緣一切，然後專以其內在文字結構加以理性的分解。這個方法卻因為中國文學家對傳統淵源之重視和愛惜而在國內觸發起極大的波

⓮ 見白先勇，〈「現代文學」的回顧與前瞻〉（代序之一），收於歐陽子編，《現代文學小說選集》（臺北，爾雅，一九九一年七月），第一冊，頁一六。

⓯ 參見注❶所引李牧書，頁一九一。

> 動……這裡我要補足的，就是甚至新批評也非完全摒絕歷史。以Cleanth Brooks為例，他就在*Modern Poety and the Tradition*一書中以艾立德著名的〈一個統一感性的傳統〉（A tradition of unified sensibility）來討論從但丁到二十世紀的一個永恆不變的文學傳統。⑯

這是王建元就臺灣光復以後三十年間文學批評的研究成果所作系統性評估中的一段話，它指出了新批評引入此地所起的迴響（包含反面的批判），以及引入者對新批評仍重「歷史面」的忽視。

存在主義文學重探人文主義對於人本思想的重視，本質上說是承續了拜倫遺風——所以就文學史來看，它也有一條脈絡淵源，而非憑空立論。我們感興趣的是，民國五十年代，它成為年輕人的口頭禪（譬如說，王尚義《從異鄉人到失落的一代》一書的標題就算集口頭禪之大成了），究竟是什麼緣故；以上的分析也許觸及了一些蛛絲馬跡。但是，我也發現荒謬、疏離、倦魘這些聳人聽聞的字眼，過去似乎不必要地被「放大」，而無法看準存在主義的時代意義，也無法深入探討存在主義文學在西方的文學史上的背景。存在主義風靡

⑯ 見王建元，〈臺灣二、三十年文學批評的理論與方法〉，收於賴澤涵主編，《三十年來我國人文及社會科學之回顧與展望》（臺北，東大，一九八七年四月），頁一三四～一三五。

> 了五十年代國內的年輕讀者，其主要課題大抵可用「自我」兩字囊括，而事實上，「自我」概念的摸索也顯示當時年輕人的主要關切。⓱

這是蔡源煌剖析存在主義的內涵兼考察存在主義在此地風行後的一段結語，它暗示了此地文學界只吸收存在主義的「糟粕」（或浮面觀念），並沒有吸收存在主義的「精髓」。

> 收集在這一個系列的專書反映著兩個主要的方向：其一，這些專書企圖在跨文化、跨國度的文學作品及理論之間，尋求共同的文學規律（Common Poetics）、共同的美學據點（Common Aesthetic Grounds）的可能性。在這個努力中，我們不隨便信賴權威，尤其是西方文學理論的權威，而希望從不同文化、不同美學的系統裡，分辨出不同的美學據點和假定，從而找出其間的歧異和可能匯通的路線；亦即是說，絕不輕率地以甲文化的據點來定奪乙文化的據點及其所產生的觀、感形式、表達程序及評價標準。其二，這些專書中亦有對近年來最新的西方文學理論脈絡的介紹和討論，包括結構主義、現象哲學、符號學、讀者反應美學、詮釋學等，並試探它們被應用到中國文學研究上的可行性及其可能引起的危機。⓲

⓱ 見注❺所引蔡源煌書，頁一〇四。

這是葉維廉爲此地首套比較文學叢書（東大版）所寫總序開頭的一段話，它顯現著文學界對外來文學思潮強力衝擊的焦慮，並試圖打開一條可以使中西方文學相互匯通的道路。

以上的「取樣」如果可信，那此地文學界「消化」外來文學思潮就大致有三種情況：一是局部或片面的吸取（如白先勇、王建元所說），二是有意無意的斷章取義（如蔡源煌所說），三是採取距離或有條件的接納（如葉維廉所說）。這相當上述三個影響常例中的第二個（其中採取距離或有條件的接納，似乎已經預設了接納者對外來文學思潮的全盤理解，實在不宜把它歸入第二個常例中，但因爲它的表述是有「選擇性」的，如同局部或片面的吸取，所以這裡才勉強把它歸爲第二個常例）。至於第一個常例和第三個常例是否也存在此地文學界，由於沒有較爲明顯的「證據」，個人也不好隨意猜測或妄斷。

四

正當外來文學思潮不斷在此地激起迴響之際，文學界中的「有識之士」也開始警覺到當中可能含有「盲目接受」成分或「喪失自家面目」危機而積極進行省思或反撲。這就涉及外來文學思

⑱ 見葉維廉，〈比較文學論文叢書總序〉，刊於《中外文學》，第一一卷第九期（一九八三年二月），頁一二三。

潮未來的命運，以及此地文學創作和文學批評將何去何從的問題，顯然更值得我們加以關注。

大略看來，此地文學界的省思或反撲，不外有底下幾種情況：第一，詆斥國人盲目的接受外來文學思潮，如：

臺灣現代主義和文學，是一種虛構的文學與藝術，缺少正常的、合理的土壤。[19]

「後現代」文化似乎是在美、法、西德這些後期資本主義國家發展出來的，是他們的文化人在面對西方當前社會、文化困境時所創造出來的文化理念……臺灣似乎連資產階級民主都還沒有發展成熟，臺灣的經濟只不過在半依賴的狀態下得到一些畸形的繁榮而已。我是有一點想不通，臺灣的「後現代」文化是怎麼從這樣一種社會「產生」出來的。[20]

言下之意，國人接受外來文學思潮（這裡特指現代主義和後現代主義）是非「理智」的。第二，批判國人對外來文學思潮的浮面拈取或隨興套用或亂趕流行，如：

---

[19] 見陳映眞，〈試論吳晟的詩〉，引自李豐楙，〈民國六十年前後新詩社的興起及其意義——兼論相關的一些現代詩評論〉，頁五一。

[20] 見呂正惠，〈臺灣的「後現代」知識分子〉，刊於《自立晚報》副刊（一九八八年十月十八日）。

學者與藝術家不斷把國際與本土交混視作後現代主義的特徵，但是對兩者之間的交混關係及其程度或具體內涵，則不大計較，因而往往「自由而多元」地挪用「後現代」，納入自己的體系，既不探究其來龍去脈，也不界定其用法，便信手拈來。後現代主義的解構性及其反大型敘述（grand narrative）的反省思維與諧擬現實的歡會戲謔則被多元與自由表達或性解放的論述所替代、移位，成為一種現代主義的高度但卻又反面的發展，不但繼續其實驗美學與藝術技巧，同時超脫傳統再現方式的各種局限，將正統、中心地位的文化互解，使之隔入日常生活中，變得毫無規範、準則的大鳴大放。㉑

有些中文系的人從一些導論性的文章裡知道幾個外來的辭彙和術語，而藉機炫耀自己的當代文學知識，但他們是否真正從頭到尾閱讀過一部原典（不論是原文或翻譯）？這種虛誇的態度在創作界裡也極普遍，某些詩人一開口就說海德格和沙特的存在主義（其實海德格的哲學並不宜稱為存在主義），但有幾人真正看完《存有與時間》、《存有與虛無》兩部鉅著？再擴大來看，整個臺灣，不論是學術界或非學術界大都充滿浮誇和撿便宜的態度，聽了一場現象學或解結構的演講，就在另外一個場合演講現象學或解結構……「比較文

㉑ 見廖炳惠，〈比較文學與現代詩篇：試論臺灣的「後現代詩」〉，刊於《中外文學》，第二四卷第二期（一九九五年七月），頁七〇。

學」提供了新的學術視野，外文系出身的學者在外國文學和文學理論浸浴一段時日後，回頭看中國文學有一番新的天地。這也是臺灣近幾十年來，引進和宏揚當代文學理論的主力……但理論的引介不是理論的套用。這一段期間，有多少學者活生生地把中國作品塞入外國理論的框架，而使其窒息……另外更悲哀的是，介紹外國理論也趕著「流行」的傾向。臺灣以外文系主導的批評界常隨著各種理論的興衰，吹起時髦的風尚，先是新批評，後有結構學、符號學，再接著是所謂後現代的解構學、女性主義、新馬克思主義等……更悲哀的是，有些批評家趕著「流行」，更覬覦「暢銷」，因而以一些暢銷的女性作家作為研究對象。他們以理論掩飾自己暢銷出名的意圖……另外，他們強調在後現代的時代，一切商品化，沒有所謂主流，打倒「主流」的觀念，也應合了後殖民論述的理論。㉒

這比第一種情況「緩和」，但也隱含著對國人接受外來文學思潮本身「條件」不足的疑慮。

第三，分辨外來文學思潮的局限而勸國人小心汲取，如：

神話與原始類型批評（按：此為精神分析學分支）的主要目的有三：一、強調文學與人生

㉒見簡政珍，〈批評的視野——一首文學界和學術界的哀歌〉，刊於《聯合文學》，第九卷第二期（一九九二年十二月），頁一六〇～一六一。

之間，有息息相關不可分離的關係……二、文學使用了這些原始類型，觸動激發了人心深處（集體潛意識或民族記憶）與之相應的原始類型，於是文學乃真正感動人心，從而令人回歸到純真的生命的旋律上去。三、偉大的文學作品與渺小的文學作品之別，端視它能否把握呈現這些或其中若干的原始類型……任何文學批評方法，都有它的利弊，論者以為這種批評法有下列可能之弊端：一、許多的文學作品包含個人性的象徵，若將個人性象徵作為原始類型象徵來解說，可能造成歪曲。二、假設一個作品中確有原始類型的或超越時空的象徵，但其在該作品文義格式中的含義，可能不是神話批評如上表裡所規範的那些含義。三、這種批評法在於追求各國文學作品之相同處——即探討各作品都使用了那些相同或相似的原始類型——而一個作品之為某個作品，其重點端在於其獨特處，不在於相同處。四、這種批評法重心放在內容上，而於文學之形式與藝術性，則著墨無多。以其利弊兩相參證，明智而具選擇力的批評家，當可因時制宜，因地制宜，善用這種批評法。㉓

雖然我們嘗試用高德曼的理論（按：指發生論結構主義，此為馬克思主義和結構主義的合流）來分析東坡詞，但其中有些問題目前還無法解釋；或者也許應該反過來說，對高德曼理論中無法應用到詞的研究上的部分我們並不採用，比如說：「世界觀是社會事實而非個

㉓ 見注❽所引顏元叔書，頁一四〇～一四一。

人事實」，「創作的主體不是個人而是社會團體」，「文化創作中的集體特性重於個人特性」，「個人意識比集體意識難以分析，故先把這個人所屬的社會團體先確定，再去分析這團體的意識，就可以找出隸屬這團體的個人意識……」等論點。我們認為這種社會特性重於個人特性的觀點在分析一部小說的時候是對的。但詩詞不是小說，尤其是我們的研究對象——蘇東坡，他的獨特性，他的個人特性特別地強烈明顯，若要在與他同時、他所隸屬的社會團體中探討這集體意識的話，恐怕會有相當大的差距。㉔

這並不懷疑外來文學思潮的適用性，卻也不免有點擔憂國人不知「善用」（論者才要去分辨外來文學思潮的「優缺點」），而從正面提出一種運用外來文學思潮的策略。

第四，建議國人綜取或融合外來文學思潮而出「新說」，如：

一項批評手法之抉擇（甚至執著）是要付出代價的，而且選擇之後也未必有用。文學批評不妨採取多元的（pluralistic）方針。每一項批評方法固然有其局限，也必然各有優點。作品甲用某一種方法闡釋可能比用其他方法來得恰當；作品乙也許樣樣方法都行得通，想想《哈姆雷特》的批評光在本世紀就包羅了多少理論與見解。㉕

㉔ 見何金蘭，《文學社會學》（臺北，桂冠，一九八九年八月），頁一八四。

> 關於文學理論或文學批評觀念，自六〇年代迄今，短短的二十年間，出現了結構主義、現象學派、法蘭克福學派（Frankfurt School）、記號學、詮釋學（Hermeneutics）、讀者反應理論、後期結構主義等不同角度與方法，使人目不暇接……上述各種學說與門派，雖然名目繁多，而實際上則同中有異，異中有同；自今日言之，已匯為一體。一個大學者，必能融會貫通，兼容並蓄。㉖

綜取或融合外來文學思潮所成就的，自不同於任何一種外來文學思潮，勉強可以稱得上別出「新說」，這也從正面提出另一種運用外來文學思潮的策略。

從第三種情況以下，似乎已看不出外來文學思潮有什麼「理由」不能在此地生存或流傳。但我們別忘了：我們是處在外來文學思潮的籠罩下，正逐漸地喪失「自主性」（可跟別人相抗衡）。

在臺灣，真正能與法國文學研究的典律發展史相比的其實並不是由英語學界所主導的文學理論研究，而是佔有本土地位的臺灣文學或中國文學研究。臺灣文學研究目前尚不成氣

㉕ 見蔡源煌，《文學的信念》（臺北，時報，一九八三年十一月），頁一一九。

㉖ 見姚一葦，《戲劇與文學》（臺北，聯經，一九八九年九月），頁二一五～二二〇。

候，很難說已經形成體制，這裡可以不必討論；至於中國文學研究，不論就臺灣觀點來說或是就中國觀點來說都是本土文化很重要的一部分，但是在本地文學典律與文學理論的討論裡，中文學界大體上卻可以說是缺席了。[27]

相應於這個說法，上述第三、四種情況的反省背後，就隱藏著「從此將無自家面目」的悲鳴（只是論者沒有表達出來）；它跟前兩種情況（尤其是第一種情況）實爲「一體的兩面」。不過，這是涉及自家文學創作和文學批評「前途茫茫」的問題，倘若只就外來文學思潮的命運一點來說，由於此地文學界仍有（部分）贊同的聲音或接納的雅意，相信它會繼續存在並產生它的影響力。

五

接下來我們應該關心的是：在外來文學思潮已經「盤據」此地文學界（部分反對外來文學思潮的人，其實只是反對跟他們所接受的外來文學思潮「不一樣」的外來文學思潮而已），而此地文學界也有人在從不同層面進行反省之際，我們的文學創作和文學批評究竟有否可能走出一條專

[27] 見廖朝陽，〈典律與自主性：從公共空間的觀點看「文學公器與文學詮釋」〉，刊於《中外文學》，第二三卷第二期（一九九四年七月），頁八五～八六。

屬自己的道路？

這首先要問：所謂「專屬自己的道路」又是什麼？它是指重返傳統的文學創作和文學批評形態？還是指此地《臺灣文藝》（六〇年代創刊）、《文學界》（八〇年代創刊）及《文學臺灣》（九〇年代創刊）等刊物所推行的「本土化」論述趨向？或是另一足以彰顯「自我特色」的創作和批評方式？如果是指重返傳統的文學創作和文學批評形態，很顯然這是一件「不可能」的事。它不僅受限於客觀的文化環境（所有的文化機構和傳播媒體早已冷落了這一環，而教育體系中也只剩大學中文系所還在作點無關痛癢的「維護」工作），也受限於主觀的心理因素（走這條路在當今幾乎不利於「謀食取祿」而不得不打退堂鼓），以至「重返傳統的文學創作和文學批評」自然就越來越「可望不可及」了。如果是指此地《臺灣文藝》、《文學界》及《文學臺灣》等刊物所推行的「本土化」論述趨向，那大概也只能在「取材」上稍顯獨特，其餘依舊不脫寫實主義的範疇，在外人看來恐怕也沒有多少可以「借鏡」的價值，於是走「本土化」路線距離要在世界文壇上擁有「舉足輕重」的地位（也就是在類型、方法上能獨樹一幟）可還很遙遠。既然以上兩種作法都不是，那要走出一條專屬自己的道路，就只有寄望在「另一足以彰顯『自我特色』的創作和批評方式」了。問題是到那裡尋找足以彰顯自我特色的創作和批評方式？

上節所引論者所建議的「綜取或融合外來文學思潮而出『新說』」，也許是不得已要採用的一個辦法。但也難防該新說還是「面目模糊」或「無甚可觀」，這就得再另謀補救。因此，到這裡我們可以看出來，此地未來的文學創作和文學批評勢必無法擺脫外來文學思潮的「影響」或「干擾」，假使必要走出一條專屬自己的道路，應該努力嘗試，也可以預先期待，只是當今還沒有出現任何「具體的目標」可供追求。

一九九五年九月

文學創作中的情性問題

一 問題的提出

就人來說，有形體生命，也有心靈感知。形體生命，是一切禽獸所共有；心靈感知，是人所獨有。人因爲有心靈感知，可以從事精神活動，以及創造發明，所以能自別於禽獸。如果放著心靈感知不用，但以形體生命存在，那又跟禽獸一樣，不能凸顯其高貴的一面。因此，心靈感知古來一直成爲人所關注的對象，儼然所有人文化成的世界，都要由此展開討論，才能得到全面的解釋。而在中國更把它連上情性來討論，這從先秦開始，已經成爲哲學思想的中心課題。

在情性論的前提下，凡是人所作所爲，都是情性的表現，劉劭《人物志・九徵》說：「蓋人物之本，出乎情性。」於是人平日的道德矜持，或放曠自適，固然是情性的表現[1]；發爲舞詠，形於樂聲，託於筆墨，也無不是情性的表現❷。而文人吟詠，撰爲文章，當然也跟情性脫離不了關係，這在古人的論說中，佔有極重的分量。不過，從情性的發動，到文章的完成，整個過程複雜而多變，不是三言兩語所能解說清楚。古人雖然有所意識，也引起了不少話題，但是大多各依所見，各取所需來論說，只讓人窺見一斑，還不足以觀看全豹。今天既然不免要談文學創作，對於情性問題，也理當先作一番比較全面而深入的探討，才能看出文學創作的意義與價值。因此，本文試著從古人的言論中，爬羅剔抉，詳爲闡釋，期望能把這個問題理出一些頭緒來。

---

❶ 人爲矜持道德，可能做到「衣帶漸寬終不悔，爲伊消得人憔悴」的地步；而人爲放曠自適，也可能流於《世說新語・荒誕》所載某些魏、晉人士的荒唐的行徑。這看來是兩個極端，互不相容，但是人的情性裡本有各種面相，這不過是其中的兩種。一般人受傳統觀念與所處環境等因素的影響，可能會對它們作不同的評價。如果就情性本身來說，兩種表現應該沒有優劣可言。

❷ 〈毛詩序〉說：「情動於中而形於言；言之不足，故嗟歎之；嗟歎之不足，故永歌之；永歌之不足，不知手之舞之足之蹈之也。」鍾嶸《詩品・序》說：「氣之動物，物之感人，故搖蕩情性，形諸舞詠。」這是說歌詠舞蹈爲人情性的表現。《禮記・樂記》說：「樂者，音之所由生也，其本在人心之感於物也。」劉勰《文心雕龍・知音》說：「夫志在山水，琴表其情。」這是說樂聲琴音爲人情性的表現。唐志契《繪事微言》說：「凡畫山水，最要得山水性情。……山性即我性，山情即我情。……水性即我性，水情即我情。」劉熙載《藝概・書概》說：「筆性墨情，皆以其人之性情爲本。」這是說筆墨山水爲人情性的表現。其餘，可以類推。

二 情性的地位

歷來談論文學的人，很多把詩當作吟詠情性的文類。《文心雕龍‧明詩》說：「詩者，持也，持人情性。」嚴羽《滄浪詩話‧詩辯》說：「詩者，吟詠情性也。」屠隆〈唐詩品彙選釋斷序〉說：「夫詩，由性情生者也。」（《由拳集》卷一二）就這點來說，情性是詩的唯一根源，也是感動人心的主要力量，白居易〈與元九書〉說：

感人心者，莫先乎情，莫始乎言，莫切乎聲，莫深乎義。詩者：根情，苗言，華聲，實義。上自聖賢，下至愚騃，微及豚魚，幽及鬼神，群分而氣同，形異而情一，未有聲入而不應，情交而不感者。

——《白氏長慶集》卷四五

跟詩性質相似的詞曲，當然也是如此，胡寅〈題酒邊詞〉說：

詞曲者，古樂府之末造也。古樂府者，詩之傍行也。詩出於〈離騷〉楚詞，而〈離騷〉

者，變風變雅之怨而迫、哀而傷者也。其發乎情則同，而止乎禮義則異。名之曰曲，以其曲盡人情耳。

——《宋六十名家詞》

然而，情性並不是詩詞曲所專屬，蕭子顯《南齊書・文學傳論》說：「文章者，蓋情性之風標，神明之律呂也。」令狐德棻《周書・王褒庾信傳論》說：「原夫文章之作，本乎情性。」蕭子顯以為文章是「情性之風標」，令狐德棻以為文章之作「本於情性」，顯然他們都把情性當作一切文章的根源。即使主張詩為「持人情性」的劉勰，在通論文章時，也常本著情性來談，《文心雕龍・宗經》說：「三極彝訓，其書言經。經也者，恆久之至道，不刊之鴻教也。故象天地，效鬼神，參物序，制人紀，洞性靈之奧區，極文章之骨髓者也……義既極乎性情，辭亦匠於文理，故能開學養正，昭明有融。」又〈體性〉說：「夫情動而言形，理發而文見，蓋沿隱以至顯，因內而符外者也。然才有庸儁，氣有剛柔，學有淺深，習有雅鄭，並情性所鑠，陶染所凝，是以筆區雲譎，文苑波詭者矣。」在〈附會〉中，劉勰還明白的道出情性的重要性：「夫才量學文，宜正體製：必以情志為神明，事義為骨髓，辭采為肌膚，宮商為聲氣，然後品藻玄黃，摛振金玉，獻可替否，以裁厥中，斯綴思之恆數也❸。」可見凡是文章，無不需要發自情性。換句話說，情性

❸ 情志與情性同義，見注㉘。

是一切文章的靈魂，沒有情性的發動，就沒有文章的出現。情性在文章中的地位，從這裡可以明顯的看出來。

可是，古人往往以情性屬詩❹，並且依情性來評騭詩文的高下❺，這又是什麼道理？如果情性是一切文章的根源，詩就不該獨蒙其名，同時也不該據此來判斷文章的高下。現在詩獨蒙其名，而且優於其他文章，是不是有否定其他文章不出於情性的意思？是不是把情性當作具有優義的語詞？對於前者，我們也許可以看作各人對情性的認知不同，這就要藉徐禎卿《談藝錄》的話來說：

> 情者，心之精也。情無定位，觸感而興，既動於中，必行於聲。故喜則為笑啞，憂則為吁

---

❹ 元好問〈楊叔能小亨集引〉說：「詩與文，特言語之別稱耳，有所記述之謂文，吟詠情性之謂詩，其爲言語則一也。」（《遺山先生文集》卷三六）元好問以「有所記述」「吟詠情性」區分詩文，頗見疏略，不足爲憑。不過，他把吟詠情性獨歸於詩，當是常習使然。

❺ 《文心雕龍‧情采》說：「昔詩人什篇，爲情而造文；辭人賦頌，爲文而造情。何以明其然？蓋風雅之興，志思蓄憤，而吟詠情性，以諷其上，此爲情而造文也；諸子之徒，心非鬱陶，苟馳夸飾，鬻聲釣世，此爲文而造情也。」劉勰把文學創作分爲兩類：一是「爲情而造文」，一是「爲文而造情」。前者如詩人什篇，後者如辭人賦頌。而在他的觀念裡，前者要比後者優越，因爲前者純是有感而發，直攄胸臆；後者不免矯揉造作，有失眞情。

> 戲，怒則為叱咤。然引而成音，氣實為佐，引章成詞，文實與功。蓋因情以發氣，因氣以成聲，因聲而繪詞，因詞而定韻，此詩之源也。

詩人「喜則爲笑啞，憂則爲吁戲，怒則爲叱咤」，無發不可爲詩，而詩就直接透顯了詩人的情性。至於其他文章，作者無法「喜則爲笑啞，憂則爲吁戲，怒則爲叱咤」，任其爲所欲爲，以至看不出他的情性何在。然而這只是顯隱不同，並不涉及有無的問題。今天把它當成一個有無的問題來處理，不免會混淆視聽❻。對於後者，我們就要問情性既然是具有優義的語詞，理當受到大家的肯定，爲什麼有人不以爲然？裴子野〈雕蟲論〉說：

---

❻ 其實，詩也好，其他文章也好，都是源自情性的創作，差別只在情的表達方式不同而已。通常詩的體裁限制較少，可以直接用來吟詠情性；而其他文章的體裁限制較多，往往只能間接用來吟詠情性；這是詩文的一大分際。徐復觀曾把中國文學分爲「由感動而來的文學」、「由興趣而來的文學」、「由思維而來的文學」三類。前兩類可合稱爲「內發的文學」，後一類也可稱爲「外鑠的文學」（如試帖詩、應酬文）（徐復觀，《中國文學論集續編》（臺北，學生，一九八一年十月），頁一五八～一五九）。徐氏所說「內發的文學」、「外鑠的文學」，跟劉勰所說「爲情而造文」、「爲文而造情」的意思相近，不同的是徐氏並沒有強分優劣。不過，他認爲「外鑠的文學」無法注入作者的感情、生命，不免格於習例，只把易見易感的視爲有感情、生命，不易見不易感的視爲沒有感情、生命。這在理論上也有其困難處，因爲「外鑠的文學」也是由創作而來，有別於囈語，怎麼會沒有作者的感情、生命？

自是閭閻年少，貴游總角，罔不擯落六藝，吟詠情性。學者以博依為急務，謂章句為專魯。淫文破典，斐爾為功，無被於管絃，非止乎禮義。❼

——《全梁文》卷五三

像裴子野這樣直斥吟詠情性的不是，我們豈不要反過來看待情性，說它是一個劣義的語詞？這種矛盾，又該如何解釋？古人對於這個問題，似乎都不了了之。我們想知道個中原委，恐怕得從情性的涵義探索起。

三　情性的涵義

就哲學來說，情性是人「存在」的依據，它既眞實，又虛幻。眞實的是人透過體驗，可以感

❼ 李諤〈上隋高帝革文華書〉說：「降及後代，風敎漸落。魏之三祖，更尙文詞，忽君人之大道，好雕蟲之小藝。下之從上，有同影響，競騁文華，遂成風俗。江左齊、梁，其弊彌甚，貴賤賢愚，唯務吟詠……以傲誕爲清虛，以緣情爲勳績，指儒素爲古拙，用詞賦爲君子。故文筆日繁，其政日亂。良由棄大聖之軌模，構無用以爲用也。損本逐末，流徧華壤，遞相師祖，久而愈扇。」（《隋書·李諤傳》）這跟裴子野的看法相似。

覺它的存在；虛幻的是它經常變化莫測，令人難以捉摸。因此，人在描述這種經驗時，往往出入很大。比如說情性是一物，還是二物，就有不同的說法，《荀子・正名》說：「生之所以然者，謂之性；性之和所生，精合感應，不事而自然，謂之性。性之好惡喜怒哀樂，謂之情。」董仲舒《春秋繁露・深察名號》說：「天地之所生，謂之性情。性情相與一瞑，情亦性也。」荀子把性看作「生之所以然」，把情看作「性之好惡喜怒哀樂」；董仲舒把情性都看作「天地之所生」，而且「相與一瞑」。這兩種說法，不只顯示了對於情性界說的詳略不同，也顯示了對於情性認知的上下差異。也就是說荀子有意詳加界定情性的意義，來區別情性的概念❽，而董仲舒則認為情性的概念沒有什麼差別，不須詳加界定。

其實，荀子的說法，只有言說上的意義，並沒有實質上的意義，因為情既是「性之好惡喜怒哀樂」，那麼情就是性，又何必強加分別？依個人看法，荀子所以作這樣的分別，是緣於他理論上的需要。《荀子・性惡》說：

> 人之性惡，其善者偽也。今人之性，生而有好利焉，順是故爭奪生而辭讓亡焉；生而有疾惡焉，順是故殘賊生而忠信亡焉；生而有耳目之欲，有好聲色焉，順是故淫亂生而禮義文

❽《荀子・正名》又說：「性者，天之就也；情者，性之質也；欲者，情之應也。以所欲為可得而求之，情之所必不免也。」這又多出一個「欲」來，使人身上同時具有這三種特性。

> 理亡焉。然則從人之性，順人之情，必出於爭奪，合於犯分亂理，而歸於暴。故必將有師法之化，禮義之道，然後出於辭讓，合於文理，而歸於治。用此觀之，然則人之性惡明矣，其善者僞也。

荀子認爲人生來有好利、疾惡、好聲色之性，順著此性去作，就會出現爭奪、殘賊、淫亂等暴行，而這中間以情欲爲媒介。換句話說，人以其情欲，將其好利、疾惡、好聲色之性，表現爲爭奪、殘賊、淫亂等暴行。經過這一分疏，把「人之性惡」合理的呈顯出來了。呈顯「人之性惡」，就可以對應孟子的說法。因爲孟子只道性善，而不說情欲，而人確實有許多情欲，這些情欲都是性中所有，不是外來，所以性善說不能成立。這是荀子推論的必然結果，但是孟子原來的說法，卻不是順著這一理路。《孟子．公孫丑》說：

> 人皆有不忍人之心。先王有不忍人之心，斯有不忍人之政矣。以不忍人之心，行不忍人之政，治天下可運之掌上。所以謂人皆有不忍人之心者，今人乍見孺子將入於井，皆有怵惕惻隱之心，非所以內交於孺子之父母也，非所以要譽於鄉黨朋友也，非惡其聲而然也。由是觀之，無惻隱之心，非人也；無羞惡之心，非人也；無辭讓之心，非人也，無是非之心，非人也。

又〈告子〉說：

公都子曰：「告子曰：『性無善，無不善也。』或曰：『性可以為善，可以為不善。是故文武興，則民好善；幽厲興，則民好暴。』或曰：『有性善，有性不善。是故以堯為君而有象，以瞽瞍為父而有舜，以紂為兄之子，且以為君，而有微子啓、王子比干。』今曰性善，然則彼皆非與？」孟子曰：「乃若其情，則可以為善矣，乃所謂善也。若夫為不善，非才之罪也。惻隱之心，人皆有之；羞惡之心，人皆有之；恭敬之心，人皆有之；是非之心，人皆有之。惻隱之心，仁也；羞惡之心，義也；恭敬之心，禮也；是非之心，智也。仁義禮智，非由外鑠我也，我固有之也，弗思耳矣。故曰求則得之，舍則失之。或相倍蓰而無算者，不能盡其才者也。

孟子是就人天生有惻隱之心、羞惡之心、辭讓（恭敬）之心、是非之心，而肯定人性是善的。他這樣說，基本上是爲了解決「道德如何可能」的問題，所以他不必理會「性無善，無不善」、「性可以爲善，可以爲不善」，以及「有性善，有性不善」等說法。荀子不能體會這一點，反把孟子所說的「善」歸於人爲，不是人性本然。然而，我們依照荀子在「人之性惡」後，繼續推衍「其善者僞也」看來，不難發覺他犯了一個錯誤：他以爲人性本惡，必須藉師法、禮義來化性起僞、化除情欲，以臻於善；既然人性本惡，那爲善又如何可能？同時那師法、禮義最先又怎麼產生？這是荀子理論上無法彌縫的地方。其實，性的面相甚多，他們兩人各有所見，沒有誰對誰錯的問題。孟子就他所見人有惻隱之心、羞惡之心、辭讓之心、是非之心，可以說人性是善的；荀子就他所見人有好利、疾惡、好聲色之性，也可以說人性是惡的❾。如果要進一步論說，就不免會出現罅漏，這不但荀子是如此，孟子也是如此❿。

---

❾ 章太炎嘗就孟子、荀子的主張而分辨說：「至於性善、性惡之辯，以二人爲學入門不同，故立論各異，荀子隆《禮》《樂》而殺《詩》《書》，孟子則長於《詩》《書》。孟子由《詩》入，荀子由《禮》入。《詩》以道性情，故云人性本善。《禮》以立節制，故云人性本惡。又孟子鄒人，鄒、魯之間，儒者所居，人習禮讓，所見無非善人，故云性善。荀子趙人，燕、趙之俗，杯酒失意，白刃相讎，人習凶暴，所見無非惡人，故云性惡。且孟母知胎教，教子三遷，孟子習於善，遂推之人性以爲皆善。荀子幼時教育殆不如孟子，自見性惡，故推之人性以爲盡惡。」（章太炎，《國學略說》（高雄，復文，一九八四年），頁一四四。）章氏所論，不但沒有觸及到性善、性惡說的重心，還觸犯了邏輯上非形式的「起源謬誤」（有關「起源謬誤」，參見梭蒙（Wesley C. Salmon），《邏輯》（何秀煌譯，臺北，三民，一九八七年四月），頁一八～一九）。

❿ 孟子盛道性善，而人卻有爲惡的事實，這又該如何解釋？《孟子・告子》說：「孟子曰：『牛山之木嘗美矣，以其郊於大國也，斧斤伐之，可以爲美乎？是其日夜之所息，雨露之所潤，非無萌櫱之生焉；牛羊又從而牧之，是以若彼濯濯也。人見其濯濯也，以爲未嘗有材焉，此豈山之性也哉？雖存乎人者，豈無仁義之心哉？其所以放其良心者，亦猶斧斤之於木也。旦旦而伐之，可以爲美乎？其日夜之所息，平旦之氣，其好惡與人相近也者幾希；則其旦晝之所爲，有梏亡之矣。梏之反覆，則其夜氣不足以存；夜

從性善、性惡的爭論中，大家或許看出了各執一端的危險，所以不再偏主性善或性惡，而別有說辭。比如說有人認爲性有貪有仁；有人認爲性善惡混；有人認爲性有上中下三等；有人認爲性有天地之性、氣質之性，天地之性無不善、氣質之性有善有惡⑪。這些說法，或多或少可以彌補前說的不足；尤其最後一說，還把心、情攬進來一起談，更加增廣它的縱深，也把一部心性論史推到了高峰⑫。在這一部心性論史中，心爲知性攝情的關鍵，固然不必多說，但是情性是不是有善惡，情性是不是要分別，卻成了一個大問題。

氣不足以存，則其違禽獸不遠矣。人見其禽獸也，而以爲未嘗有才焉者，是豈人之情也哉？』」孟子認爲人所以爲惡，不是天性使然，而是受物欲矇蔽的結果。這跟他的性善說，卻有所牴觸，因爲人性既然是善，怎麼可能受物欲矇蔽？顯然人受物欲矇蔽，別有其他原因。

⑪ 性有貪有仁，見董仲舒《春秋繁露·深察名號》；性善惡混，見揚雄《法言·修身》；性有上中下三等，見王充《論衡·本性》；性有天地之性、氣質之性，天地之性無不善、氣質之性有善有不善，見《張子全書·正蒙》、《河南程氏遺書·伊川先生語四》。

⑫ 陳淳說：「性字從生從心，是人生來具是理於心，方名之曰性。」（《北溪先生字義》卷上）性字從生從心，今人就把古來的人性論，歸納爲兩個系統：一是「即生說性」，一是「即心說性」。像牟宗三《心體與性體》，大致上就依這兩個系統來解說（牟宗三，《心體與性體》（全三冊）（臺北，正中，一九八七年五月））。但是這兩個系統仍不夠周密，「即生說性」、「即心說性」是分解地說性，實際上還有詭譎地說性，就是就存在來說性（參見曾昭旭《道德與道德實踐》（臺北，漢光，一九八五年四月），頁四五～七四）。

首先，孟子說性善，荀子說性惡，宋儒說天地之性無不善、氣質之性有善有不善，基本上是來自人的體驗。也就是說孟子發現人有惻隱之心、羞惡之心、辭讓之心、是非之心，而作出性善的判斷；荀子發現人有好利、疾惡、好聲色之性，而作出性惡的判斷；宋儒發現人有天地之性與氣質之性，而作出天地之性無不善、氣質之性有善有不善的判斷。很顯然他們都不是從根源處來談情性⑬，因爲情性的根源處是什麼，誰也不知道，如何能論說？既然大家都不知道情性的根源處是什麼，那麼所有對於情性的價值判斷，都是基於論說需要所作的設定或規範⑭，不是情性原來就具有某種價值。何況情性要表現爲行爲，才能被觀察比較，然後判定爲善爲惡，而這判定多少是任意的，並沒有絕對客觀的標準⑮，更可證明情性本來不具有任何價值。它所以會有價值，完全是人所賦予的。

---

⑬ 在人性論史上，孟子以前，談性不談情；荀子以後，才開始談情，尤其兩漢人特別重視情（參見龔鵬程，《文學批評的視野》（臺北，大安，一九九〇年一月），頁五二～六三）。此處情性並提，是爲方便論說。

⑭ 就體驗來說，情性可以有善惡；就理論來說，情性的善惡只是一種設定或規範。孟子、荀子等人，容有情性善惡的體驗，別人無從干涉；但是以理論方式提出時，情性的善惡只能是一種設定或規範。換句話說，他們是基於論說需要而預設了這一套價值觀。比如說孟子大概爲了曉喻一般人擴充仁義禮智四種善端，而提出性善作爲根據；荀子大概爲了倡導禮法，而說人性本惡，必須以禮法來補救（荀子門人韓非、李斯後來所以轉入法家，也可以從這裡看出端倪）；宋儒大概爲了回應佛家對於人性幽暗面的抉發，而在天地之性外，別造一個氣質之性。

其次，荀子說性爲「生之所以然者」、情爲「性之好惡喜怒哀樂」，有意把情性分別爲兩個概念，而董仲舒說「性情相與一瞑，情亦性也」，又把情性合爲一個概念，這好像在玩文字遊戲。事實上，現實生命中並沒有情性的分別，古人要分別它們，只有言說上的意義。如果只把情性當作一物，而用「情」字提稱時，就可以暫且說它是「經驗全體之一屬性」⑯。也就是說此情附著於知覺而攝入記憶中，成爲記憶所提供經驗的一個特性。人沒有記憶，就沒有情。《晉書・郭文傳》說：「或問：『饑而思食，壯而思室，自然之性。先生安獨無情乎？』文曰：『思由憶生，不憶故無情。』」郭文所說的「不憶」，雖然有刻意抑制記憶的意思，卻正好可以證明人沒有情，是沒有記憶的緣故。同時情也沒善惡可言，純粹是一個中性的概念。從這點來看古人對於

---

⑮ 方迪啓（Risieri Frondizi）說：「我們都是以個人、團體成員、某一特定文化或歷史階段成員，以及人類的身分來評價。」（方迪啓，《價値是什麼——價値學導論》（黃藿譯，臺北，聯經，一九八六年二月），頁一二二。）從這裡看來，似乎以越後面的立場來評價，就越有客觀標準。其實也不然，因爲所謂客觀標準，只是一個虛構的東西，實際上並不存在。既然客觀標準不存在，如何用來衡量其他的事物？

⑯ 此情在《荀子・正名》分爲「好惡喜怒哀樂」六個屬性，在《禮記・禮運》區分爲「喜怒哀懼愛惡欲」七個屬性。然而人情常喜懼或愛欲交集，難以一個名詞指述；尤其人的經驗越多，其情也越複雜，這六七個共名就顯得大而無當（參見王夢鷗，《文學概論》（臺北，藝文，一九七六年五月），頁三一七～三二四）。

情性的價值判斷，更可以察覺他們是在設想情性應該如此，而不是情性本來就是如此⓱。

在文學上所談到的情性，也像在哲學上那樣充滿詭譎性。雖然沒有人特別去分析情性如何如何⓲，但是從衆多論說中，我們也不難看出情性常被使入對反的價值判斷之中。黃宗羲〈黃孚先詩序〉說：

> 古之人情與物相遊，而不能相舍，不但忠臣之事其君，孝子之事其親，思婦勞人結不可解，即風雲月露，草木蟲魚，無一非真意之流通，故無溢言曼辭以入章句，無諂笑柔色以資應酬，唯其有之，是以似之。今人亦何情之有，情隨事轉，事因世變，乾啼濕哭，總為膚受，即其父母兄弟，亦若敗梗飛絮，適相遭於江湖之上。勞苦倦極，未嘗不呼天也；疾

⓱ 古人的論說有欠周密，這是一個事實，但是他們所懷抱的文化理想，卻不容我們加以抹煞。《漢書・藝文志》說：「諸子十家，其可觀者九家而已。皆起於王道既微，諸侯力政，時君世主，好惡殊方，是以九家之術蠭出並作，各引一端，崇其所善，以此馳說，取合諸侯。其言雖殊，辟猶水火，相滅亦相生也。仁之與義，敬之與和，相反而皆相成也。《易》曰：『天下同歸而殊塗，一致而百慮。』」誠如此說，我們又何忍苛責他們立論不夠完善？

⓲ 章學誠《文史通義・質性》說：「夫情本於性也，才率於氣也。累於陰陽之間者，不能無盈虛消息之機；才情不離乎血氣，無學以持之，不能不受陰陽之移也。」類似章學誠這樣循古義說情性，已經不可多見，更別說有什麼細密的析論了。

痛慘怛，未嘗不呼父母也。然而習心幻結，俄頃銷亡，其發於心著於聲者，未可便謂情也。由此論之，今人之詩非不出於性情也，以無性情之可出也。

——《南雷文案》卷二

黃宗羲以爲古人之詩「無一非眞意之流通」，而今人之詩「非不出於性情也，以無性情之可出也」。他所說「無性情之可出」，意思是「無眞性情之可出」。那麼情性就有眞僞之分了。朱熹《詩集傳·序》說：

凡詩之所謂風也，多出於里巷歌謠之作。所謂男女相與詠歌，各言其情者也。惟〈周南〉〈召南〉，親被文王之化以成德，而人皆有以得其性情之正，故其發於言者，樂而不過於淫，哀而不及於傷，是以二篇獨為風詩之正經。自〈邶〉而下，則其國之治亂不同，人之賢否亦異，其所感而發者，有邪正是非之不齊，而所謂先王之風者，於此焉變矣。

依照朱熹的說法，情性又有正邪之分了。朱彝尊《詞綜·發凡》說：

言情之作，易流於穢，此宋人選詞，多以雅為目。法秀道人語涪翁曰：「作豔詞當墮犁舌地獄。」正指涪翁一等體製而言耳。……是集於黃九之作，去取特嚴。

又汪森〈詞綜序〉說：

西蜀、南唐而後，作者日盛。宣和君臣，轉相矜尚。曲調愈多，流派因之亦別。短長互見，言情者或失之俚，使事者或失之伉。鄱陽姜夔出，句琢字練，歸於醇雅。

朱彝尊所謂「言情之作，易流於穢」的「流於穢」，汪森所謂「言情者或失之俚」的「失之俚」，都是就「雅」的反面「俗」而言，那麼情性又有雅俗之分了。黃宗羲〈馬雪航詩序〉說：

詩以道性情，夫人而能言之。然自古以來，詩之美者多矣，而知性者何其少也。蓋有一時之性情，有萬古之性情。夫吳歈越唱，怨女逐臣，觸景感物，言乎其所不得不言，此一時之性情也。孔子刪之以合興、觀、群、怨、思無邪之旨，此萬古之性情也。吾人誦法孔子，苟其言詩，亦必當以孔子之性情為性情。如徒逐逐於怨女逐臣，逮其天機之自露，則一偏一曲，其為性情亦末矣。

——《南雷文定》四集卷一

根據黃宗羲此處所說，情性又有萬古一時之分了。以上這些眞僞、正邪、雅俗、萬古一時，都是一組組相對的價值語詞。我們實在不明白同是情性，爲什麼會有眞僞、正邪、雅俗、萬古一時之分？這些判斷的根據又在那裡？它們之間是不是可以互相會通？要解開這些難題，似乎得把前面所述古人對於情性的看法取來比對。

我們知道古人從哲學立場對情性善惡的判斷，是基於論說需要所作的設定或規範，那麼從文學立場對情性眞僞、正邪、雅俗、萬古一時的判斷，是不是也是出於類似的情況？我們的答案是肯定的。爲了證明這一點，我們先來檢查有沒有相反的意見，如果有相反的意見，就更能支持我們的想法。李夢陽〈詩集自序〉說：

李子曰：「曹縣蓋有王叔武云，其言曰：『夫詩者，天地自然之音也。今途咢而巷謳，勞呻而康吟，一唱而群和者，其真也，斯之謂風也。孔子曰：「禮失而求之野。」今真詩乃在民間。而文人學子，顧往往為韻言，謂之詩。夫孟子謂「《詩》亡然後《春秋》作」者，雅也。而風者亦遂棄而不采，不列之樂官。悲夫！』」李子曰：「嗟！異哉！有是乎？予嘗聆民間音矣，其曲胡，其思淫，其聲哀，其調靡靡，是金、元之樂也，奚其真？」王子曰：「真者，音之發而情之原也。古者國異風，即其俗成聲。今之俗既歷胡，乃其曲烏得而不胡也？故真者，音之發而情之原也，非雅俗之辯也。且子之聆之也，亦其譜，而聲者，不有卒然而謠，勃然而訛者乎？莫之所從來，而長短疾徐無弗諧焉，斯誰使之也？」李子聞之，矍然而興曰：「大哉！漢以來不復聞此矣！」

——《李空同全集》卷五〇

馮夢龍〈序山歌〉說：

書契以來，代有歌謠，太史所陳，並稱風雅，尚矣。自楚騷唐律，爭妍競暢，而民間性情之響，遂不得列於詩壇，於是別之曰山歌，言田夫野豎矢口寄興之所為，薦紳學士家不道也。唯詩壇不列，薦紳學士不道，而歌之權愈輕，歌者之心亦愈淺，今所盛行者，皆私情譜耳。雖然，桑間、濮上，國風刺之，尼父錄焉，以是為情真而不可廢也。山歌雖俚甚矣，獨非鄭、衛之遺歟？且今雖季世，而但有假詩文，無假山歌，則以山歌不與詩文爭名，故不屑假。苟其不屑假，而吾藉以存真，不亦可乎？抑今人想見上古之陳於太史者如彼，而近代之留於民間者如此，倘亦論世之林云爾。

——《山歌》

李夢陽把途咢巷謳、勞呻康吟的俗調俚詞，比擬於國風，認爲同是發自情性之眞；而馮夢龍把田夫野豎矢口寄興的山歌民謠，類比於桑間、濮上，認爲同是情眞而不可廢。我們拿來對照朱彝尊、汪森的說法，這些俗調俚詞、山歌民謠，則不得廁入「高雅」之流；而拿來對照黃宗羲的說法，這些俗調俚詞、山歌民謠，也無法躋上「萬古」之列；而拿來對照朱熹的說法，這些俗調俚詞、山歌民謠，更不可能接上「正經」一脈。但是這些俗調俚詞、山歌民謠被一些人推崇爲「眞詩」，卻是不容否認的事實⑲。王若虛《滹南詩話》卷一說：「郊寒白俗，詩人類鄙薄之，然鄭厚評詩，荆公、蘇、黃輩，曾不比數，而云樂天如柳陰春鶯，東野如草根秋蟲，皆造化中一妙，何哉？哀樂之眞，發乎情性，此詩之正理也。」依據王若虛所說「哀樂之眞，發乎情性，此詩之正理也」，那麼一切俗調俚詞、山歌民謠，無不深得詩之正理，又何必強分正邪、雅俗、萬古一時，而以正、雅、萬古爲高，以邪、俗、一時爲低？再說被黃宗羲斥爲僞情性的詩作，不見得完全出自矯揉造作，也可能是力有不逮。林昌彝《射鷹樓詩話》說：「古今論詩有二：曰性情，曰格調。性情，眞也；襲格調而喪其面目，僞矣。格調，亦眞也；離性情而飾其衣冠，僞矣。此杜少陵所以有別裁僞體之說也。」「襲格調而喪其面目」、「離性情而飾其衣冠」被稱爲「僞」，那麼這樣的「僞」，不是本來的「僞」，而是拙手弄出來的「僞」，這又何妨於本心的「眞」？所以從情性的發處來說，也沒有什麼眞僞可分。由此可見，古人所以要分情性爲眞僞、正邪、雅

⑲ 李開先〈市井豔詞序〉說：「憂而詞哀，樂而詞褻，此今古同情也……故風出謠口，眞詩只在民間。《三百篇》太平采風者歸奏，予謂今古同情者此也。」（《李開先集》之六）這也是同一個主張。

俗、萬古一時，不是情性眞有眞僞、正邪、雅俗、萬古一時之別，而是他們在設想情性有眞僞、正邪、雅俗、萬古一時的差異，以便爲他們的文學理念張目，好比哲學家設想情性有善惡，以便爲他們的哲學理念張目一樣。

我們還可舉一個例子來說明這一點，錢謙益〈定山堂詩集舊序〉說：

> 有人曰：「真詩乃在民間，文人學士之詩非詩也。」斯言也，竊情性之似，而大謬不然。夫詩之為道，性情學問參會者也。性情者，學問之精神也；學問者，性情之孚尹也。春女哀，秋士悲，物化而情麗者，譬諸春蠶吐絲，夏蟲蝕字。文人學士之詞章，役使百靈，感動神鬼，則帝珠之寶網，雲漢之文章也。執性情而棄學問，採風謠而遺著作，輿謳巷謣，皆被管弦，〈桂枝〉〈打棗〉，咸播郊廟，胥天下用妄失學為有目無睹之徒者，必此言也。

錢謙益以爲民間輿謳巷謣不是眞詩，文人學士所作才是眞詩，這跟李夢陽、馮夢龍他們的說法正好相反，不也顯示了錢氏所重在文人學士之詞章的理念，影響到他對民間歌謠的價值判斷？這樣說來，同樣是表現情性，有人喜歡直率，有人喜歡修飾；而喜歡直率的人可以批評修飾不好，喜歡修飾的人也可以批評直率不好。那麼這個好與不好，不是情性的問題，而是人心好惡的問題。

因爲人心有好惡，權且區分情性爲眞僞、正邪、雅俗、萬古一時，然後擇一而從，一方面表示他對於文學的信仰，一方面也表示他對於文學的期待。而就這些眞僞、正邪、雅俗、萬古一時的名目來說，除了眞僞一組獨自存在，其他正邪、雅俗、萬古一時無不可互相會通。也就是說正、雅、萬古的意思相當，邪、俗、一時的意思相當，可以裁併爲一組。雖然如此，前一組的眞，跟後一組的正、雅、萬古還是沒有本質上的差別，只是彼此相對的僞、邪、俗、一時的概念不同，有必要暫時加以區別。

接著我們要問古人區分情性爲眞僞、正邪、雅俗、萬古一時的根據何在？而他們作這樣的區分，又顯示了什麼意義？依照上面的引文看來，黃宗羲所謂情性之眞，是指「情與物相遊，而不能相舍」；朱熹所謂情性之正，是指「各言其情」「樂而不過於淫，哀而不及於傷」；朱彝尊、汪森所謂情性之雅，是指不「流於穢」、不「失之俚」；黃宗羲所謂萬古之情性，是指「合與、觀、群、怨、思無邪之旨」。而跟它們相對的就是僞、邪、俗、一時。在這裡我們發現黃宗羲等人的說法，幾乎都本於同一個根源，那就是《論語》所載孔子對於《詩》的論說：「子曰：『《詩》三百，一言以蔽之，曰：思無邪。』」（〈爲政〉）「子曰：『〈關雎〉樂而不淫，哀而不傷。』」（〈八佾〉）「子曰：『小子何莫學夫《詩》？《詩》可以興，可以觀，可以群，可以怨。邇之事父，遠之事君，多識於鳥獸草木之名。』」（〈陽貨〉）所謂「思無邪」、「樂而不淫，哀而不傷」、「可以興，可以觀，可以群，可以怨」，是孔子對於《詩》三百篇整體或個別的觀感。而「思無邪」、「樂而不淫，哀而不傷」、「可以興，可以觀，可以群，可以怨」彼此又有內在的關連，也就是說「思無邪」、「樂而不淫，哀而不傷」是「可以興，可以觀，可以群，可以怨」的必要條件。這不期然而然的變成後人論詩的根據，而所謂情性之眞、情性之正、情性之雅、萬古之情性，都在這裡得到了源頭活水。爲什麼說「思無邪」、「樂而不淫，哀而不傷」，就是情性之眞、情性之正、情性之雅、萬古之情性？我們藉楊載《詩法家數》中的兩段話來說：「諷諫之詩，要感事陳辭，忠厚懇惻。諷諫甚切，而不失情性之正；觸物感傷，而無怨懟之詞。雖美實刺，此方爲有益之言也。」（〈諷諫〉）「征行之詩，要發出悽愴之意，哀而不傷，怨而不亂。要發興以感其事，而不失情性之正。或悲時感事，觸物寓情方可。若傷亡悼屈，一切哀怨，吾無取焉。」（〈征行〉）楊載認爲諷諫詩要「忠厚懇惻」、「無怨懟之詞」，征行詩要「哀而不傷」、「怨而不亂」，才不失情性之正[20]。那麼情性之正，就是指高尙的情性而言，也就是相當於聖賢所具有的那種情性。因爲「忠厚懇惻」、「無怨懟之詞」、「哀而不傷」、「怨而不亂」，顯然不是常人所能做到，只有聖賢爲能。正如朱熹《詩集傳·序》所說：

[20] 黃庭堅〈書王知載朐山雜詠後〉說：「詩者，人之情性也，非強諫爭於廷，怨忿詬於道，怒鄰罵坐之爲也。其人忠信篤敬，抱道而居，與時乖逢，遇物悲喜，同床而不察，並世而不聞，情之所不能堪，因發於呻吟調笑之聲，胸次釋然，而聞者亦有所勸勉，比律呂而可歌，列干羽而可舞，是詩之美也。」（《豫章黃先生文集》卷二六）這跟楊載的意思相近。

> 詩者，人心之感物而形於言之餘也。心之所感有邪正，故言之所形有是非。惟聖人在上，則其所感者無不正，而其言皆足以為教。其或感之之雜，而所發不能無可擇者，則上之人必思所以自反，而因有以勸懲之，是亦所以為教也。

「心之所感有邪正」、「言之所形有是非」，而常人所感多邪、所言多非，只有聖人所感無不正、所言無不是㉑。依此類推，只要合於高尚的情性，就是情性之正，而情性之正，也就是情性之眞、情性之雅、萬古之情性。從這一點來談「興，觀，群，怨」㉒，才有意義。不然一味溺於情好，無慮於天下大義，那就失去詩之所以爲詩了㉓。

㉑ 張戒《歲寒堂詩話》卷上說：「孔子曰：『《詩》三百，一言以蔽之，曰：思無邪。』世儒解釋，終不了。余嘗觀古今詩人，然後知斯言良有以也。〈詩序〉有云：『詩者，志之所之也。在心爲志，發言爲詩。情動於中，而形於言。』其正少，其邪多。孔子刪詩，取其思無邪者而已。自建安七子、六朝、有唐及近世諸人，思無邪者，惟陶淵明、杜子美耳，餘皆不免落邪思也。」張戒也是站在這個立場來立論。

㉒ 「興，觀，群，怨」是指詩的作用，這在漢代更把它推衍到了極至。〈毛詩序〉說：「情發於聲，聲成文謂之音……故正得失，動天地，感鬼神，莫近於詩。先王以是經夫婦，成孝敬，厚人倫，美教化，移風俗……上以風化下，下以風刺上，主文而譎諫，言之者無罪，聞之者足以戒，故曰風。」所謂「經夫婦，成孝敬，厚人倫，美教化」、「風下刺上」，都可以藉詩來完成，可見詩的作用有多大了。

㉓ 郡雍〈伊川擊壤集序〉說：「近世詩人，窮慼則職於怨憝，榮達則專於淫佚。身之休慼，發於喜怒；時

因此，我們可以這樣說，從孔子以下所形成的「思無邪」、「樂而不淫，哀而不傷」、「興，觀，群，怨」的詩歌傳說，一直成爲文學的主流。古人爲了護住這道主流，不讓它潰敗消散㉔，所以不斷要排斥情性之僞、情性之邪、情性之俗、一時之情性，而大力標舉情性之眞、情性之正、情性之雅、萬古之情性了㉕。至於如何達到這個目的，古人也提示了很多方向。在這裡我們必須先看情性從那裡表現，才有辦法接著討論。

之否泰，出於愛惡。殊不以天下大義而爲言者，故其詩大率溺於情好也。」（《伊川擊壤集》）郡雍說的就是這種情況。

㉔這也是一個關涉文化理想的問題，在主張情性之眞、情性之正、情性之雅、萬古之情性者的心中，必然要認同這一個理念，才會發而爲論說。而在論說的過程中，駭怕「歧路亡羊」的心情，難免會躍然紙上。這從正面來立論的人是如此，從反面來立論的人也是如此，李覯〈原文〉說：「利可言乎？曰：人非利不生，曷爲不可言！欲可言乎？曰：欲者人之情，曷爲不可言！言而不以禮，是貪與淫罪矣！不貪不淫，而曰不可言，無乃賊人之生，反人之情。世俗之不熹儒以此。」（《直講李先生文集》卷二九）李覯這一番話，固然是針對俗儒（只有俗儒才會那麼說，所以這裡逕稱爲俗儒）而發，駁斥多於建樹，但是他想要護住「發乎情，止乎禮義」的大本，卻彰然明甚。

㉕這不是說情性之僞、情性之邪、情性之俗、一時之情性，就毫無正面的價值。韓愈〈送孟東野序〉說：「大凡物不得其平則鳴……人之於言也亦然，有不得已者而後言，其歌也有思，其哭也有懷。凡出乎口而爲聲者，其皆有弗平者乎？」（《昌黎先生集》卷一九）人的歌思哭懷，都起於不得已，即使欠缺文雅，也有它的意義，不容忽視。只是就追求文化理想的立場來說，這樣素朴的歌思哭懷，就顯得太過「無能爲力」了。

四 情性與義理的關係

沈約《宋書·謝靈運傳論》說：「民稟天地之靈，含五常之德，剛柔迭用，喜慍分情。夫志動於中，則歌詠外發。六義所因，四始攸繫，升降謳謠，紛披風什。雖虞、夏以前，遺文不睹，稟氣懷靈，理無或異。然則歌詠所興，宜自生民始也。」李延壽《北史·文苑傳敍論》說：「夫人有六情，稟五常之秀；情感六氣，順四時之序。蓋文之所起，情發於中。」文章起於情性的發動，古人已經從經驗中取得了共識㉖，只是情性到底源於什麼而發動，還有待進一步分疏。鍾嶸《詩品·序》說：「氣之動物，物之感人，故搖蕩性情，形諸舞詠。……若乃春風春鳥，秋月秋蟬，夏雲暑雨，冬月祁寒，斯四候之感諸詩者也。」這是說情性感於物而發動。《史記·屈原賈生列傳》說：「屈平疾王聽之不聰也，讒諂之蔽明也，邪曲之害公也，方正之不容也，故憂愁幽思而作〈離騷〉。」這是說情性感於身世而發動。韓愈〈送孟東野序〉說：「大凡物不得其平則鳴……人之於言也亦然，有不得已者而後言，其歌也有思，其哭也有懷。凡出乎口而爲聲者，其皆有弗平者乎？」（《昌黎先生集》卷一九）這是說情性感於不平而發動。柳冕〈與滑州盧大夫

㉖ 前面在談情性如何如何時，特別舉古人對於詩歌的論說爲例，那是限於材料，不得不然，實際上它可以通到其他文章。

論文書〉說：「夫文生於情，情生於哀樂，哀樂生於治亂，故君子感哀樂而爲文章，以知治亂之本。」（《唐文粹》卷八四）這是說情性感於治亂而發動。人在感物、感身世、感不平、感治亂之後，長歌陳詩，或發憤著述，來寄託情性。這個過程，無人不須經歷，差別只在各人反應的情況有所不同而已㉗。

既然文章旨在寄託情性，而情性只是人好惡喜怒哀樂的經驗特性，那麼文章也不過是在傳達人好惡喜怒哀樂的經驗罷了。這個好惡喜怒哀樂的經驗，又別稱爲「志」，〈毛詩序〉說：「詩者，志之所之也，在心爲志，發言爲詩。情動於中而形於言；言之不足，故嗟歎之；嗟歎之不足，故永歌之；永歌之不足，不知手之舞之足之蹈之也。」至於古人或稱情性，或稱情志，或稱情，或稱志，都是同一個意思㉘。這個好惡喜怒哀樂的經驗㉙，在醞釀過程中，可能有它特殊的

㉗ 李贄〈雜記〉說：「夫世之眞能文者，比其初皆非有意於爲文也。其胸中有如許無狀可怪之事，其喉間有如許欲吐而不敢之物，其口頭又時時有許多欲語而莫可所以告語之處，蓄極積久，勢不能遏。一旦見景生情，觸目興嘆，奪他人之酒杯，澆自己之壘塊，訴心中之不平，感數奇於千載。既已噴玉唾珠，昭回靈漢，爲章於天矣，遂亦自負，發狂大叫，流涕慟哭，不能自止。寧使見者聞者切齒咬牙，欲殺欲割，而終不忍藏於名山，投之水火。」（《李氏焚書》卷三）像李贄所說這樣劇烈的反應，必須要有極特別的遭遇，常人大概百不一見。

㉘ 馮衍〈顯志賦〉說：「久棲遲於小官，不得舒其所懷。抑心折節，意悽情悲。……乃作賦自厲，命其篇曰〈顯志〉。」（《後漢書》卷五八下本傳）陸機〈文賦〉說：「頤情志於典墳。」又說：「詩緣情而綺靡。」（《文選》卷一七）《文心雕龍・情采》說：「辯麗本於情性。」又〈附會〉說：「以情志爲

目的，而表現出來以後，也可能發生許多的作用。前者如袁枚在〈再答李少鶴書〉中所說：「來札所講『詩言志』三字，歷舉李、杜、放翁之志，是矣，然亦不可太拘。詩人有終身之志，有一日之志，有詩外之志，有事外之志，有偶然興到、流連光景、即事成詩之志；『志』字不可

神明。」又〈明詩〉說：「人稟七情，應物斯感；感物吟志，莫非自然。」在六朝以前，情性、情志、情、志，變文爲用的情況相當普遍；六朝以後，情志有逐漸分殊的趨向，「言志」的自爲言志，並且跟「載道」搭上了關係，於是「言志」與「緣情」，就有了區別（參見朱自清，〈詩言志辨〉，載於《朱自清古典文學論文集》（臺北，源流，一九八二年五月），頁二一八〜二三三）。然而，當「言志」與「緣情」一對概念形成後，也注定了古人的意思終要被「曲解」。如紀昀在〈雲林詩鈔序〉中批評陸機：「知發乎情而不必止乎禮義，自陸平原『緣情』一語引入歧途。」（《紀文達公文集》卷九）而不知道陸機原來是主張「禁邪而制放」（〈文賦〉）的。又如朱自清在〈詩言志辨〉中，不時拿古人的話來「言志」與「緣情」的空格下塡充，而絲毫不覺得自己在強古人之所難。依照盛炳煒〈山谷全書序〉所說：「文以載道，詩以言志，其原實一。」（《山谷全書》）「載道」與「言志」同出一源，那麼「言志」是言「情性」，「載道」也是載「情性」，又何必在「言志」與「緣情」之間窮打轉？

㉙ 約略從明代開始，又多出「性靈」一個別稱，焦竑〈雅娛閣集序〉說：「詩非他，人之性靈之所寄也。」（《澹園集》卷一五）袁宏道〈敍小修詩〉說：「獨抒性靈，不拘格套。」（《袁中郎全集》卷一）這跟情性應該是同一個意思。（事實上，「性靈」一詞，六朝已經出現了，如《顏氏家訓·文章》說：「文章之體，標舉興會，發引性靈。」《文心雕龍·原道》說：「兩儀既生矣，惟人參之，性靈所鍾，是謂三才。」）至於袁枚〈錢嶼沙先生詩序〉中有「既離情性，又乏靈機」一語，有人據以爲說性靈，恐怕不合袁枚的原意。袁枚這裡所指的「靈機」，大概接近才趣的意思（參見郭紹虞，《照隅室古典文學論集》（臺北，丹青，一九八五年十月）頁二七九〜三二六）。

看殺也。」(《小倉山房文集》卷一〇)後者如孔子所說：「詩可以興，可以觀，可以群，可以怨。」以及〈毛詩序〉所說：「故正得失，動天地，感鬼神，莫近於詩。先王以是經夫婦，成孝敬，厚人倫，美教化，移風俗。」[30]那麼從情性的發動到情性發生效用，中間的媒介又是什麼？《文心雕龍．知音》說：「夫綴文者情動而辭發，觀文者披文以入情，沿波討源，雖幽必顯。世遠莫見其面，覘文輒見其心。豈成篇之足深，患識照之自淺耳。」很顯然這個媒介就是文辭，更確切一點的說就是文辭中的義理。作者透過文辭義理表達他的情性，而讀者透過文辭義理了解作者的情性，並且受其影響[31]。爲什麼是這樣？前面說過，人創作文學起於有所感發，在感發之中，會激起其好惡喜怒哀樂的經驗，將此好惡喜怒哀樂的經驗形於筆端，就變成文辭中的義理[32]，而讀者就藉此義理來感發志意。張耒〈東山詞序〉說：

---

[30] 有人把〈毛詩序〉中所說的「志」分析爲個人的情志與社會群體共同的情志，預示了往後文學理論的不同的發展方向（一表個人情思、一表社會公衆意志）（見蔡英俊，《比興物色與情景交融》（臺北，大安，一九八六年五月），頁二四）。這可能有誤解，〈毛詩序〉的意思是個人的情志發而爲詩以後，具有政治教化的功能，而不是一開始就本於政治教化的社會群體共同的情志。

[31] 當然這裡會出現一個「辭前意」與「辭後意」是否一致的問題，也就是說作者所表達的義理，跟讀者所理解的義理，不一定會相合。這是另一個課題，此處不擬詳說。按：謝榛《四溟詩話》卷一說：「詩有辭前意、辭後意。唐人兼之，婉而有味，渾而無跡。宋人必先命意，涉於理路，殊無思致。及讀《世說》『文生於情，情生於文』，王武子先得之矣。」謝榛所謂「辭前意」，是指意在筆先；所謂「辭後意」，是指意隨筆轉。跟這裡所謂「辭前意」、「辭後意」的意思不同，我們姑且藉以論說而已。

文章之於人，有滿心而發，肆口而成，不待思慮而工，不待雕琢而麗者，皆天理之自然，而性情之至道也。世之言雄暴虓武者，莫如劉季、項籍，此兩人者，豈有兒女之情哉？至其過故鄉而感慨，別美人而涕泣，情發於言，流為歌詞，含思淒惋，聞者動心。為此兩人者，豈其費心而得之哉？直寄其意耳。

張耒這段話，除了費心與否一條，未必如他所言外，其餘倒頗能形容本文這裡的意思。就一篇文章來說，整體所表達的義理，爲作者情性的反映，自然沒有問題㉝，只是作者在創作時，不必等到整體義理呈現出來，其好惡喜怒哀樂之情，就已經隨機流露在字裡行間。所以讀者可以在字裡行間捕捉到作者的情性。王通《中說・事君》說：

㉜ 白居易〈與元九書〉說：「至於梁、陳間，率不過嘲風雪、弄花草而已。噫！風雪花草之物，《三百篇》中豈舍之乎？顧所用何如耳。設如『北風其涼』，假風以刺威虐也；『雨雪霏霏』，因雪以愍征役也；『棠棣之華』，感華以諷兄弟也；『采采芣苢』，美草以樂有子也。皆興發於此而義歸於彼。反是者，可乎哉？」（《白氏長慶集》卷四五）白居易評詩，格於諷諫大義，未必盡當，但是他所說的「興發於此而義歸於彼」（白居易所指的是詩的技巧之一「興」），正可以印證我們這裡的話。

㉝ 高啓〈獨庵集序〉說：「詩之要，有曰格，曰意，曰趣而已。格以辯其體，意以達其情，趣以臻其妙也。」（《高太史鳧藻集》卷二）高啓所說的「意以達其情」，就是指這種情況。

子謂文士之行可見：「謝靈運小人哉！其文傲，君子則謹；沈休文小人哉！其文冶，君子則典；鮑照、江淹，古之狷者也，其文急以怨；吳筠、孔珪，古之狂者也，其文怪以怒，謝莊、王融，古之纖人也，其文碎；徐陵、庾信，古之夸人也，其文誕。」或問孝綽兄弟，子曰：「鄙人也，其文淫。」或問湘東王兄弟，子曰：「貪人也，其文繁。」「謝朓，淺人也，其文捷。江總，詭人也，其文虛。皆古之不利人也。」子謂顏延之、王儉、任昉，有君子之心焉，其文約以則[34]。

姚鼐〈復魯絜非書〉說：

鼐聞天地之道，陰陽剛柔而已。文者，天地之精英，而陰陽剛柔之發也……其得於陽與剛

---

[34]《文心雕龍‧體性》說：「若夫八體屢遷，功以學成，才力居中，肇自血氣；氣以實志，志以定言；吐納英華，莫非情性。是以賈生俊發，故文潔而體清；長卿傲誕，故理侈而辭溢；子政簡易，故趣昭而事博；子雲沈寂，故志隱而味深；孟堅雅懿，故裁密而思靡；平子淹通，故慮周而藻密；仲宣躁競，故穎出而才果；公幹氣褊，故言壯而情駭；嗣宗俶儻，故響逸而調遠；叔夜儁俠，故興高而采烈；安仁輕敏，故鋒發而韻流；士衡矜重，故情繁而辭隱；觸類以推，表裡必符。豈非自然之恆資，才氣之大略哉！」王通從作品的文辭來推斷作者的品行，跟劉勰這裡從作者的才性來判定作品的格調（其實劉勰也是從作品逆推到作者），意思相近，都在說明人的情性隨文而現。

之美者，則其文如霆，如電，如長風之出谷，如崇山峻崖，如決大川，如奔騏驥；其光也，如杲日，如火，如金鏐鐵；其於人也，如憑高視遠，如君而朝萬衆，如鼓萬勇士而戰之。其得於陰與柔之美者，則其文如升初日，如清風，如雲，如霞，如煙，如幽林曲澗，如淪，如漾，如珠玉之輝，如鴻鵠之鳴而入寥廓；其於人也，漻乎其如歎，邈乎其如有思，暵乎其如喜，愀乎其如悲。觀其文，諷其音，則為文者之性情形狀舉以殊焉。

——《惜抱軒文集》卷六

王通、姚鼐二人所說，都可以證明這一點。因爲作者在創作時，已經將其好惡喜怒哀樂之情，流露於字裡行間，所以讀者可以據爲判斷他是剛是柔，是狷是狂，是纖是夸，是鄙是貪，是淺是詭，是君子是小人㉟。也因爲作者在創作後，將其好惡喜怒哀樂之情，凝聚在整體的義理中，所以讀者可以據爲判斷他的情性是眞是僞，是正是邪，是雅是俗，是萬古是一時㊱。

㉟ 讀者也可以從中感受到喜悅或不快之情。屠隆〈唐詩品彙選釋斷序〉說：「夫性情有悲有喜，要之乎可喜矣。五音有哀有樂，和聲能使人歡然而志愁，哀聲能使人悽愴惻惻而不寧。然人不獨好和聲，亦好哀聲，哀聲至於今不廢也，其所不廢者可喜也。」（《由拳集》卷一二）屠隆說的是詩給人的感受有喜悅有不快，其他文章當然也是如此。

㊱ 我們常說某人文章「卑之無甚高論」，或「可以質諸聖人而不謬，俟諸百世而不惑」，就是指他文章的義理無甚可觀，或頗有可觀。在無甚可觀與頗有可觀之間，作者的情性也就有高下的區別了。

依此看來，不但古人贊同吟詠情性與不贊同吟詠情性的爭執，沒有什麼意義；今人區分言志與緣情兩派文學傳統，也沒有什麼意義。因爲所有文章都是在吟詠情性，而言志與緣情其實也只是一件事㊲。現在値得注意的是，在文學創作時，我們所吟詠的情性到底是那一種情性，以及怎樣去展示我們的情性。前者涉及情性的培養，後者涉及情性的傳達。

㊲ 言志派發展到宋代理學家手裡，達到了高峰。尤其是程頤，他根本否定了一般文人所作文章的價值，如《二程語錄》卷一一載：「《書》云：『玩物喪志。』爲文亦玩物也。呂與叔有詩云：『學如元凱方成癖，文似相如始類俳。獨立孔門無一事，只輸顏氏得心齋。』此詩甚好。古之學者，惟務養情性，其他則不學。今爲文者，專務章句，悅人耳目；既務悅人，非俳優而何？……某素不作詩，亦非是禁止不作，但不欲爲此閒言語。且如今言能詩無如杜甫，如云：『穿花蛺蝶深深見，點水蜻蜓款款飛。』如此閒言語道出做甚？某所以不嘗作詩。」在我們看來，程頤只知道排斥別人的文章，卻不知道他所說的這些話也是一種情性的表現。申涵光在〈王清有詩引〉中就說過：「理學風雅，同條共貫……《三百篇》皆理學也。敷情陳事，而理寓焉；理之未達，無爲貴詩矣。」（《聰山文集》卷二）理學風雅，既然同條共貫，還有什麼好爭的？至於湯顯祖〈沈氏弋說序〉所說：「今昔異時，行於其時者三：理爾、勢爾、情爾。以此乘天下之吉凶，決萬物之成毀。作者以效其爲，而言者以立其辨，皆是物也。事固有理至而勢違，勢合而情反，情在而理亡，故雖自古名世建立，常有精微要眇不可告語人者。」（《湯顯祖集》卷五〇）他主要是有感於理學弄人，並非眞要把情、理一刀兩斷，不然他所指的情又著在何處？

五　情性的培養

朱熹〈答楊宋卿〉說：「熹聞詩者，志之所之，在心爲志，發言爲詩。然則詩者，豈復有工拙哉？亦視其志之所向者高下如何耳。」（《晦庵先生朱文公文集》卷三九）朱熹這裡提到一點關係詩作的工拙，那就是「志之所向者高下如何」。換句話說，情性的高下是決定詩作工拙的關鍵，而遣辭造句的優劣還不在考慮之內。范德機《木天禁語》說：「儲詠曰：『性情褊隘者，其詞躁；寬裕者，其詞平；端靖者，其詞雅；疏曠者，其詞逸；雄偉者，其詞壯；蘊藉者，其詞婉。涵養情性，發於氣，形於言，此詩之本源也。』」范德機這裡引儲詠的話，又提到人的情性各有所偏，要透過涵養，然後發於氣、形於言，這是詩的本源。綜合他們二人所說，在文學創作前，要先熟悉自己的情性的趨向，儘量去涵養導正，不使它墮入俗流[38]，才有可能寫出感人的作品來。

前面說過，人的情性有眞僞、正邪、雅俗、萬古一時，爲文者除了要隨時省察自己的情性外，還要不斷向較具有價值的眞、正、雅、萬古的方向努力，這是古人普遍的看法。魏禧〈答蔡

---

[38] 如果不順著古人性善、性惡那幾條路子來談情性的話，我們就可以說人具有無限的可能，包括涵養情性到聖賢那樣的地步。

生書〉說：

> 文章之本，必先正性情，治行誼，使吾之身不背於忠孝信義，則發之言者，必篤實而可傳……其次則考古論今，毅然自見識力，窺人之所不及窺，言人之所不敢言，軌於義理，而無隱怪之失，如此則本立矣。
>
> ——《魏叔子文集》卷六

魏禧所說文章之本在「正性情」與「考古論今」，正道出了從事文學創作的人應該具備的基本功夫。而所謂「正性情」，不外從養心養氣著手，如宋濂〈文說贈王生黼〉中所說：

> 文者果何繇而發乎？發乎心也。心烏在？主乎身也……聖賢與我無異也，聖賢之文若彼，而我之文若是，豈我心之不若乎？氣之不若乎？否也，特心與氣失其養耳。聖賢之心，浸灌乎道德，涵泳乎仁義，道德仁義積而氣因以充，氣充，欲其文之不昌，不可遏也。今之人不能然，而欲其文之類乎聖賢，亦不可得也。
>
> ——《宋文憲公全集》卷二九

宋濂認爲今人文章不如聖賢文章，不在心與氣不如聖賢，而在心與氣失其養。補救之道，在於浸灌道德，涵泳仁義，以充其氣㊴。這是平常養心養氣的一條途徑。至於臨文之際，還得仰賴暢旺的精神氣力。《文心雕龍·養氣》說：「昔王充著述，制〈養氣〉之篇，驗己而作，豈虛造哉？夫耳目口鼻，生之役也；心慮言辭，神之用也。率志委和，則理融而情暢；鑽勵過分，則神疲而氣衰。此性情之數也。」想使行文「理融而情暢」，先要「率志委和」，否則「鑽勵過分」「神疲而氣衰」，必將無以爲繼。這跟前者可以相輔相成，沒有絲毫違悖之處。也就是說累積道德仁義，志在廣盛文章氣勢，而維護精神，是爲了讓文章氣勢暢行無礙㊵。而所謂「考古論今」，不

㊴ 何紹箕〈與汪菊士論詩〉說：「凡學詩者，無不知要有眞性情，卻不知眞性情者，非到做詩時方去打算也。平日明理養氣，於孝弟忠信大節，從日用起居及外間應務，平平實實，自家體貼得眞性情；時時培護，字字持守，不爲外物搖奪，久之，則眞性情方才固結到身心上，即一言語一文字，這箇眞性情時刻流露出來。」（《東洲草堂文鈔》卷五）這跟宋濂的意思相近。

㊵ 歐陽修〈答吳充秀才書〉說：「聖人之文，雖不可及，然大抵道勝者文不難而自至也。」（《歐陽文忠公文集》卷四七）歐陽修說的是前一種情況。蘇軾〈文說〉說：「吾文如萬斛泉淵，不擇地而出，在平地滔滔汩汩，雖一日千里無難，及其與山石曲折，隨物賦形而不可知也；所可知者，常行於所不能知也。」（《經進東坡文集事略》卷五七）蘇軾說的是兼後一種情況。據此，孟子所謂「我善養吾浩然之氣」（《孟子·公孫丑》），曹丕所謂「文以氣爲主」（《典論·論文》），蘇轍所謂「文者氣之所形」（《欒城集》卷二二〈上樞密韓太尉書〉）都可以繫在這兩種情況下，使它們相互會通。也就是說孟子、蘇轍是就養氣一端來說，而曹丕是就所養之氣體現於文辭一端來說。氣要體現於文辭，固然要靠

外從讀書考道與生活體驗做起。方東樹〈復羅月川太守書〉說：「蓋昔賢平日讀書考道，胸中蓄理至多，及臨事臨文舉而書之，若泉之達，火之燃，江河之決，沛然無所不注。」（《儀衛軒文集》卷七）

又魏禧〈宗子發文集序〉說：

> 人生平耳目所聞，身所經歷，莫不有其所以然之理，雖市儈優倡大猾逆賊之情狀，竈婢丐夫米鹽凌雜鄙褻之故，必皆深思而謹識之，醞釀蓄積，沈浸而不輕發。及其有故臨文，則大小淺深，各以類觸，沛乎若決陂池之不可禦。
>
> ——《魏叔子文集》卷八

方東樹認爲「讀書考道，胸中蓄理至多，乃臨事臨文舉而書之，若泉之達，火之然，江河之決，沛然無所不注」，魏禧認爲「生平耳目所見聞，身所經歷，莫不有其所以然之理」，「必皆深思而謹識之，醞釀蓄積，沈浸而不輕發。及其有故臨文，則大小淺深，各以類觸，沛乎若決陂池之不可禦」。兩人所說，直把「考古論今」之道，闡發殆盡。

平日的涵養，在臨文之際也要保持精神的暢旺才行，而曹丕只說到文氣來自人的體性，中間略去了一大段工夫。

然而「考古論今」又必須跟「養心養氣」相靡相盪，不能分為二橛，也就是說以「考古論今」的心得，來調整「養心養氣」的方向；以「養心養氣」的經驗，來檢證「考古論今」的是非。這可以藉李贄〈童心說〉中的話來印證：

> 夫童心者，真心也。若以童心為不可，是以真心為不可也。夫童心者，絕假純真，最初一念之本心也。若失卻童心，便失卻真心；失卻真心，便失卻真人。人而非真，全不復有初矣。……夫道理聞見，皆自多讀書識義理而來也。古之聖人，曷嘗不讀書哉？然縱不讀書，童心固自在也，縱多讀書，亦以護此童心而使之勿失焉耳，非若學者反以多讀書識義理而反障之也。夫學者既以多讀書識義理障其童心矣，聖人又何用多著書立言以障學人為耶？童心既障，於是發而為言語，則言語不由衷；見而為政事，則政事無根柢；著而為文辭，則文辭不能達。
>
> ——《李氏焚書》卷三

李贄認為人以保有絕假純真的童心為貴，即使讀書也要護住這個絕假純真的童心。不然童心一障，言語不由衷，政事無根柢，文辭不能達，萬事隨而虛浮不實。其實，李贄所說的童心，已經不是本來的「童心」，而是不斷歷鍊的結果[41]。因為童心是人所意識的一種心理狀況，必須從讀書窮理中去提住它，才能確保它的絕假純眞，絕不是毫不費力就可獲致。有人雖然讀書窮理，還是不免障其童心，這不是讀書窮理的罪過，而是一開始他就沒有以讀書窮理來檢驗童心的習慣，以及運用既有童心來導引他讀書窮理的方向。這跟上面所說「考古論今」與「養心養氣」不能不相靡相盪的道理是一樣的。有了這一點體認，才能繼續談情性的傳達問題。

六　情性的傳達

現在知道文學創作是爲了表現情性[42]，也知道文學創作的基礎在於對人情事物的深切感受，以及對身心學問的積極培養。然而，一直到作品的完成，中間還有許多轉折，不是一蹴可幾。

[41] 王國維《人間詞話》說：「客觀之詩人，不可不多閱世。閱世愈深，則材料愈豐富，愈變化，《水滸傳》、《紅樓夢》之作者是也。主觀之詩人，不必多閱世。閱世愈淺，則性情愈眞，李後主是也。」王國維這樣的推論，頗有問題。李後主長在宮中，何嘗沒有閱歷？只是他的閱歷，跟《水滸傳》、《紅樓夢》的作者的閱歷不同而已，不然他如何寫出那些感慨深沈的詞來？他的情性之所以眞，豈不也是不斷歷鍊的結果？

[42] 精要一點，就是爲了表現個人在人世中流轉的感懷與省悟。藉用現代人的話來說，就是爲了表現「生命自身與時空中具體情境連結的意識」（參見柯慶明，《文學美綜論》（臺北，長安，一九八六年十月），頁一四～一五）。

《文心雕龍·神思》說：

> 古人云：「形在江海之上，心存魏闕之下。」神思之謂也。文之思也，其神遠矣……是以陶鈞文思，貴在虛靜，疏瀹五藏，澡雪精神，積學以儲寶，酌理以富才，研閱以窮照，馴致以繹辭，然後使玄解之宰，尋聲律而定墨；獨照之匠，闚意象而運斤；此蓋馭文之首術，謀篇之大端。

這裡談到運思創作的種種方法，包括養心養氣、讀書窮理、討論篇章等基本工夫，以及確定體式、選用意象等實際運作，其中每一項又都問題重重，難可究詰。就本文來說，討論篇章，不在論述的範圍之內；養心養氣與讀書窮理，也已經略事探討過了；賸下來就是確定體式與選用意象等問題了。

確定體式與選用意象等問題，關係到情性傳達的成敗，古人在這裡多有致意。葉燮《原詩》卷三說：

> 作詩者在抒寫性情，此語夫人能知之，夫人能言之，而未盡夫人能然之者矣。作詩有性情必有面目，此不但未盡夫人能然之，並未盡夫人能知之而言之者也。如杜甫之詩，隨舉其

一篇，篇舉其一句，無處不可見其憂國愛君，憫時傷亂，遭顛沛而不苟，處窮約而不濫，崎嶇兵戈盜賊之地，而以山川景物，友朋盃酒，抒憤陶情，此杜甫之面目也……舉韓愈之一篇一句，無處不可見其骨相稜嶒，俯視一切，進則不能容於朝，退又不肯獨善於野，疾惡甚嚴，愛才若渴，此韓愈之面目也。舉蘇軾之一篇一句，無處不可見其凌空如天馬，游戲如飛仙，風流儒雅，無入不得，好善而樂與，嬉笑怒罵，四時之氣皆備，此蘇軾之面目也。此外諸大家雖所就各有差別，而面目無不於詩見之。其中有全見者，有半見者，如陶潛、李白之詩，皆全見面目；王維五言則面目見，七言則面目不見；此外面目可見不可見，分數多寡，各各不同，然未有全不可見者。讀古人詩，以此推之，無不得也。余嘗於近代一二聞人，展其詩卷，自始至終，亦未嘗不工，乃讀之數過，卒未能睹其面目何若，竊不敢謂作者如是也。

葉燮以爲作詩有情性必有面目，如杜甫、韓愈、蘇軾各有其面目。但是這裡又有變數，有人全見面目，有人半見面目，有人不見面目；尤其後者，簡直讓人不敢相信他也是個作者。所以葉燮在懷疑作詩不見面目的人，大概是缺乏情性的緣故。其實，人都有情性，只是在傳達的過程中，有人稱心如意，態夠和盤托出；有人蹇礙難行，只好草草了事。其中原因，相當複雜，總括起來，不外才學兩端。由於才的問題難可論列，所牘只有學的問題了。

所謂學，就是指學爲傳達，學到可以恰當的把情性傳達給人，就算盡了文學創作的能事。古人常用「誠」與「達」來說明這一個過程。程廷祚〈復家魚門論古文書〉說：「孔子曰：『修辭立其誠。』又曰：『辭達而已矣。』以誠爲本，以達爲用，蓋聖人之論文，盡於是矣。」（《青溪集》卷一〇）這裡說得很明白，文學創作以誠爲本，以達爲用，如是而已。不過，什麼是誠，什麼是達，在語意上不夠清楚，必須加以界定，才能進一步論說。

張栻《論語解》卷一說：「《詩》三百篇美惡怨刺雖有不同，而其言之發，皆出於惻怛之公心，而非有他也，故『思無邪』一語可以蔽之。」袁枚《隨園詩話》卷六說：「情從心出，非有一種芬芳悱惻之懷，便不能哀感頑豔。」李贄〈童心說〉說：「天下之至文，未有不出於童心焉者也。苟童心常存，則道理不行，聞見不立，無時不文，無人不文，無一樣創制體格文字而非文者。」（《李氏焚書》卷三）所謂「惻怛之公心」、「芬芳悱惻之懷」、「童心」，都可以稱作「誠」，也就是合於前面所說「高尚的情性」的意思㊸。潘德輿《養一齋詩話》說：

㊸《莊子．漁父》說：「孔子愀然曰：『請問何謂眞？』客曰：『眞者，精誠之至也。』不精不誠，不能動人。故強哭者雖悲不哀，強怒者雖嚴不威，強親者雖笑不和。眞悲無聲而哀，眞怒未發而威，眞親未笑而和。眞在內者，神動於外，是所以貴眞也。」所謂強哭、強怒、強親，在常人身上，容或常見；在具有高尚的情性者身上，卻不易見，所以能得其眞。

「辭達而已矣」，千古文章之大法也。東坡常拈此示人，然以東坡詩文觀之，其所謂達，第取氣之滔滔流行，能暢其意而已。孔子之所謂達，不止如是也。蓋達者，理義心術、人事物狀，深微難見，而辭能闡之，斯謂之達。達則天地萬物之性情可見矣。此豈易易事，而徒以滔滔流行之氣當之乎？以其細者論之，「楊柳依依」，能達楊柳之性情者也，「蒹葭蒼蒼」，能達蒹葭之性情者也。任舉一境一物，皆能曲肖神理，托出豪素，百世之下，如在目前，此達之妙也[44]。

所謂「理義心術、人事物狀，深微難見，而辭能闡之，斯謂之達」，這是就文辭來說。文辭能闡發理義心術、人事物狀、就是達。合起來說，作者先有過感發，並且確定了情性意向，然後把這些情性意向所涵攝的理義心術、人事物狀闡發出來，這就是「以誠爲本」、「以達爲用」的意思。

由於情性意向必須藉文辭傳達，而文辭在各人手上運用的情況不同，也就產生了各式各樣的

---

[44] 蘇軾〈答謝民師書〉說：「孔子曰：『言之不文，行而不遠。』又曰：『辭達而已矣。』夫言此於達意，即疑若不文，是大不然。求物之妙，如繫風捕影，能使是物了然於心者，蓋千萬人而不一遇也，而況能使了然於口與手者乎？是之謂辭達。辭至於能達，則文不可勝用矣。」（《經進東坡文集事略》卷四六）蘇軾論達如此。這跟潘德輿的見解，只有語意上詳略不同，並沒有本質上的差異，潘氏未免求之太過。

文章。因此，在提筆爲文時，首先要面對的是文章體式的問題，到底是要沿襲前人？還是自創一格？如果是沿襲前人，還會涉及到「擬古」與「通變」的問題。「擬古」，是指模擬古人文章的體式；「通變」，是指在古人文章的體式上稍加變化㊺。至於自創一格，就沒有任何限制了㊻。

㊺ 這裡所謂「擬古」，如五七言古體詩，因因相襲；所謂「通變」，如五七言古體詩變爲五七言近體詩。何景明〈與李空同論詩書〉說：「追昔爲詩，空同子刻意古範，鑄形宿鏌，而獨守尺寸。僕則欲富於材積，領會神情，臨景構結，不倣形跡。」（《何大復先生全集》卷三二）《文心雕龍・通變》說：「夫設文之體有常，變文之數無方，何以明其然耶？凡詩賦書記，名理相因，此有常之體也；文辭氣力，通變則久，此無方之數也。名理有常，體必資於故實；通變無方，數必酌於新聲；故能騁無窮之路，飲不竭之源。」前者提到仿古人形跡或仿古人神情，是就體裁或意旨的模擬來說，後者提到「詩賦書記，名理相因」、「文辭氣力，通變則久」，是就同一體裁的變通來說。這是傳統上的「擬古」與「通變」，雖然跟本文這裡的指稱不同，也是一個值得留意的問題。

㊻ 這可以藉顧炎武、王國維等人的話來說。顧炎武《日知錄・詩體代變》說：「《三百篇》之不能不降而《楚辭》，《楚辭》之不能不降而漢、魏，漢、魏之不能不降而六朝，六朝之不能不降而唐也，勢也。用一代之體，則必似一代之文，而後爲合格。」王國維《人間詞話》說：「蓋文體通行既久，染指遂多，自成習套。豪傑之士，亦難於其中自出新意，故遁而作他體，以自解脫。」顧炎武所謂「用一代之體，則必似一代之文」，還是不脫離「擬古」、「通變」的路子。不過，他提到「《三百篇》之不能不降而《楚辭》，《楚辭》之不能不降而漢、魏，漢、魏之不能不降而六朝，六朝之不能不降而唐」，卻給我們不少啓示，如果要自創一格，已經有前例可援；而王國維所提示的「解脫之道」，也會增加我們的信心。

其次要面對的是篇法、章法、句法，以及修辭等問題。篇法、句法，在古代則有賦、比、興㊼，在今天則有敘事、說明、描寫、抒情㊽；章法，在古代則有起、承、轉、合㊾，在今天則在起、承、轉、合外，還有開始、中間、結束㊿。至於修辭，古今討論的人，不計其數，難以備述[51]。

從這裡應該不難意識到，一切法的運用，目的都是爲了恰當而順利的傳達情性[52]，法的重要

㊼ 鍾嶸《詩品．序》說：「故詩有三義焉：一曰興，二曰比，三曰賦。文已盡而意有餘，興也；因物喻志，比也；直書其事，寓言寫物，賦也。宏斯三義，酌而用之，幹之以風力，潤之以丹彩，使味之者無極，聞之者動心，是詩之至也。若專用比興，患在意深，意深則詞躓。若但用賦體，患在意浮，意浮則文散，嬉成流移，文無止泊，有蕪漫之累矣。」歷來解釋賦比興的人，多偏重在句法，而鍾嶸似乎能兼及篇法，所以取以爲說。在論句法方面，今人用「意象之直接的傳達」、「意象之間接的傳達」、「意象之繼起的傳達」來代替賦比興，尤爲清晰明確（參見注⑯所引王夢鷗書，頁一〇九～一五八）。

㊽ 敘事、說明、描寫、抒情，只是概略的區分，事實上這四種方法經常被交互使用。前面所說的賦、比、興，也是一樣。

㊾ 起、承、轉、合，爲詩文的通法。雖然名爲通法，也不是一成不變。《文心雕龍．章句》說：「夫裁文匠筆，篇有小大；離章合句，調有緩急；隨變適會，莫見定準。」所謂「隨變適會，莫見定準」，正道出了此中狀況。

㊿ 所謂開始、中間、結束，特別是指沿西方亞里士多德《詩學》以來的敘事結構而言（參見姚一葦，《藝術的奧祕》（臺北，開明，一九八五年十月），頁二二一～二四九）。

[51] 今人尤能結合中西修辭學，廣爲闡發，使修辭一事境界更寬（參見黃慶萱，《修辭學》（臺北，三民，一九八三年十月）頁一～三八九）。

性也就在這裡。然而，文學創作有法而無法，無法而有法，古來論法的人，終究要在法之前三緘其口[53]。不然像皎然《詩式》所說「但見情性，不睹文字」，以及元好問〈楊叔能小亨集引〉所說「情性之外，不知有文字」（《遺山先生文集》卷三六），那法又著在何處？

---

52 這裡還有一個情性體現於作品中或顯或隱的問題。這主要是各人在美學上的考慮不同所致，皎然《詩式》說：「『詩不假修飾，任其醜朴，但風韻正，事天眞全，即名上等。』予曰：『不然，無鹽闕容而有德，曷若文王太姒有容而有德乎？』又云：『不要苦思，苦思則喪自然之質。』『此亦不然，夫不入虎穴，焉得虎子？取境之時，須至難，至險，始見奇句。成篇之後，觀其氣貌，有似等閒，不思而得，此高手也。』」文中兩段對話，頗能透顯這個問題的關鍵所在。

53 唐順之〈董中峰侍郎文集序〉說：「漢以前之文，未嘗無法，而未嘗有法，法寓於無法之中，故其爲法也，密不可窺。唐與近代之文，不能無法，而能毫釐不失乎法，以有法爲法，故其爲法也嚴而不可犯。密則疑於無所謂法，嚴則疑於有法而可窺，然而文之必有法，出乎自然而不可易者，則不容異也。且夫不能有法，而何以議於無法？」（《荊川先生文集》卷一○）姚鼐〈與張阮林尺牘〉說：「文章之事，能運其法者才也，而極其才者法也。古人文有一定之法，有無定之法。有定者，所以爲嚴整也；無定者，所以爲縱橫變化也。二者相濟，而不相妨，故善用法者，非以窘吾才，乃所以達吾才也。」（《惜抱尺牘》卷三）翁方綱〈詩法論〉說：「歐陽子援揚子制器有法以喻書法，則詩文之賴法以定也審矣。忘筌忘蹄，非無筌蹄也。律之還宮，必起於審度，度即法也。顧其用之也無定方，而其所以用之，實有立乎法之先而運乎法之中者。故法非徒法也。法非板法也。」（《復初齋文集》卷八）古人談法談到這樣「難分難解」的地步，是不是也在顯示一點：法畢竟不可談，也不能談了？有關法的問題，另詳（龔鵬程，《文化、文學與美學》（臺北，時報，一九八八年二月），頁三七～七○）。

七　未來的展望

透過以上的疏解，有關文學為情性的表現一個課題，應該可以完全給予肯定，而揚雄《法言·問神》所說「言，心聲也；書，心畫也。聲畫形，君子小人見矣」，也應該可以得到充分的印證。由於心聲心畫有眞有僞，有正有邪，有雅有俗，有萬古有一時，而人普遍有朝眞、正、雅、萬古方向努力的願望，所以文學創作也就具有高度的文化意義與價值。那麼有意從事文學創作的人，可以藉本文來參悟創作的旨趣，而有意從事文學研究的人，也可以從本文去窺見入門的途徑。最後要說一點個人對於未來研究的展望：從前面的結論來看，文學創作既然是情性的表現，文學批評理當也以批判情性為其最後的目標，但是有人經常會有像元好問〈論詩絕句〉所說「心畫心聲總失眞，文章寧復見為人。高情千古〈閒居賦〉，爭信安仁拜路塵」（《遺山先生文集》卷一一）那樣的困惑，這又是什麼緣故？為了解答這個問題，自然還要繼續探討文學批評中的情性問題，才能使情性在文學創作與文學批評中，分別有所安頓。還有本文最後一節談到情性的傳達，語多闊略，也希望將來在探討文學批評中的情性問題時，能以互見的方式，給予適當的彌補。

（本文原刊載於《基督書院學報》，第二期，一九九五年六月。）

文本、寫作與閱讀／批評

文本

傳統稱作品為work，現今的理論改稱為text。後者有「作品」、「篇章」、「書寫成章」、「文本」、「本文」、「正文」等不同譯名，其中後三個譯名比較常見，而個人習慣採用「文本」。

「文本」的觀念開始漸漸取代傳統「作品」的觀念，是本世紀結構主義興起以來的事。它被認為是一個較為中性化的字眼，同時包含了諸如新批評之將藝術作品孤立地閱讀、傳統的作者之「作品」以及接受美學之讀者反應各個方面❶。

❶ 參見朱耀偉編譯，《當代西方文學批評理論》（臺北，駱駝，一九九二年四月），頁一〇。

首先區分「文本」和「作品」的不同的，是巴特（Roland Barthes）一篇題爲〈從作品到文本〉的文章。巴特在該文中極力分辨「文本」和「作品」的差異，共有七點：⑴文本必定不能被想作一個可被決定的客體；⑵類似地，文本不會在（好）文學中停下來；它不可被理解爲等級的一部分，或文類的一個簡單分流；⑶文本是與符號有關聯地被接近及被經驗，而作品則是停在一個意指之上的；⑷文本是複數的；⑸作品是困在一個家系的過程之中的；⑹作品通常是一個消費的客體（而文本漸漸把作品從其消費中倒出來，並把它收集爲遊戲、工作、生產及活動）；⑺在這裡我將建議應付文本的最後一個部署——關於樂趣的，我不知道一種享樂主義美學是否存在過，但我可肯定是有與作品相關的樂趣之存在的❷。

根據巴特的區分，「作品」意指成品，佔有空間；「文本」則指涉方法論的場域，隸屬語言範疇，是一「意符示義過程」，一種「意符的實踐」，具有不斷運作的能力。換句話說，「文本」具有多重意義，可以經由意符不斷產生、活動、再重組，而不斷擴散，而不是一個被動的消費品，被化約爲溝通、再現或是表現的語言❸。當然，這種「文本」觀甚爲新穎，而且在當代頗有主導力。但基於相互對話的立場，「文本」不應只有此一「限制義」，而必須跟其他可能的

❷ 同上，頁一六～二二。

❸ 參見朱崇儀，〈分裂的忠誠？：書寫／再現？：記號學／女性主義？〉，刊於《中外文學》，第二三卷第二期（一九九四年七月），頁一二九引述。

「文本」義一起論列。

就「文本」的類型來說，可分廣義的「文本」和狹義的「文本」。前者包含人文科學、社會科學、自然科學等各類符徵，後者僅指人文科學中的文學成品。而就「文本」的性質來說，有的「文本」純爲個體意識的產物（表現），有的「文本」純爲集體意識的產物（反映），有的「文本」純爲詞語結構或文本互涉。純爲個體意識流露的「文本」，又可分顯意識下的「文本」和潛意識下的「文本」。前者如傳統詮釋學所主張的「文本」（作者「意圖」所現的作品）、現象學所主張的「文本」（作者「意識」純粹體現的作品）、哲學詮釋學所主張的「文本」（作者彰顯「存有」的作品）等；後者如精神分析學所主張的「文本」（作者不自覺的個人慾望或信念促使下的作品）。純爲集體意識流露的「文本」，也可分顯意識下的「文本」和潛意識下的「文本」。前者如社會學批評所主張的「文本」（作者將時代精神或社會生活加以「反映」的作品）；後者如神話與原型批評所主張的「文本」（作者不自覺的襲自社會中的「意識型態」模塑下的作品）。純爲詞語結構或文本互涉的「文本」，如新批評所主張的「文本」（獨立自足的、有機的意義世界）、形式主義所主張的「文本」（如文學，是一種特殊的語言組織（對於普通語言的扭曲、變形））、結構主義所主張的「文本」（如文學，是一個獨立自足的詞語結構）、後結構主義所主張的「文本」（如文學，跟其他文本相互指涉）、解構主義所主張的「文本」（意符的追蹤遊戲（指意連鎖））、對話批評所主張的「文本」（如文學，是一個對話性的結構）等。

以上是就現有理論涉及此一課題的部分略加爬梳而成，並不代表各自所說的足以稱作「絕對眞理」或「相對眞理」。因爲每一種理論都有所見，也都有所不見。如當今較強勢的（由後結構主義或解構主義所提出的）只有文本互涉或指意連鎖而沒所謂因果、傳承關係及完滿自足狀態的「文本」觀，就止見及「事實」的一面。假設一例來說，教師在課堂上對學生說：「現在不要寫情書！」這段敍述有指涉，也有涵義，上述的「文本」觀全不理會指涉部分；而涵義部分，固然會出現「情書」一詞意義不確定（指意連鎖）或全句意義不確定（更大範圍的指意連鎖）現象，但對於言說者有意無意夾帶的意義（如命令、恐嚇、樹立權威，甚至心虛（防止學生寫情書以暗諷他教得差而顏面受損）等），可能更爲可觀，也被上述的「文本」觀忽略了。雖然「文本」的指涉和所有涵義的辨認終將是暫定的（指意連鎖的緣故），但有這種了解，卻可以拓廣研究的空間，而不致受到上述「文本」觀的限制。至於其餘各種「文本」觀，也是各止見及「事實」的一面（上述「文本」觀所見以外的部分）。

從整體來看，「文本」不僅有物質面（語言組織的展現），還有心理面（個體意識的介入）和社會面（集體意識的介入）。任何「文本」理論凡是有意加以區隔（而標榜其中一面），都不免於獨斷或昧於「事實」。因此，比較貼切或圓融的看法是兼顧「文本」的物質面、心理面和社會面而賦予「權宜」或「暫定」的特性（這是同時考慮人對「文本」的必然依賴和「文本」本身指意連鎖的必然存在後的結果）。

寫作

在不分別廣義「文本」和狹義「文本」的情況下，「寫作」（包括言說）可以說是任一「文本」成立的最終保證（即使在廣義「文本」名下的歷史文本、社會文本及世界文本，也要以語言形式存在而被人掌握，才有「文本」可言）。這（指「寫作」）在以前，曾享有優先或崇高的地位。如傳統的理論，就賦予「寫作」相當程度的「神聖性」（作者的意圖決定「文本」的意義）和期以「寫作」相互區別的「創新性」（作者有必要朝獨創的理想目標邁進）；又如現代的部分理論（如現象學、哲學詮釋學、精神分析學、社會學批評、神話與原型批評等），也一致肯定「寫作」爲傳達觀念或反映現實的必經途徑。但這類的「寫作」觀，正遭受現代的另一部分理論和當代一些極端的理論的唾棄和挑戰。它不是被置於括弧不予討論（如新批評、形式主義的作法），就是被徹底解消優先或崇高的地位（如結構主義、後結構主義、解構主義的作法），以至「寫作」一事變得很讓人費思。

然而，「文本」既不可避免要以「權宜」或「暫定」的新特性繼續存在，那相應這種狀況的「寫作」到底該如何自我宣稱或定位，也就不是問題了。換句話說，在「文本」不爲典要的前提下，「寫作」仍可以是爲傳達觀念或反映現實，而不必盡依解構主義等所說的只是「重組語言」

或「語言遊戲」，自然不會有被解除重要性的疑慮。何況在當代一些言說理論的啓示中，已經可以確立意識型態對言說具有決定性的影響，「寫作」難免也要成爲一種「策略」運作而卯上所謂的「權力宰制」❹，更不必擔心它會是一樁沒有目的或沒有價值的事。而爲了使得「策略」成功或取得優勝地位，對於所寫「文本」的內在理路的完密處理和高可信度的樹立，就成了迫切需要考慮的課題。至於「寫作」完成後，是否就會有如期的反應或該不該採取輔助手段以貫徹權力意志，這就不是這裡所能討論而得別爲解決。

過去，有人對「寫作」一事極爲看重，也有人對「寫作」一事頗多藐視。前者如「蓋文章經國之大業，不朽之盛事。年壽有時而盡，榮樂止乎其身，二者必至之常期，未若文章之無窮。是以古之作者，寄身於翰墨，見意於篇籍，不假良史之辭，不託飛馳之勢，而聲名自傳於後。」（曹丕，《典論·論文》）後者如「《書》曰：『玩物喪志。』爲文亦玩物也……某素不作詩。亦非是禁止不作，但不欲爲此閑言語。」（程頤語）但這些都只觸及「寫作」一事是否能產生實用價值，而未嘗深入「寫作」一事背後的權力慾望，所見當然都不算「眞切」。今人既有足夠資源反省「寫作」行爲的種種問題，類似這樣的爭論也就沒有必要再讓它發生。接下來就是各自勤於反省或相互對諍權力意志的合理性，以及開拓新的「文本」（類型）經驗，爲並時或異時的

❹有關言說和權力宰制的關係，參見麥克唐納（Diane Macdonell），《言說的理論》（陳璋津譯，臺北，遠流，一九九〇年十二月），頁一三一～一五四。

「寫作」心靈留下一些有用而有效的「激素」。

閱讀／批評

比起作者角色和「文本」，讀者角色受到關注的機會就少多了。雖然談論作者和「文本」的人多半是讀者，但古來這類的讀者只顧著從作者和「文本」的立場來看待，很少或根本沒有注意到自己才是主角。因此，像新批評家所宣判的「感應謬誤」（新批評家同時也宣判「意圖謬誤」）或現象學者所主張的批評僅是對「文本」的被動接受（現象學者認爲「文本」是作者意識的純粹體現，但那也只能在「文本」中尋繹，而跟作者的心理狀況或歷史背景無關），就顯得很不可思議。畢竟讀者不可能腦中一片空白的來面對「文本」，他所知道或所擁有的一切知識和經驗，都會捲入他所要閱讀／批評的對象（包括「文本」和作者）中，以至所謂的「作者」、「文本」等，很可能都是讀者眼中的「作者」、「文本」，而跟實際的「作者」、「文本」（如果有的話）不必然相關。這一觀念的轉變，是由當代哲學詮釋學所開啓，而由接受美學和讀者反應論所繼承（甚至於確立），已經博得普遍的贊同❺。

❺ 參見伊格頓（Terry Eagleton），《當代文學理論導論》（聶振雄等譯，香港，旭日，一九八七年十

當然，這不是說「閱讀／批評」的地位從此就優於「文本」或「寫作」的地位，大家會發現這件事仍沒有完了。因爲它還得面臨結構主義、後結構主義和解構主義等理論的考驗，並不如我們所想像的可以下定論了。表面上，從結構主義到解構主義一系列理論，都在強調「作者已死」而「讀者誕生」❻；實際上，所謂「閱讀／批評」不過是在從事（目標不確定的）「文本」的改寫、重組或塡補「遺漏」一類的工作而已，根本談不上什麼「目的性」或「必要性」。因此，「閱讀／批評」也和「寫作」一樣，成爲既沒有什麼好談論，也無從寄予「厚望」的一件「莫名其妙」事。最後，只剩下「文本」還在「詭異」的向人暗示著它的「文本互涉性」或「指意連鎖性」。

事情演變到這種地步，不免令人喪氣！但如果我們知道「閱讀／批評」並不全像前人所說的那樣，而也跟權力意志脫離不了關係，那就不致會再絕望了。換句話說，大家所以會看上某個「文本」，並決定「閱讀／批評」的方式，很少只是爲了聊存一點痕跡（以便將來回味）而已，他最盼望的還是獲得別人的共鳴，繼而藉著它來實現樹立權威、謀取利益和行使教化等等意圖。這樣「閱讀／批評」和「寫作」也就有了同樣的目的（雖然一個是利用「文本」，一個是製造

月），頁二〇～九〇；姚斯（Hans Robert Jauss）等，《接受美學與接受理論》（周寧等譯，瀋陽，人民，一九八七年九月）一書。

❻ 同注❺所引伊格頓書，頁九一～一四六。

「文本」），而在展現「閱讀／批評」成果的過程中，仍得留意「寫作」所該留意的事，致使這一課題對我們來說還大有考量的空間。

根據李察茲（Ivor Armstrong Richards）於一九二九年出版的《實用批評》一書記載，李察茲在英國劍橋大學教書時，曾經做過一個實驗，給他的本科生一些除去標題和作者姓名的詩，然後讓他們進行評論。結果學生的判斷五花八門：久受尊重的詩人價值大跌，無名之輩卻受到贊揚。李氏在審查這些有種種缺憾的解讀結果時，一面指出每篇的偏差所在，一面提供一個「比較正確」的詮釋，最後提出「夠資格的讀者」這個觀念。李氏這項舉動，招來不少批判的聲音，當中比較嚴厲的如「（在這個個案裡）李氏所扮演的角色當然是『夠資格的讀者』了。李氏究竟有沒有資格做個『夠資格的讀者』，我們往深一層去想，一定會發現：未必。但就這個個案的情況看來，無疑他的表現證實了他比他的學生較能接近作品的原意。但他之能如此，其中最重要的原因之一是：他有了歷史的意識，即⑴他掌握了詩人生存與創作空間某程度的歷史的認識，他的學生則被剝削了這方面的知識……⑵他掌握了語言的歷史面貌，如看出來某些字句是十八世紀的，某些是十九世紀的，某些形式與風格只能因怎樣一個詩人在怎樣一種歷史環境下才可以出現。」[7]「然而，在我看來，這個研究項目中遠為令人感興趣的一個方面，而且顯然是李察茲本人沒有看到的一個方面，恰恰是：在這些意見的具體差異下，竟然存在著如此一致的潛意識的價值標

---

❼ 見葉維廉，《歷史、傳釋與美學》（臺北，東大，一九八六年二月），頁二三。

準。閱讀李察茲的學生對文學作品的闡述，人們會驚奇於他們自發地分享的認識和解釋習慣：他們期待文學應該是什麼，他們把什麼做爲一首詩的假定前提，以及他們想從這首詩中獲得什麼滿足。實際上，這一點都不令人奇怪：因爲這一試驗的所有參加者據說都是上層或中上層階級的白人青年，是受過私人教育的二〇年代的英國人，他們對於一首詩會發生怎樣的反應遠非僅僅取決於純『文學』因素。他們的批評反應與他們更廣泛的成見和信仰深纏在一起。但這並非過失：任何批評反應都有這種糾纏，因此，根本就沒有『純』文學批評判斷或解釋這麼一回事情。如果有人應受責備的話，那就是李察茲自己。作爲一個年輕的、白種的、中上層階級的、男性的劍橋大學導師，他無力將他本人分享的那種利害關係結構對象化，因而就無法充分認識到，評價中局部的、『主觀的』差異是在一個具體的、社會地結構起來的認識世界的方式之內活動的。」❽這些批判，在相當程度上展現或反映了當代人對「閱讀／批評」一事的反省能力。只是這樣的反省仍有欠「徹底」，總未搆到最深層或最優位的權力意志環節。因此，本文所發掘的信息，無疑就是談論類似課題的一個新的指標，各方好手沒有理由不轉向它奔馳。

❽ 見注❺所引伊格頓書，頁一八。

附：底下所列各條資料，究竟是怎麼了，有興趣的人不妨也來參一參：

據說當法國著名作曲家德步西（Debussy）首次聽人試奏他的弦樂四重奏時說：「你們把第三樂章奏得比我所認為應該的速度快兩倍。」但接著又說：「你們這樣演奏的方式更好得多！」

——劉昌元，《西方美學導論》（臺北，聯經，一九八七年八月），頁二二七

〈拉奧孔〉圖像是人的軀體的扭曲掙扎。溫克爾曼認為，這種姿勢象徵著處在極度痛苦之下的「一種高貴的單純和靜穆的偉大」……格羅代克、一位心理分析學家認為，從左至右觀看〈拉奧孔〉，雕塑三個人物的姿態是依次再現男性生殖器從興奮到萎縮的全過程。

——俞建章、葉舒憲，《符號：語言與藝術》（臺北，久大文化，一九九〇年五月），頁二三五

歌德認為自己對《哈姆雷特》的理解比原作者莎士比亞更為深刻透徹。希勒格爾對《唐・吉訶德》也有這種超越原作的感覺。馬納穆諾宣稱在《唐・吉訶德》中看到塞萬提斯所忽略遺忘的意義。正如蕭伯納就曾對不接納其批評的柏格森說：「親愛的朋友，我對您思想

的理解比你自己要深刻得多呢！」康德也認為自己所了解的柏拉圖更甚於柏拉圖自己。

——周華山，《意義——詮釋學的啓迪》（臺北，商務，一九九三年三月），頁一一一～一一二

晏元獻公文章擅天下，尤善為詩，而多稱引後進，一時名士往往出其門。聖俞平生所作詩多矣，然公獨愛其兩聯，云：「寒魚猶著底，白鷺已飛前。」又：「絮暖鮆魚繁，露添蒓菜紫。」余嘗于聖俞家見公自書手簡，再三稱賞此二聯。余疑而向之。聖俞曰：「此非我之極致，豈公偶自得意於其間乎？」乃知自古文士不獨知己難得，而知人亦難也。

——歐陽修，《六一詩話》

（歐陽修云）昔梅聖俞作詩，獨以吾為知音，吾亦自謂舉世之人知梅詩者莫吾若也。吾嘗問渠最得意處，渠誦數句，皆非吾賞者。以此知披圖所賞，未必得秉筆之人本意也。

——《歐陽文忠公文集》卷一三八〈唐薛稷書〉

（本文原刊載於《人文講會通訊》，創刊號，一九九五年春季。）

古今一夢盡荒唐

——從曹雪芹的歸屬談《紅樓夢》的詮釋

一

說部中，恐怕再也找不到像《紅樓夢》這樣令人備感困惑的書了❶。不但五個書名一開始就

❶先前批書人已經爲《紅樓夢》中的「奇文妙想」困惑過：「剩了這一塊便生出這許多故事。使當日雖不以此補天，就該去補地之坑陷，使地平坦，而不有此一部鬼話。」（第一回甲戌本夾批）「若云雪芹披閱刪，然後開卷至此這一篇楔子又係誰撰？足見作者之筆，狡猾之甚。後文如此處者不少。這正是作者用畫家煙雲模糊處，觀者萬不可被作者瞞蔽了去，方是巨眼。」（第一回甲戌本眉批）「一段神奇鬼訝之文，不知從何想來。」（第七七回庚辰本批語）以上並見陳慶浩，《新編石頭記脂硯齋評語輯校（增訂本）》（臺北，聯經，一九八六年十月），頁五、一二、七一〇；後來還有更多人窮爲《紅樓夢》考索論辯，寖寖然發展出所謂「紅學」來。如果這不是緣於大家閱讀《紅樓夢》所遭受的挫折，我們又該

摶成了一道煙幕❷，還有從頭到尾所敘事件盡在眞實和虛幻間直讓人莫明所以❸；而更弔詭的是第一回明說「作者自云因曾歷過一番夢幻之後，故將眞事隱去，而借『通靈』之說撰此《石頭記》一書也」，到了最後一回（第一二〇回）卻翻成「原來是敷衍荒唐！不但作者抄者不知，並閱者也不知；不過游戲筆墨，陶情適性而已」。面對這種撲朔迷離的文章，誰能不爲它所眩惑？從已有的文獻看來，雖然坦承有類似困惑的人不多❹，但就大家極力在爲《紅樓夢》辯駁些

如何看待？

❷ 除《紅樓夢》外，還有《石頭記》、《情僧錄》、《風月寶鑑》、《金陵十二釵》等四個名稱。雖然在甲戌本首回的「凡例」（發端）和「楔子」中，略有說明五個書名的由來（見注❶所引陳慶浩書，頁四、一二），而今人也有專文討論五個書名的命意（見皮述民，《紅樓夢考論集》（臺北，聯經，一九八六年四月），頁九五～一一六），但這些都不足以袪除我們心中的疑惑：爲什麼每一個後出的題名者都可以更改前人的題名？而他們更改別人的題名又有什麼目的？

❸ 「假作眞時眞亦假，無爲有處有還無」（第一回）「假去眞來眞勝假，無原有是有非無」（第一一六回）「眞而不眞，假而不假」（第一二〇回），《紅樓夢》中這幾段詩文，正好道出了它自己的特性，也在在考驗著讀者的閱讀能力。按：本文所引《紅樓夢》文，都根據《校定本紅樓夢》（臺北，中國文化大學中國文學研究所，一九八三年六月），後面不再另作說明。

❹ 還是早期的批書人比較不諱言他們的困惑：「作者眞筆似游龍，變幻難測，非細究至再三再四不記數，那能領會也，嘆嘆。」（第六回甲戌本回末總評）「我不知作者於著筆時何等妙心繡口，能道此無礙法語，令人不禁眼花撩亂」（第一〇回王府本回末總評。撩原作瞭，據有正本改）「余按此一算，亦是十二釵，眞鏡中花，水中月，雲中豹，林中之鳥，穴中之鼠，無數可考，無人可指，有跡可追，有形可

什麼一端推測，要說大家沒有這種感受也很難。這在近代轉變成對《紅樓夢》作者的探索和爭論❺。因爲從《紅樓夢》本書難以窺知它的旨意，藉著作者的生平事蹟（包含創作動機），也許可以相互印證而理出一些頭緒來。然而，當各人對作者「各有所見」時，一場爭論勢必也免除不了了。

一九二一年，胡適發表〈紅樓夢考證〉一文，「正式」揭開《紅樓夢》作者的爭端。胡適從王夢阮、蔡元培等索隱派手中暫時「搶」回《紅樓夢》的作者權，但彼此的歧見並沒有消除；蔡元培他們仍然相信《紅樓夢》是一部政治小說（仇清悼明），而胡適也依舊堅持《紅樓夢》是曹雪芹的自敍傳。這兩種主張都後繼有人，而且也都各自在「加深拓廣」前行者的見解。

在兩派爭論不休當中，我們發現曹雪芹已經變成他們一個沈重的包袱。考證派爲了維護曹雪芹的作者地位，不僅窮盡力氣搜尋內外證據以爲取信，還不時調整策略以應付來自各方的質疑。因此，當自傳說不足以「圓說」時，就有他傳說（以曹雪芹叔父脂硯齋爲模型）、合傳說（以曹

據，九曲八折，遠響近影，迷離煙灼，縱橫隱現，千奇百怪，眩目移神，現千手千眼大遊戲法也」（第四六回庚辰本批語），以上並見注❶所引陳慶浩書，頁一五五～一五六、二二九、六二七。

❺ 這不是說前人都不重視作者問題（光脂評中提到作者就不慮一百五十次），而是說前人還沒到把作者當成一個問題來研究的地步。至於近人所以對作者問題特別感興趣，或說受到乾嘉以來考證風氣的影響，或說有大師級人物（如蔡元培、胡適）從中「炒作」的緣故，原因容或再細究，但由閱讀原書遇到挫折而轉「求助」於作者，應該是一種難免的反應（不論大家有沒有意識到）。

家史實及曹雪芹個人經驗爲藍本）等出來彌補，始終不肯放掉曹雪芹一人。這在吳世昌的《紅樓夢探源》❻、趙岡《紅樓夢新探》等書中，可以看出一斑。

至於索隱派，也不輕鬆。他們一方面要力辯《紅樓夢》將「眞事隱去」的特性，以證明該書不是曹雪芹的自敘傳；另一方面還要設法安排曹雪芹的「出路」（或說曹雪芹寫作《紅樓夢》在影射當朝，或說曹雪芹僅參與《紅樓夢》的整理刪改工作），甚至廣蒐反證跟考證派打起「筆仗」，也是繞著曹雪芹一人在打轉。這從蔡元培的〈石頭記索隱第六版自序〉，到趙同的《紅樓猜夢》，到潘重規的《紅樓夢新解》❼，都是如此。

更有趣的是，斟酌索隱、考證兩派而別樹一幟的評論派❽，也不能「忘懷」於曹雪芹。當他們要說《紅樓夢》是一部「反映封建社會的階級鬥爭」或「創造了一個理想世界（大觀園）」的

---

❻ 吳書是以英文寫成。另見吳世昌，〈我怎樣寫「紅樓夢探源」〉，收於《曹雪芹與紅樓夢》（臺北，里仁，一九八五年一月），頁五〇五～五二六。

❼ 在反對考證派說法的衆人中，潘先生是比較特殊的一位，他始終認定《紅樓夢》是一部反滿的隱書，他的四本有關《紅樓夢》的著作（《紅學六十年》、《紅樓夢新解》、《紅樓夢新辨》、《紅樓夢論集》），都體現了一貫的旨趣。但他卻堅持「既不曾想歸屬任何宗派，也不想發明任何學說」，「只是想認清這一偉大作品的眞意（反清思想）」。見潘重規，《紅學六十年》（臺北，文史哲，一九七四年九月），頁八二。

❽ 參見陳炳良〈近年的紅學述評〉一文，刊於香港《中華月報》，一九七四年一月號。

鉅著時，仍然緊抱著曹雪芹不放（把成果歸諸曹雪芹）。像李希凡的《曹雪芹和他的紅樓夢》、俞平伯的〈紅樓夢八十回校本序言〉、宋淇的〈論大觀園〉、余英時的《紅樓夢的兩個世界》等，都不能「免俗」。顯然近人在討論《紅樓夢》一書時，已經有很深重的「曹雪芹情結」。

這個情結，在很大成分上是根源閱讀時的挫折感，而跟大家所可能想到的爲爭取對《紅樓夢》的發言權沒有什麼關聯。也因爲《紅樓夢》傳達給人的訊息曖昧隱微，不容易理解，而曹雪芹在原書（第一、一二〇回）、脂評、友朋文集中又屢次被提到跟《紅樓夢》的關係，以至論者就近取爲代替自己說話，而「掩飾」了原先內在的困惑。只是他們沒有意識到，攬進一個曹雪芹不但沒有讓他們更好理解《紅樓夢》，反而「掣肘」更多（每有旁人提出一個反證，自己的信心就要減低一分），最後不免流於無謂的「作者攻防戰」，而錯失了開拓《紅樓夢》詮釋境域的機會。

二

早先撰寫〈紅樓夢評論〉贊揚《紅樓夢》在美學上和倫理學上的價值的王國維，本來已經走出了一條新路，而他對於歷來學者紛然索解《紅樓夢》書中主人公爲誰的作法也有所抨擊，但他最後卻說「若夫作者之姓名（自注：遍考各書，未見曹雪芹何名），與作書之時日，其爲讀此書者所當知，似更比主人公之姓名爲尤要。顧無一人爲之考證者，此則大不可解者也」❾。所謂「顧無一人爲之考證者」，這在胡適〈紅樓夢考證〉問世後已不成問題，可是王國維這段話反成了大問題。他儘管說《紅樓夢》是悲劇中的悲劇，能使人精神得到洗滌（解脫痛苦），又何必在意《紅樓夢》是誰作的？換句話說，《紅樓夢》是誰作的，跟《紅樓夢》是否爲悲劇中的悲劇，本是兩個不相干的問題，現在把它們牽扯在一起，這跟前人先索解書中主人公再論旨意的作法又有什麼區別？因此，當王國維論過《紅樓夢》後，想再爲《紅樓夢》找一個作者，就無疑是在畫蛇添足了。

這種畫蛇添足的情況，從胡適以來凡是假定《紅樓夢》是誰所作的人，幾乎沒有一個能「倖免」。這不論是主張曹雪芹作《紅樓夢》的考證派，還是主張有反滿思想者（偶包括曹雪芹）作《紅樓夢》的索隱派，都在同一窠臼。因爲他們所認定（猜測）的《紅樓夢》是一部有眞實成分的傳記或隱含民族沈哀的血書，都要舉《紅樓夢》本文爲證（其他相關的資料只能作爲旁證）；既然這樣，他們只要說《紅樓夢》是（像）一部傳記或一部政治小說，就不必再說它是誰的傳記或誰的小說，不然就成了無益的「附會」。這一點，我們在不願去蹚爭論《紅樓夢》是傳記或政治小說那灘渾水的評論派那裡，也能感受得到。如李希凡考究出《紅樓夢》在暴露和批判封建制

❾ 見王國維，〈紅樓夢評論〉，收於郭紹虞、羅根澤主編，《中國近代文學論著精選》（臺北，華正，一九八二年六月），頁七六三。

度的同時，也不忘說這是曹雪芹根據曹家衰敗的歷史背景寫成的⑩；卻不知道《紅樓夢》是否曹雪芹根據曹家衰敗的歷史背景寫成一點，根本無助於他所導出的結論。又如余英時發現《紅樓夢》中的大觀園是一個「未許凡人到此來」的理想世界（仙境）後，也趕搭考證派的列車而作出「超越」的論調：特許曹雪芹虛構（創設）了這部小說⑪；仍然不知道這個虛構大觀園的人是誰都行（不一定要曹雪芹），更何況大觀園是一個理想世界的結論如果可信，那還要曹雪芹做什麼⑫？

其實，考證派和索隱派爭論《紅樓夢》的作者是誰，也不是全無道理。他們所採取的，都是一般考據學批評所準用的方法，也就是由了解作者（考證作者所處的時代背景、生平事蹟，以及作品的創作年代）到瞭解作品⑬。只是這種方法有它的局限，所考出的作者只能當作功能性看待，而不能視爲詮釋作品的唯一依據。正如傅柯（Michel Foucault）所說的：

---

⑩ 見李希凡，《曹雪芹和他的紅樓夢》（香港，中華，一九七三年十月），頁七二～七三。

⑪ 見余英時，《紅樓夢的兩個世界》（臺北，聯經，一九八七年六月），頁四一～六一。

⑫ 有趣的是，余英時爲了彌縫《紅樓夢》中所流露的某些憤滿情緒，竟再大作起曹雪芹的「漢族認同感」（曹雪芹原爲滿化的漢人）的文章（見上注，頁一九二～二一〇）。殊不知曹雪芹有沒有漢族認同感，跟《紅樓夢》中有沒有憤滿情緒根本不相干。因爲他如能確實指出《紅樓夢》中有激滿言語，也就夠了，又何必再「疊床架屋」說這是某一有漢族認同感的人寫的？

⑬ 參見姚一葦，《藝術的奧祕》（臺北，開明，一九八五年十月），頁三六七～三六八。

作者不是填塞作品的無止境含義的泉源。作者並不存在於作品之前，他是一種我們用來在我們的文化中作限制、排除及選擇的某種運作原則。簡言之，那是人們用來阻礙虛構體（作品）的自由流傳、自由利用、自由組成、解組及重組的。⑭

如果考證派和索隱派都要聲稱他們的發現是不可取代的「眞理」（事實上他們幾乎都已經這樣聲稱），那他們就不明白「作者並不存在於作品之前」的道理，這就是他們的問題之一。其次，從我們前面的分辨來看，把「作者」拿掉，而說《紅樓夢》是一部傳記或一部政治小說，也未嘗不可，又何必浪費力氣去爭論誰作了《紅樓夢》？現在考證派和索隱派在作者問題上互不相讓，而不覺得自己在虛耗生命，這也是他們的問題所在。

至於評論派，既然已經看出考證派和索隱派都偏使了力氣，而還要給自己加上一付腳鐐（爲《紅樓夢》確定一個作者），那也只能說他們智慮有所不及，或不肯遽然放棄巴特（Roland Barthes）所說的「關係考證神話」（家系神話）⑮，此外我們也無可奈何了。

---

⑭ 見傅柯，〈何爲作者?〉，收於朱耀偉編譯，《當代西方文學批評理論》（臺北，駱駝，一九九二年四月），頁六九。

⑮ 見巴特，〈從作品到本文〉，收於上注所引朱耀偉編譯書，頁一九。

三

不論曹雪芹被劃歸在《紅樓夢》的原作者（如考證派所說）或整理者（如部分索隱派所說），也不論曹雪芹在《紅樓夢》中有多少的「主導」能耐（如部分評論派所說），在《紅樓夢》面世（離手）後，他就必須「退位」。其他如有考定《紅樓夢》別有作者的（如杜世傑的《紅樓夢原理》所考定吳梅村爲《紅樓夢》作者之類），也是一樣。這有三個理由：

第一，如果說大家對作者關注，是爲了給作品的理解（詮釋）找一個依據，那我們要說作品不能先驗地保證它能負載或傳達作者所發出的訊息。因爲作爲作品的組成元素語言，它有本質上的限制和結構上的限制。前者體現在人使用語言時，語言只是抽象的符號，無法表達人深刻的經驗和最終的實在（如《莊子．天道》所載輪扁斷輪「得之於手而應於心，口不能言，有數存焉」及《老子》首章所載「道可道，非常道；名可名，非常名」等就是）。後者體現在人使用語言時，構成語言的三個層面：語法、語意、語用，都無法讓人隨意驅遣（如陳簡齋〈春日〉詩說「忽有好詩生眼底，安排句法已難尋」，這是指語法對意義表達的拘限；《易繫辭傳》說「言不盡意」，這是指語意無從盡符思想和事態的豐富面；《荀子．正名》說「名無固宜，約之以命。約定俗成謂之宜，異於約則謂之不宜」，這是指語用不得不受集體的意識型態的制約）[16]。因此，我們無法假定作品是某一（作者）內在心靈的表達，它毋寧是像後結構學家所說的「衆多作品（文本）的交互指涉」⓱。這一點，我們只要看《紅樓夢》一書用了數十萬字來表達而仍然有人爲它感嘆「滿紙荒唐言，一把辛酸淚！都云作者痴，誰解其中味」（第一回），以及書中所用眞、假（幻）、情、色、淫、緣等關鍵字不確定它們的究竟義（這兼有語意和語用的限制），就可以會意一二。既然作品不是作者所能（充分）掌握，我們談論作品時，爲什麼要找個作者來「湊和」？

第二，就作者來說，儘管他可以熟悉語言在本質上和結構上的限制，而宣稱作品的字面意義就是他所要傳達的訊息，這時我們依舊不能讓手由作者來「宰制」作品。原因就在連作品的字面意義也沒有人能加以確認：一來語言多有含混現象，不能確定它的指涉（指謂）和內涵（意含），所謂字面意義也無從說起（如《論語．學而》說「學而時習之，不亦說乎？有朋自遠方來，不亦樂乎？人不知而不慍，不亦君子乎？」，當中學、時習、朋、遠方、君子等語詞，都難以確切說出它們的指涉和內涵）；二來語言還有歧義（多義）現象，使原先已經無從說起的字面意義，更添一分變數（如《尹文子．大道》說「鄭人謂玉未理者爲璞，周人謂鼠未腊者爲璞。周

⓰ 有關語言的限制問題，參見沈清松，《現代哲學論衡》（臺北，黎明，一九八六年十月），頁七七～八一。

⓱ 參見吳潛誠，《詩人不撒謊》（臺北，圓神，一九八八年三月），頁一二五～一三三。

人懷璞，謂鄭賈曰：『欲買璞乎？』鄭賈曰：『欲之。』出其璞視之，乃鼠也」，當中璞就是一個歧義詞，在被使用時如不加以界定，也將無法藉它傳達意義）。而由個別語詞組成語句及由個別語句組成篇章後，該語句和該篇章的字面意義更加紛繁難理⑱。這樣作者如何能一廂情願的宣稱他對作品有絕對的掌控權，而我們也毫無疑問的相信這個事實？這一點，我們姑且舉《紅樓夢》中所敘「太虛幻境」和王熙鳳的妒婦作爲二事來說明。「太虛幻境」是賈寶玉夢中所歷的仙境，《紅樓夢》作者一面說它是幻境，一面又說它是「眞如福地」（見第五、一一六、一二〇回）。所謂幻境就是福地，反過來說福地就是幻境。這種說法，可以看作觀察角度不同所致，也可以看作自我矛盾或自我解消，還可以看作有意弔詭或語言遊戲，沒有一定的準設，作者也不能強以己意坐實。至於王熙鳳每遇丈夫賈璉偷腥或別戀，不是把該女子逼死，就是設計將她害死（見第四四、六五、六八、六九回），這可以顯示王熙鳳個人的妒恨，也可以顯示王熙鳳對丈夫的屈服，還可以顯示王熙鳳的權力慾望（表面對丈夫順服及不願他人分佔丈夫，都是爲了方便遂行她的權力慾望），也沒有一定的理則，作者仍不能擅自加以限定。從這裡更可以看出找來作者，實在對作品沒有什麼「好處」。

第三，就讀者來說，雖然他也可以假定作品有作者所要傳達的某些訊息，而他的閱讀就以發

---

⑱ 有關語言的含混、歧義問題，參見何秀煌，《記號學導論》（臺北，水牛，一九八八年九月），頁一〇～一二；李天命，《語理分析的思考方法》（臺北，鵝湖，一九八三年十月），頁四一～五二。

掘這些訊息爲目的，但我們從底下兩方面來看，讀者也依然不需要胸中先橫梗著作者：首先，當讀者能理解作品時，作者的「見證」（不論他有沒有說謊），最多讓他滿足一下「英雄所見略同」的快感，對於理解作品並沒有實質的助益；而當讀者不能理解作品時，作者的「見證」，就是一堆只能聊供憑弔的白紙黑字罷了，它還有什麼意義可言？可見讀者只管閱讀作品，不必勞動作者來「指引」什麼。其次，作者所要「賦給」作品的意義（訊息），只有一次機會，而讀者閱讀作品卻可以無止盡。他每一次閱讀所發掘的意義，多少都會超過作者所賦給的意義。這樣他還用得著依賴作者嗎？顯然讀者在閱讀作品時，作者也沒有理由進來「干擾」。而前面所說讀者「可以假定作品有作者所要傳達的某些訊息」等語，如果不是讀者的虛構（這種虛構可能別有目的），就是讀者藉來自我安慰了。這一點，我們不妨看看早期讀者閱讀《紅樓夢》的一些經驗。第一五回「寶玉不知與秦鐘算何賬目，未見眞切，未曾記得，此係疑案，不敢纂創」甲戌本脂批：「忽又作如此評斷，似自相矛盾，卻是最妙之文。若不如此隱去，則又有何妙文可寫哉？這方是世人意料不到之大奇筆。若通部中萬萬件細微之事俱備，《石頭記》眞亦太覺死板矣。故特用此二三件隱事，借石之未見眞切，淡淡隱去，越覺得雲煙渺茫之中，無限丘壑在焉。」第二〇回寶玉對黛玉說「我也是爲的是我的心。你難道就知道你的心，不知道我的心不成」己卯本脂批：「此二語（指後二句）不獨觀者不解，料作者亦未必解；不但作者未必解，想石頭亦不解，不過述寶林二人之語耳。石頭既未必解，寶林此刻更自己亦不解，皆隨口說出耳。若觀者必欲要解，須自揣自身是寶林之流，則洞然可解；若自料不是寶林之流，則不必求解矣。方不可記此二句不解，錯謗寶林及石頭作者等人。」第四八回「寶釵正告訴他們（李紈及衆姊妹），說他（香菱）夢中作詩，說夢話」庚辰本脂批：「一部大書起是夢，寶玉情是夢，賈瑞淫又是夢，秦氏家計長策又是夢，今作詩也是夢，一面風月鑑亦從夢中所有，故曰《紅樓夢》也。余今批評亦在夢中，特爲夢中之人特作此一大夢也。」[19]這些說法，似乎都已經超過原書（句段）的字面意義，而要逆溯到作者當初的用心。但它也只是一種猜測，有「假作者爲我所用」的意味，不定是要等待作者來作「印證」。因此，這裡對於作者必須退出作品的論斷，應該是禁得起考驗了。

更進一步說，假使作者眞能藉作品傳達某些訊息（包括他想利用作品來達到某些目的）[20]而讀者也有「義務」去正視那些訊息，但最後要論到作品的評價，作者也仍然得退出作品。因爲作品的價值自有某些藝術規範可以引來衡量，作者的自我宣說（意向）還不足以當作依據[21]。好比考證派考出了《紅樓夢》是曹雪芹的自傳或家傳，他們想評價《紅樓夢》也要另尋標準，不能就逕以它是作者的自傳或家傳加以判斷。

---

[19] 並見注[1]所引陳慶浩書，頁二七五、四〇二、六三三。

[20] 這裡我們必須暫時排除作者有「隨興適會」（不定目的）及「心餘力絀」（不能完全表達）所完成的作品兩種情況。這在實際的創作經驗中頗爲常見，但爲了使論說不旁出枝節，只好將它擱置。

[21] 參見劉昌元，《西方美學導論》（臺北，聯經，一九八七年八月），頁二二一～二三二。

這裡所以這樣說，並不是要否定作者和作品的關係（作品仍是作者組構作品，可以別為探討），而是要澄清作者在讀者閱讀作品過程中是一個不必考慮的對象這個「事實」。我們也只有「忘掉」（排除）作者，才能開啓（邁向）詮釋作品的新途徑。

四

就我們所知道的，詮釋是閱讀過程的首要工作（其次是評價），而作者在整個詮釋活動中是沒有一席之地的（作者如要詮釋作品，他的身分就形同讀者）。這可以分兩點來說：

第一，詮釋的對象，可以是作品的字面意義，也可以是作品的非字面意義㉒。作品的字面意義，是指作品的語言由於結構的決定而有的內在關係（內涵）和作品的語言所指的在外的存在事項（指涉）。作品的非字面意義，是指伴隨作品的語言而來的世界觀、存在處境、個人潛意識

㉒ 基於論說的方便，我們把作品分成「形式」和「意義」（過去大家用比較含混的「內容」一詞）兩部分。「形式」又包含「語法結構」和「敍述技巧」（如敍述觀點、敍述方式、敍述架構等），這只需要說明（分析）就可以了然。「意義」又包含「字面意義」和「非字面意義」，這就得靠詮釋（詮解釋）才能明白了。

（個人的慾望和信念）、集體潛意識（社會的價值觀和社會關係）等㉓。前者是基於作品為一客觀存在（約定俗成）所該含有的（雖然它經常難以認定），後者是基於人組構作品時經驗積澱可能具備的（也就是人在組構作品時，不免會「夾帶」有他看世界的方式和對存在的感受，以及潛意識的從中「作用」）。從一般的觀點來看，作品的字面意義是作者所完結的，而作品的非字面意義也是理當有的，不該發生作者存在與否的問題。但經過我們前面的分疏，作者沒有能耐操控作品的字面意義（儘管他可以暫定作品的字面意義），同時作者也無益於讀者對作品的閱讀，所以作者勢必被排除在詮釋字面意義的活動之外。既然作品的字面意義可不仰賴作者而被詮釋，那必須透過字面意義去推測的非字面意義，自然也不必仰賴作者而被詮釋，以致作者也無法影響到詮釋非字面意義的活動。

第二，詮釋的進行，必須有讀者的「先見」（先期理解）作為保證。這「先見」包含相關的語言知識（就是有關語法、語意、語用等全套知識）和對存有的體驗以及生命的體會等㉔。當讀

㉓ 參見沈清松，《解釋、理解、批判——詮釋學方法的原理及其應用》，收於臺大哲學系主編，《當代西方哲學與方法論》（臺北，東大，一九八八年三月），頁二一八～三一。按：作品的字面意義是理解非字面意義的基礎。沈文以三組概念來區別詮釋的進程，可能稍嫌瑣碎（如理解、批判也跟解釋的作法無異），但他以為理解和批判是基於解釋這一前提，無疑是該接受的。

㉔ 參見伽達瑪（H. G. Gadamer），《眞理與方法》（吳文勇譯，臺北，南方，一九八八年四月），頁一

者所擁有的「先見」越多時，他對作品的理解也就越詳盡，而所詮釋出的意義也會越可觀。這種情況，已經不是作者所能想像。在作者那裡，他唯一能做的就是組構作品（可能有他所賦予的某些意義）。而這個作品對讀者來說，僅是一個有待詮釋的「文本」，它永遠向「歷時」或「並時」的詮釋心靈（讀者）開放。換句話說，作品的意義本身處於未決狀態，容許讀者不斷地前來發掘㉕。而讀者也將在發掘作品意義的過程中，因「詮釋的差異」而修改或擴充他的「先見」㉖，轉而豐富了別一階段或別一層次的閱讀活動。照這樣看來，作者似乎又在讀者的詮釋過程中具有一些「引導」的作用，而跟我們前面所說的「作者在整個詮釋活動中是沒有一席之地的」相牴觸。然而不然，作者已經表現在作品中的，讀者如能理解，就不需作者「再」作說明；讀者如不能理解，作者再怎麼說明也沒有用（如有讀者因作者的說明而理解作品的，那不是他原先眞的不理解，而是記憶沒能適時提供他所需要的資訊。一旦有人喚醒他的記憶，他立刻就能理解）。

五七～一九六；霍伊（D. C. Hoy），《批評的循環》（陳玉蓉譯，臺北，南方，一九八八年八月），頁七五～一〇九。

㉕ 參見蔡源煌，《從浪漫主義到後現代主義》（臺北，雅典，一九八八年八月），頁二二九～二三五；殷鼎，《理解的命運》（臺北，東大，一九九〇年一月），頁四七～九四。

㉖ 照理作者組構作品也是以宇宙人生（以語言形式存在）爲文本而施以詮釋兼評價的結果，它對讀者來說又是另一個文本。而當讀者發現作者的詮釋有超越自己所理解的範圍，就產生了「詮釋的差異」。而這個「詮釋的差異」，正是人的知識經驗所以能成長的根源。

此外，作者在其他場合所發表跟作品有關的言論，依然無力影響讀者對作品的理解。因爲那些言論也是一個有待詮釋的「文本」，必然是要讀者所能理解的才有用㉗。剩下來的，就是讀者的獨立摸索和塡補那「詮釋的差異」的問題了㉘。

雖然作者已經被排除了，讀者的詮釋活動也還不是沒有問題。我們會發現作品的非字面意義，仍舊冠著作者的頭銜（所謂世界觀、存在處境、個人潛意識、集體潛意識等，都還繫在作者的名下），讀者如何能在詮釋這些意義時，聲明它們是由可跟作者無關的字面意義推測來的（這不就成了自我矛盾）？這本來也有點棘手，但在我們知道所謂世界觀、存在處境、個人潛意識、集體潛意識等也仍都是讀者的「先見」中所有後，就比較好處理了。也就是說，讀者詮釋作品的非字面意義，是基於某些目的（如權力行使、教化大衆、樹立典範等）的策略運用，跟作者原有的世界觀、存在處境、個人潛意識、集體潛意識等沒有關聯。而就在詮釋策略的凸顯下，整個詮釋作品的活動也就有意義可說了。

可惜歷來詮釋《紅樓夢》的人，都不大知道自己的詮釋策略，也不大知道別人的詮釋策略，

㉗ 至於作者本人的經歷可爲理解作品資助的也一樣。參見伊格頓（Terry Eagleton），《當代文學理論導論》（聶振雄等譯，香港，旭日，一九八七年十月），頁一三四～一三五。

㉘ 「詮釋的差異」的存在，涉及人在文化各領域的理論吸取和在社會各階層的實際體驗，很難具體指出緣於那些因素，更別說作者那單一的影響了。

只一味的在爭辯誰作了《紅樓夢》，以及怎麼解釋才能符合《紅樓夢》（作者）的原意。

五

把詮釋視爲一種策略，我們才能解決一個更根本（關鍵）的問題，就是人爲什麼要從事詮釋？縱然當代西方的哲學詮釋學已經指出詮釋是人存在（或彰明存有）的一種方式（途徑）㉙，但它的「先見」說（構成一種詮釋循環）又限制了自己理論的開展，使我們無法相信詮釋僅止於彰顯存有而已。因此，詮釋勢必別有目的㉚，才有存在的意義（價值）。而這個目的也就決定了詮釋的方向，讓它帶著一個「策略性」的標記，跟其他的詮釋方案（同一對象的不同詮釋）參照互映。也從而確定了作品永遠向所有詮釋心靈開放和詮釋結果都不爲典要的兩項「眞理」。

如果汰除近人那些無謂的爭論，我們可以看出已有的偌多《紅樓夢》的詮釋方案中，還不乏「精彩」的例子呢！如把《紅樓夢》解釋成在描寫人生的苦痛及其解脫方法的，可能是爲了引導

㉙ 參見帕瑪（R. E. Palmer），《詮釋學》（嚴平譯，臺北，桂冠，一九九二年五月），頁一四一～一八七。

㉚ 哲學詮釋學後期的理論家（如伽達瑪、姚斯（H. R. Jauss）、伊塞爾（W. Iser）等），也反省到了這個問題。參見王岳川，《後現代主義文化研究》（臺北，淑馨，一九九三年二月），頁三四七～三五一。

同胞再造涅槃境界；而把《紅樓夢》解釋成仇淸悼明的隱書的，可能是爲了激發國人的民族情感（近代中國深受列強侵凌）；而把《紅樓夢》解釋成在批判封建社會的黑暗內幕的，可能是爲了響應（中國大陸）建設共產社會的時代使命；而把《紅樓夢》解釋成在敍說一個理想世界的興起和發展及其最後的幻滅的，可能是爲了喚起世人重新經營一塊淨土樂園……。這些說法，都能新人耳目；而所發掘的非字面意義（其實都是詮釋者「先見」中的東西），無形中也豐富了《紅樓夢》這個「文本」。

雖然如此，後起的讀者也還得再想一個問題，就是前人已經作出了許多種詮釋（彷彿要展盡了所有的詮釋策略），如果要再另立新說，又恐沒有更好的理由（目的），而白費心機；如果不再另立新說，而僅作出跟人相同的詮釋，又嫌拾人牙慧，太不長進，這又該怎麼辦？對於這個問題，我們不妨這樣考慮：已有的詮釋不可能窮盡《紅樓夢》的意義，任何詮釋方案所留下的縫隙，都是我們著力的好地方（只要避免跟人雷同或犯一樣的錯誤）；還有勤於反省（檢討）批評方法，調整詮釋的策略，依然大有可爲㉛。也許這就是面對《紅樓夢》這部幾乎被人說爛（熟爛）的大書，唯一可以進行「突破」的辦法吧！至於今人仍有不信《紅樓夢》能隨人說法而想再

㉛ 拙作《佛教因緣觀在「紅樓夢」中的運作及其意義》一文（發表於古典文學會主辦的「文學與佛學關係研討會」，一九九三年五月二八、二九日），可以略作印證。想必今後類似的嘗試，將會更多（這是從今人接受新理論的刺激較多一點所作的推測）。

爲它樹「眞義」的㉜，我們只有藉甲戌本凡例末附詩中「古今一夢盡荒唐」一句㉝，來表示「不解」和「哀悼」的意思！

〔本文原發表於中央大學中文系主辦「與世界對話——甲戌年（一九九四）世界紅學會議」，一九九四年六月。〕

㉜ 這點我們在那些以「新證」、「新探」、「探源」、「新辨」、「新解」等名目出現的紅學專書裡，大致都能看到。

㉝ 見注❶所引陳慶浩書，頁五。

佛教因緣觀在《紅樓夢》中的運作及其意義

一 本文的詮釋策略

文學創作一向被假定所具有的「目的性」和「神聖性」，在德希達（Jacques Derrida）等人所倡導解構理論的檢驗下，都得自行瓦解而不復存在。我們僅以該理論所提出的「延異」觀念（語言只是一連串意符的延異）來說，作品的意義始終是不確定的（意符搭連不上意指），任何人想藉它來達到某些「目的」（如描述事物、建構圖象或傳達思想感情之類）或宣稱它是一種「獨創」，都成了不可信賴的「虛設」。因此，作品不再是要「記載、充當備忘、再現或描述事實」，成爲某一「內在靈魂」的表達，而毋寧是擷取自不同文化，彼此以對話、降格、爭論等關係交匯的多重文字。而處理這一多重性的重點，就在讀者身上[1]。

從這個角度來看，讀者必須體認到文學作品具有多元的意義，是意符之間無窮盡的變換花樣，永遠不可能最終固定在一個中心、一種本質或意義之上。換句話說，文學作品類似一個沒有盡頭的「構成」過程，而不是一個「結構」，而讀者從事文學批評正是在進行這種構成❷。不過，這樣做可能只是改寫或重新組織原作品（再度製出原意或重複原作品），並沒有再創造出它的對象。如果想再創造出它的對象，也許要像德希達所說的那樣：針對作者本身沒有察覺到的某層關係（不知不覺間，因運用了語言而未能把握住的層面），開啟無窮盡的符號替代❸。現在我們以《紅樓夢》為討論對象，自然也要考慮到這兩方面。只是沒有一個準據，可以判斷我們所要做的到底是改寫《紅樓夢》，還是再創造《紅樓夢》；而最後可能都是我們自己的「構設」。

既然不能免於這樣的「結局」，我們勢必要有某種「權宜措施」，也就是把我們所看到有關《紅樓夢》的評論，當作對《紅樓夢》多重意義的局部「肯認」（並未窮其全部意涵），而我們正要另闢途徑，發掘出大家所未意識或意識不盡周全的其他意義。在這個前提下，我們發現一條貫串《紅樓夢》的「線索」：佛教的因緣觀，是大家比較疏於注意的部分，正好可以讓我們勉力

❶ 參見廖炳惠，《解構批評論集》（臺北，東大，一九八五年九月），頁二七二。

❷ 參見伊格頓（Terry Eagleton），《當代文學理論導論》（聶振雄等譯，香港，旭日，一九八七年十月），頁一三四～一三五。

❸ 參見注❶所引廖炳惠書，頁七～八。

一試。而我們除了詮解佛教因緣觀如何在《紅樓夢》中運作，還進一步探究佛教因緣觀在《紅樓夢》中運作所顯示的意義，合而展現一個略異於當前所見相關評論的詮釋策略。

二　因緣觀在理解《紅樓夢》上的重要性

不論從理論層面或實際層面看來，當一部作品在創作完成後，創作者就同時失去了他對作品意蘊的佔有權。因爲語言有本質上的限制（無法描述事物豐富的狀態和表達人深刻的情感）和結構上的限制（就是語法、語意和語用的限制）❹，創作者沒有能耐決定語言「該有」的意義；而在實際創作前後，創作者難免也會有對所使用語言意義的不確定和遺忘的現象❺，以至有關作品意蘊的詮釋，勢必由讀者來主導（創作者如果也要詮釋作品，他的身分就如同讀者）。而讀者在

---

❹ 參見沈清松，《現代哲學論衡》（臺北，黎明，一九八六年十月），頁七七～八〇。

❺ 袁枚有段話可以佐證：「人有興會標舉，景物呈觸，偶然成詩，及時移地改，雖復冥心追溯，求其前所以爲詩之故而不得。」（見袁枚，〈程綿莊詩說序〉，收於吳宏一、葉慶炳編輯，《清代文學批評資料彙編》（臺北，成文，一九七九年九月），下集，頁四六四）這一點，在《紅樓夢》的「作者」似乎也意識到了，他在最後一回藉空空道人的口說：「原來是敷衍荒唐！不但作者抄者不知，並閱者也不知；不過游戲筆墨，陶情適性而已！」（此據《校定本紅樓夢》（臺北，中國文化大學中國文學研究所，一九八三年六月），以後所引文，但著回數不標頁碼，都同此例。）

詮釋作品時，就不是要去製出「原意」❻，而是要跟它進行一種批判式或質問式的「對話」❼。這才是讀者所該念茲在茲的（不管他能不能完全做到）。

然而，歷來衆多詮釋《紅樓夢》的案例中，卻很少有類似的「對話」。那些詮釋不是試圖還原創作者的「原意」，就是試圖歸本作品的「旨意」（可等同創作者的「原意」，也可自行存在）。前者有所謂「主情」、「主悟」說：「主情」說認爲創作者的原意，在於敘說天上人間，彌漫宇宙、維繫乾坤的一個情字；「主悟」說認爲創作者的原意，在於藉一場夢幻，警惕世間的一切情痴欲愛❽。後者有所謂《紅樓夢》在「描寫人生之苦痛與其解脫之道」❾及《紅樓夢》

---

❻「原意」說的困難，可參見殷鼎，《理解的命運》（臺北，東大，一九九〇年一月），頁五七～六七。

❼有關「對話」的問題，參見曼紐什（Herbort Mainusch），《懷疑論美學》（古城里譯，臺北，商鼎，一九九二年十月），頁三四～四三；拜樓斯托斯基（Don Bialostosky），〈對話批評〉，收於張雙英、黃景進編譯，《當代文學理論》（臺北，合森，一九九一年九月），頁三三一～三四五。

❽參見龔鵬程，《文化、文學與美學》（臺北，時報，一九八八年二月），頁一九三～一九六。按：這兩種說法也不時在相互攻訐，如方玉潤《星烈日記》說：「《紅樓夢》特拈出一情字作主，遂別開出一情色世界。至寶玉遁入空門一段，事屬荒唐，未免與全書筆墨不稱，何必作此荒誕不經之說也哉？」訥山人〈增補紅樓夢序〉說：「其書則反覆開導，曲盡形容，爲子弟輩作戒，誠忠厚悱惻，有關於世道人心者也。顧其旨深而詞微，具中下之資者，鮮能望見涯岸，不免墮入雲霧中，久而久之，直曰情書而已。」（同上，頁一九六引）但「主情」、「主悟」說卻很難如此截然劃分，其中仍有不少糾葛。甚至往後興起的自傳派、索隱派、考證派、鬥爭論等說法，也都順著這兩條詮釋進路而來，而彼此的糾葛也

在「描寫一個理想世界的興起、發展及其最後的幻滅」⑩等說法。至於有人把《紅樓夢》「落實」爲某一有反滿思想人士的隱書⑪，或曹雪芹的自敍傳⑫，以及「歧出」解爲「反映封建社會的階級鬥爭」⑬等，也可以分別歸入前面兩種詮釋方案中。這些都「妄想」有一具體的對象或超越的意指，存在於《紅樓夢》之外，而不知道那只是讀者個人知識和經驗的「投射」⑭。這就難以滿足一個「妥適」的詮釋的要求。

類似。這在龔先生的文章中，已經辨明了。只是龔先生在文末說「《紅樓夢》在整體結構上，改變了夢與現實、眞與假的對立區分，充分運用兩者間的模糊性，並且在敍述其中之一時，即同時展開另一層的活動，一手雙牘、一聲兩歌，以至瓦解了作品本身的結構，使得作品中擁有多重聲音，形成多重向度的空間」（同上，頁二一四），而不及解釋何以能夠如此。現在經由本文所揭露的因緣觀，大致上就可以理解。

⑨ 詳見王國維，〈紅樓夢評論〉，收於郭紹虞、羅根澤主編，《中國近代文學論著精選》（臺北，華正，一九八二年六月），頁七四三～七六五。

⑩ 詳見余英時，《紅樓夢的兩個世界》（臺北，聯經，一九八七年六月），頁四一～六一。

⑪ 詳見蔡元培，《石頭記索隱》（臺北，金楓，一九八七年五月），頁六〇～一一五。

⑫ 詳見胡適，《紅樓夢考證》（臺北，遠東，一九七一年五月），頁五七五～六二〇。

⑬ 詳見李希凡，《曹雪芹和他的紅樓夢》（香港，中華，一九七三年十月），頁一〇～七三。

⑭ 讀者詮釋作品，必有「先見」（所擁有的知識範疇和對人生的體驗等）作爲前提，形成一種哲學詮釋學所說的「詮釋循環」（參見霍伊（D. C. Hoy），《批評的循環》（陳玉蓉譯，臺北，南方，一九八八年八月），頁七五～一一六），不能反過來把詮釋所得，強加在創作者或作品身上。

如果說當今各種詮釋方案，彼此不免有相互傾軋的現象（如主情說和主悟說的對峙或反滿隱書和曹氏自敍傳的爭議），那麼這是由於大家誤把自己知識和經驗的投射，當作《紅樓夢》的旨意或創作者的原意的必然結果。但在這種相互傾軋的過程中，我們卻也看到《紅樓夢》意義的多重性，實在不必（也不能）把它封閉起來，而就讓它「帶著」這種多重性與時漂流。換句話說，已有的種種詮釋都可以享有合法的地位，我們沒有理由再去批判它們的是非。只是爲了採取一個比較有利的「對話」角度，我們不再像過去大家那樣執著「片斷」就逕自談論起來，而儘可能關照到書中所敍各類的事件，跟它進行幾近化隱爲顯的質問式的對話，以發掘過去大家所「不曾」措意的層面。而藉由這個層面的發掘，我們可以掌握連貫《紅樓夢》全書的一種有力的聲音。

這種有力的聲音，就是佛教的因緣觀。因爲有這種因緣觀的存在（不同於希臘哲學所說的因果律），所以《紅樓夢》中大小事件，都「如浸夢中」，而不爲人稍假意志加以改變。也因爲有這種因緣觀的滲透，以至《紅樓夢》中人物可眞可假，所見事可實可幻，連想望也是旣切又虛，一切都喪失了「自性」。如果不從這裡著手，怎能跟《紅樓夢》進行全面的對話？因此，比起過去大家所據爲詮釋《紅樓夢》的前提（如情、悟、隱喩、自敍等等），因緣觀要顯得迫切而重要多了。

三　因緣觀的歷史及理論依據

佛教的因緣觀，相傳爲佛陀於西元前五〇〇年左右，在印度證道弘法時所提出，《長阿含經》卷一說：

> 太子（佛陀成佛前為太子）……作是念：衆生可愍，常處闇冥，受身危脆，有生有老有病有死。衆苦所集，死此生彼，從彼生此，緣此苦陰，流轉無窮……生死從何緣而有？即以智慧觀察所由。從生有老死，生是老死緣；生從有起，有是生緣；有從取起，取是有緣；取從愛起，愛是取緣；愛從受起，受是愛緣；受從觸起，觸是受緣；觸從六入起，六入是觸緣；六入從名色起，名色是六入緣；名色從識起，識是名色緣；識從行起，行是識緣；行從痴（無明）起，痴是行緣……爾時菩薩（即太子）逆順觀十二因緣，如實知如實見已，即于座上成阿耨多羅三藐三菩提。
>
> ——《大正大藏經》第一卷，頁七中、下

這跟另外兩項「三法印」（諸行無常、諸法無我、涅槃寂靜）及「四諦」（苦、集、滅、道），

合爲原始佛教的基本教義（彼此爲綱領和說明的關係）⑮。

依照上引《長阿含經》所載，佛說因緣共有十二項，其中的因果關係是由無明（無知或昏昧的狀態）爲因，而引致行（盲目的意志活動）爲果；由行爲因，而引致識（認知作用）爲果；由識爲因，而引致名色（認知對象）爲果；由名色爲因，而引致六入（六種認知機能：眼、耳、鼻、舌、身、意）爲果；由六入爲因，而引致觸（認知機能接觸認知對象）爲果；由觸爲因，而引致受（由接觸而起的感受）爲果；由受爲因，而引致愛（由感受而起的佔有慾）爲果；由愛爲因，而引致取（由佔有慾而起的執著不捨）爲果；由取爲因，而引致有（生命存在）爲果；由有爲因，而引致生（出生）爲果；由生爲因，而引致老死（老去死亡）爲果。在生命形成後，於是有一流轉過程，就是每一既成爲「有」的生命，由生而老死，再轉入生，再到老死，這就是所謂的「輪迴」，也就是當前世界的眞象。而就十二因緣的「順生律」來說，必然出現「有情生命」及其所對的虛妄世間。但人若能如實照察，認定它是無常，就可以證其本性是空，而出離生死苦海。到得破無明時刻，生死輪迴就告斷滅，而能趣入實相世界（涅槃境界），以獲解脫，這就是十二因緣的「還滅律」⑯。

⑮ 參見勞思光，《中國哲學史》（香港，友聯，一九八〇年十一月），第二卷，頁一九〇～二〇〇。

⑯ 參見蔡仁厚，《中國哲學史大綱》（臺北，學生，一九八八年八月），頁一三六～一三八；吳汝鈞，《佛教的概念與方法》（臺北，商務，一九八八年九月），頁一～四。

佛陀教義輾轉傳來中土後，先有「六家七宗」據以說「本無」、「色無自性」、「色本性空」、「心無」、「識含」、「幻化」、「緣會」⑰，後有僧肇、吉藏、玄奘、智顗、賢首等人據以說「不眞空」、「二諦」、「雙離空有」、「眞如」、「法界觀」⑱。這些雖然沒有直引十二因緣說，但所論也都不出它的範圍。而後世文學家假設事例，編排情節，以爲符應佛說因緣，也不計其數；只是還沒有看到像《紅樓夢》這樣窮盡人一生事端緣會的作品。顯然《紅樓夢》可以成爲我們對話的「好」對象；而它也將在我們詮釋後，暫時「扮演」一個實演因緣的「佳例」。至於《紅樓夢》的創作者如何「接上」因緣一路，這就不是我們所要（所能）關心的了。

雖然如此，我們仍得先問問因緣觀的理論依據是什麼，不然連它是否有被援用的價值都不知道，又怎能據以推出它在《紅樓夢》中運作所顯示的意義？大致說來，古今對於感官所現世界，不是假定它爲「實有」，就是假定它爲「空無」。凡是假定現象界爲「實有」的，也都必須再假定有一超越或既超越又內在的依據，如西方從希臘哲學以來所說的「神」（第一因）⑲及我國先秦道家所說的「道」和宋明理學家所說的「理」，就是基於「實有」所需而設定的。至於假定現

---

⑰ 詳見湯用彤，《漢魏兩晉南北朝佛教史》（臺北，駱駝，一九八七年八月），上册，頁二二九～二七七。

⑱ 詳見呂澂，《中國佛學源流略講》（臺北，里仁，一九八五年一月），頁九三～二一五。

⑲ 參見曾仰如，《形上學》（臺北，商務，一九八七年十月），頁二三四～二五七。

象界為「空無」的，就不必再假定一個超越或既超越又內在的依據，它只要假定現象界為「衆緣和合」所成就行了。既然現象界是由「衆緣和合」而存在，「衆緣不和合」就消失，那現象界必然「無自性」；「無自性」就是「空無」。而這就是佛教一貫的主張。

以上兩種「世界觀」，各自的出發點不同：一個是就「偶有之物必有他物促其存在」來立論；一個是就「偶有之物有其成住壞滅」來立論。既是出發點不同，自然也不能據彼衡此而「定其是非」，應一概承認它們的「合理性」。因為它們都是針對經驗世界而提出的可能性說明，彼此沒有「理由」反駁對方，而其他人也無法再另立標準，分別加以否定。可見因緣觀被用來解釋經驗世界是有效的，而我們觀察因緣觀在《紅樓夢》中的運作，並且探究該一運作所顯示的意義，也就沒有白費心機的疑慮。

四 因緣觀在《紅樓夢》中運作的情況

《紅樓夢》雖然不像一般佛書那樣暢論因緣，但也不時藉由書中人物點出這一訊息，如第一回就有癩頭和尚說及神瑛侍者「意欲下凡，造歷幻緣；已在警幻仙子案前掛了號……因此一事，就勾出許多風流冤家陪他們去了結此案」；第二回又有賈雨村斷言「天地生人，除大仁大惡兩種，餘無大異；若大仁者則應運而生，大惡者則應劫而生，運生治世，劫生危世」；第五回更有警幻仙子所屬舞女歌〈紅樓夢〉曲「自古窮通有定，離合豈無緣」（二句可作全書綱領），先後勾出一幅因緣圖繪來。只是《紅樓夢》有故事「搬演」因緣，比那些純論因緣的書，要多一種可被「玩味」的好處。現在我們就依全書所敘幾類事件：求功名、攢錢財、貪愛慾、迷親情，看看因緣觀如何「促使」它們走上幻滅一途：

㈠爲功名冠上「虛浮」的形式

世人爲能揚名立萬，多走仕途，這本無可厚非，但是仕途窮通卻有不能自主的變數在，如因庇蔭（世襲）而得以入仕的，顯然不依己力；又如從科甲（登第）而入仕的，也得靠運氣相助。可見功名的來源，已頗不「實在」，而有違人要「把握」它（以實踐某些理想）的初衷。再說人一旦涉入仕途，就身不由己，不是練就對人「虛與委蛇」的本事，就是轉而鑄成「貪酷鄙吝」的習性，以至連功名的實質（爲天下蒼生謀福）也喪失了。因此，從根源處來看，功名不能不是「虛浮」的；而從實際情況來看，功名也不能不是「虛浮」的，這就爲因緣觀提供了一個結結實實的例證。

我們看賈家兩代襲官，賈雨村幸會進士（並見第二回），不正顯示功名的「虛浮」（不由自主）嗎？我們再看賈赦「交通外官，依勢凌弱」（見第一〇五回），賈政外放江西糧道不得不縱容家人斂財（見第九九回），賈雨村從當官到遞籍爲民全程貪索（見第二、一一七、一二〇回），不也顯示功名的「虛浮」（不用來造福蒼生）嗎？難怪警幻仙子要說將相只是虛名（見第五回），而賈寶玉也極力斥責讀書求取功名的人爲「祿蠹」爲「國賊祿鬼」爲「勢慾薰心」（見第一九、三六、八二回）。於是功名就成了不可信賴的東西（第九三回載甄老爺因太眞而惹禍，第九九回載賈政因想當淸官而辦不了事，都正好作了反證）；而在衆人喧吸勸取功名聲中，逃離塵世（像賈寶玉出家當和尙），也不算是什麼不正常的事了。

㈡爲錢財安排「空洞」的內涵

在日常衆多交易的過程中，錢財無疑是一個重要的媒介。而它所以受人肯定，也只在於它所具有的「工具價值」。旣是「工具價值」，就不應該讓它成爲大家攢積的對象，而應該促使它四處的流通。但是一般人卻不這麼想，整天只恨積聚得不夠多，而渾然忘記自己正陷在「與人爭奪」和「自我糟蹋」的泥淖裡。因爲想得到更多的錢財，勢必使出「蠻橫」的手段，從別人身上搜刮而來；而當他擁有相當的錢財後，又不能禁止自己揮霍的念頭，以致勞神傷形而不可終日了。到這個地步，錢財本要流通的意義已經喪失，代之而起的，是緣於錢財所引發的無數爭端和自我流失。這樣錢財就不能不徒有「虛名」（沒有實質意義），而爲因緣觀再增加一個不可移易的例證。

我們看賈雨村利用官職貪賄（見前），薛、賈兩家利用祖蔭或經商優勢而積財百萬（見第四回），或置產起租而重利盤剝（見第一〇六回），以至民命不堪、風波不斷（後者特指薛家屢害人命和賈家遭人覬覦）。這一來顯示錢財不再爲流通而設（僅是大家爭奪的對象），二來顯示人心已因錢財而改向（只爲自家享受而不顧別人死活）。而就因爲世人這般攢積，致使錢財不得不流於「空洞」化。我們再從上述這些貪取錢財者的立場來看，他們能不能貪取錢財，也要看是否有官職或祖蔭等「不定之數」；而他們取得錢財後大肆揮灑（如賈家的奢靡浪費、薛家長公子的淫慾無度），引人側目或物議所埋下的「報應之禍」，也都爲錢財烙上「難可貪得」的記號，而從此「交易媒介」的意義就一去不返了。既是這樣，阻絕「富貴之路」（或「遁入空門」），自然成了智者的最上抉擇。

㈢爲愛慾點染「詭譎」的幻夢

雖然說「飲食男女，人之大欲存焉」（《禮記・禮運》）「食色，性也」（《孟子・告子》），愛慾爲人經驗（或與生俱來）全體的一個屬性，原不必視爲禁忌；但是當愛慾發動後，卻不免會流於淫濫，而惹出許多罪惡來，以至給予有識者強爲杜塞的藉口。於是有所謂禮法的制定，以安置夫妻名分（防止「僭越」）；有所謂道德的創造，以導正乖戾性情，而試圖再建立人倫秩序。然而，這恐怕只是有識者的美夢，一般人不會這麼輕易就抑住慾望（特別是在他有錢有勢時）。因此，禮法成了虛設，道德沒了效力，人間依舊愛慾泛濫、惡迹流衍。這時「上焉者」

或僅止於「拈花惹草」，「下焉者」就難免「奪人所愛」或「強人所不愛」。而後者經常被認爲是情愛匱乏引起的。既然這樣，當自己對他人有一種愛慾，就無法保證他人會照自己所期待的給予迴應，而他人也無法有類似的想望。這就顯出愛慾的「詭譎」性，而爲因緣觀再添上一個毋庸置疑的例證。

我們看賈赦要納鴛鴦爲妾而遭抵拒（見第四六回），賈瑞見王熙鳳起淫心而得「猝死」報應（見第一一、一二回），賈璉常跟下人妻偷情而不禁鬧出人命（見第二一、四四回），都在顯示「強人所不愛」或「奪人所愛」的難以如願。至於秦鐘犯「皮膚濫淫」而速亡（見第一六回），賈寶玉犯「意淫」而得存（見第五回），也只在強調後者是可被允許的上限（最好能像鴛鴦那樣止存「未發之情」，見第一一一回）。而不論那一種情況，如要由此相約而結成「美眷」，也得看看前世是否修得姻緣（像馮淵錯失甄英蓮、賈寶玉不得林黛玉，就是緣慳一世。見第四、九八回），這又把愛慾能否「順遂」推上「不可測之天」。於是世人所見情緣，就是因自己的執著而來（前定與否，人一概不知，所可知的是自己的那分執著），而同時也爲罪惡預備好了「溫床」。這也就是癲頭和尙所申斥的「世上的情緣，都是那些魔障」（見第一一六回），以及賈寶玉要「示範」看破塵緣出家當和尙的原因所在。至如書中常藉賈寶玉嘴裡道出：女人水做或鍾靈氣而潔淨清爽，男人泥做或承渣滓而濁臭不堪（見第二、二〇回）。這大概是經由比較（男人確實不如女人淨爽）而後發的一種推測之辭，不關大要，這裡就不爲它浪費筆墨了。

㈣為親情措施「縹緲」的雲霓

人類如何來到這世界，已經杳渺不能考。而唯一可知的是，子女對於能孕育的父母，無從表達所孕育的「意願」；而父母對於所孕育的子女，也無從加以刻意的「模塑」。彼此既然都是這般無奈，也就不需對對方有所「苛責」或「寶愛」，不然就有私心在裡頭作祟了。但很遺憾的，人似乎永遠看不透這一點，不是以責善的態度相對待，就是以溺愛的心理相縱容。而大家就以這責善和溺愛的名義，來規定親情的存在。殊不知父母和子女之間，並沒有什麼理由要以責善和溺愛來聯繫，也沒有任何保證能讓責善和溺愛發生效用。因此，世俗所謂的親情，也就不那麼「實在」了。這我們可以想見一個責善不成或溺愛無方的父母，他的子女如何感受親情的存在？反過來說，一個責善有成或溺愛有方的父母，他的子女也未必能眞切感受親情的存在。這樣大家所執迷於親情的，就如同「縹緲」的雲霓，炫目有餘，而眞實不足，這就為因緣觀再補充一個難可忽視的例證。

我們看銜玉而生的賈寶玉，一邊被家人視為「業根禍胎」（見第三回），一邊又備受家人的責善或溺愛（前者指賈政對他的求全責備，後者指賈母史太君對他的百般呵護），而他依舊「使性」，依舊「視功名如糞土」，絲毫沒有對那分親情動容過。我們再看薛蟠，從小喪父，得著母親的寵愛縱容（見第四回），不但老大無成，還常惹是生非，鬧得雞犬不寧，而這又給親情迴應了什麼?難怪癩頭和尚要說孩兒是「累及爹娘之物」(見第一回);而甄士隱在「失去」女兒英蓮後,因跛足道人一番話而悔悟,急急斷去親情縈念(同上),從此「各安所往」,了無牽掛。

根據上述,人所執著的功名、錢財、愛慾、親情,終究只是個幻象。因爲它不能不由「衆緣和合」來決定,而此「衆緣和合」又可以無限制的往前推(發生在前世的「衆緣和合」),更增添它的「神祕性」。一般人見識不足,總把幻象當眞,以至免不了要經歷一番「輪迴」之苦。畢竟「假作眞時眞亦假,無爲有處有還無」(見第一回),看不見的人,只好自討苦吃了。不過,話說回來,人當下所見功名、錢財、愛慾、親情,也不妨說它是眞(因人的成見而存在),而前面所說的「無自性」,也可以被斥爲假。於是「眞而不眞,假而不假」(見第一二〇回),再來就是各憑造化,看誰能領會「諸事只要隨緣,自有一定的道理」(見第一一七回),以登涅槃極境了。

五　因緣觀在《紅樓夢》中運作所顯示的意義

前面對因緣觀在《紅樓夢》中運作情況的辨析,可以看作我們第一階段的對話。在這段對話中,我們彷彿感覺一個擅長運用因緣觀來串演故事情節的創作者,就要浮現檯面上來;但我們一直強抑著不去正視他,只爲了他恐怕也是我們心中的幻象(類似前人所假定的某些《紅樓夢》的創作者一樣。）因此，行文中即使有出現近似跟作者對話的態勢（如因緣觀必有人主導，才能在《紅樓夢》中運作），我們仍然認定作品才是我們對話的對象，避免再引起一些無謂的爭端。接著我們要進行第二階段的對話，試圖就因緣觀在《紅樓夢》中的運作，質問它的意義所在，以達成這次的對話「設計」。

(一)揭示一種倫理抉擇的途徑

《紅樓夢》第一一八回有一段薛寶釵和賈寶玉論「入世」「出世」的對白：

> 寶釵道：「我想你我既為夫婦，你便是我終身的倚靠，卻不在情慾之私。論起榮華富貴，原不過是『過眼浮雲』；但自古聖賢，以人品根柢為重。」寶玉不等說完，便道：「據你說『人品根柢』，又是什麼『古聖賢』，你可知古聖賢說過『不失其赤子之心』？那赤子有什麼好處？不過是無知、無識、無貪、無忌。我們生來已陷溺在貪、嗔、痴、愛中，猶如污泥一般，怎能跳出這般塵網？如今才曉得『聚散浮生』四字，古人說了，不曾提醒一個。既要講到人品根柢，誰是到那太初一步地位的？」寶釵道：「你說『赤子之心』，古聖賢原以忠孝為赤子之心，並不是遁世離群、無關無係為赤子之心。堯、舜、禹、湯、周、孔時刻以救世濟民為心，所謂赤子之心，原不過是『不忍』二字。若你方才所說忍於

拋棄天倫，還成什麼道理？」寶玉點頭笑道：「堯舜不強巢許，武周不強夷齊。」

這裡點出兩種相對的倫理態度：薛寶釵所說的是「不仕無義，長幼之節不可廢」（《論語·微子》）的入世態度；賈寶玉所說的是「滔滔者，天下皆是也，而誰以易之」（同上）的出世態度。前者視倫理為必然的牽執，不可改易；後者視倫理為煩惱的根源，應該捨棄。兩者的觀點不同，自然沒有是非對錯可言。

雖然如此，《紅樓夢》最後安排賈寶玉出家，不無暗示出世是可取的一條途徑。而它所以被確認為可取，是在「經歷」一番世俗所執功名、錢財、愛慾、親情的幻滅後得出的結論，這就不同於前人的泛說捨世。至於《紅樓夢》先在第一一五回讓甄寶玉和賈寶玉見面，兩人「話不投機半句多」（事後賈寶玉還痛斥對方為「祿蠹」），也只在藉入世者的執迷不悟，來彰顯出世欲念的可「寶貴」，並無意強調前者對後者所暗詆的「可與共學，不可與適道」的「片面」眞理。但就我們的立場來說，出世、入世都是出於「無可奈何」的抉擇，孰得孰失，基本上極難判斷。而《紅樓夢》所以這樣處理，很可能是要把一條可行（卻被世人淡忘或不加考慮）的倫理抉擇的途徑揭示出來。而這應該是《紅樓夢》值得人尋思的一個方面。

(二)提供全面秩序建構的模式

就賈寶玉的處境來看，要他在覷破塵緣後不出家，也很困難（光家人喧嚷或逼迫他進取功名一項，就會讓他受不了。這一點從他不得不去應舉而隨後出家，就可以猜到他的無奈）。因爲別人還未都有這樣的見識，每天相處不是礙著心眼，就是妨著行動，必定甚不自在（正如林黛玉說過的「有了人，便有無數的煩惱生出來：恐怖，顛倒，夢想，更有許多纏礙」。見第九一回）。如果週遭的人都不這樣「淺見」，凡事隨緣而別無心機，那他就不必動出世的念頭了。這又涉及《紅樓夢》另一個值得人尋思的方面，就是從此可以重新建構社會的秩序。

在《紅樓夢》第一回載有跛足道人一首〈好了歌〉：

> 世人都曉神仙好，惟有功名忘不了！古今將相在何方，荒塚一堆草沒了。世人都曉神仙好，只有金銀忘不了！終朝只恨聚無多，及至多時眼閉了。世人都曉神仙好，只有嬌妻忘不了！君在日日說恩情，君死又隨人去了。世人都曉神仙好，只有兒孫忘不了！痴心父母古來多，孝順兒孫誰見了。

在第五回又載有警幻仙子〈紅樓夢〉曲：

為官的，家業凋零；富貴的，金銀散盡；有恩的，死裡逃生；無情的，分明報應；欠命的，命已還；欠淚的，淚已盡。寃寃相報豈非輕，分離合聚皆前定。欲知命短問前生，老來富貴真僥倖。看破的，遁入空門；痴迷的，枉送了性命。好一似食盡鳥投林，落了片白茫茫大地真乾淨。

前者提及神仙境界（或只取其逍遙自在義，不定要到「不食人間煙火」），是在擺落對功名、金銀（錢財）、嬌妻（愛慾）、兒孫（親情）的執著之後，才能達到；而後者所期待的「落了片白茫茫大地眞乾淨」的前提，也跟前者相似。這就爲人間全面秩序的建構，提供了一個很可參考的模式。換句話說，人間社會所以紛擾不斷，就在大家執著於功名、錢財、愛慾、親情的結果；倘要改善這種情況，那只有從根源處斷去對功名、錢財、愛慾、親情的執著（或至少也要「不忮不求」，像薛寶釵所演示的部分情事）。這是依據《紅樓夢》最後要賈寶玉厭棄功名、情緣，所作的一個「擴充」判斷，應該是「可信」的（或說是「理中合有」）。

以上是我們對《紅樓夢》所搬演一段故事意義的質問（以賈氏家族的興衰史爲經，穿插求功名、攢錢財、貪愛慾、迷親情等事件的幻滅爲緯，來揭示一種倫理抉擇的途徑和提供全面秩序建構的模式），容或有未盡之意[20]；但就書中所殷殷致意的世人「謀虛逐妄」、不知「因空見色」「自色悟空」而要藉此段幻緣來開悟痴頑（可免沈淪之苦）的雅意（詳見第一回），也可稱得上沒有「曲爲體會」了。至於前面所引「警世說」或「解脫說」，也不妨納入我們這個詮釋系統來（或說我們的詮釋得著它們的啓發），以便大家知道怎樣去其「枝節」和補其「不足」。

（本文原發表於古典文學會主辦「文學與佛學關係研討會」，一九九三年五月。）

---

⑳《紅樓夢》中所敘事端如許複雜，而人物又如許衆多，實在不可能窮盡它所隱含的意義。再說限於個人的學力和經歷，也不可能看出（掌握）它儘有的意義。這只要從當今各家詮釋《紅樓夢》各有所獲的現象，就可以窺見一斑。

影響與反影響

——〈孔子項託相問書〉及相關文獻析論

一

文學史撰述最常遇到的一個問題：影響，在當代文學理論中被討論的熱烈的情況，已經不是一般只能「泛說影響」的人所能想像於萬一。如果說既有的文學史研究（甚至比較文學研究）都偏重在作品和作品的模仿或繼承關係及作者對作品或讀者對作品的接受和吸收的探討，卻不足以解釋某些創新的實例如何可能，那當代文學理論家所發掘的「反影響」（或「負影響」），正好可以據爲彌補這段空缺。

先是法國文學社會學家埃斯卡皮（Robert Escarpit）指出文學作品常被後代甚至被當代的讀者所誤解而形成一種「具有創意的背叛」❶，後是美國解構學家布魯姆（Harold Bloom）指出每位大詩人的創新都是從對前行者反叛性的「誤讀」或「誤解」而來的❷。埃、布二氏的說法問世後，雖也引來一些噓聲，但獲得更多的是贊譽❸，從此傳統所謂影響就是模仿、繼承、接受、吸收的理論格局也就被打破了。而爲了區別前後兩種理論，大家習慣使用「反影響」（或「負影響」）來指稱布氏等人的見解（而不像布氏那樣仍然使用「影響」一詞，雖然布氏已經賦給它新定義）。這種「反影響」雖也被看作「在一國文學中新出現的趨勢及信仰，常常受外來模式的激發，以對抗本國盛行的理論和實踐」❹，或「以對外國作品的創造性誤解來闡揚其新觀

---

❶ 見埃斯卡皮，《文學社會學》（葉淑燕譯，臺北，遠流，一九九〇年十二月），頁一三七。按：埃氏書原出版於一九五八年（見譯序，頁一）。書中曾舉兩個具有創意的背叛的例子：《格列弗遊記》原本是一個憤世嫉俗、極盡諷刺能事的作品，《魯賓遜漂流記》則是替當時新興的殖民主義宣揚布道，這兩部作品如今卻成了獎勵小孩的贈書佳品（兒童在這兩本書裡尋求的，主要是情節奇特或異國情調的冒險經歷），而跟它們原先的旨意根本就風馬牛不相及（頁一三八）。

❷ 詳見布魯姆，《影響的焦慮——詩歌理論》（徐文博譯，臺北，久大文化，一九九〇年十二月）、《比較文學影響論——誤讀圖示》（朱立元、陳克明譯，臺北，駱駝，一九九二年十一月）二書。按：布氏前書原出版於一九七三年（見譯者前言，頁一），後書原出版於一九七五年（見譯者前言，頁二），前後一貫有系統地提出「影響即誤讀」的理論。

❸ 尤其是布魯姆，被許爲「提出了過去二十年來最大膽最有創見的一套文學理論」（見注❷所引布魯姆書，譯者前言，頁一）。

❹ 見維斯坦因（Ulrich Weisstein），〈影響與模仿〉（孫麗譯），刊於《比較文學研究與資料》（遼寧），第二期（一九八五年），頁四五引貝拉金（Anna Balakia）語。按：這用來說明我國新文學運動

點」❺，而可以提供比較文學研究一個新的視點，但重要的是它能夠作爲解釋文學發展中的創造、更新和突破的依據。

所謂「反影響」，指的是被影響者對影響者的「反動」或「抗拒影響」，它包括了各種嘲諷仿作（如戲謔、反設計、歪曲模仿等）❻。這種對前人影響的反動，在同一傳統的作家中最爲嚴重，嚴重到使布氏認爲「詩的影響已經成了一種憂鬱症或焦慮原則」❼。但焦慮反倒激起詩人的獨創性，而發展出六種抗拒方式以爲解脫：⑴Clinamen，故意誤讀前人；⑵Tessera，補充前人的不足；⑶Kenosis，切斷跟前人的連續；⑷Daemonization，青出於藍而更甚於藍；⑸Askesis，詩人澡雪精神，孤芳自賞，以跟前人不同；⑹Apophrades，孤芳自賞既久，使人誤解藍出於青❽。這在其他文類作家身上，情況也相仿。

的發展，也有幾分的貼切。

❺ 見鄭樹森，《文學理論與比較文學》（臺北，時報，一九八六年十月），頁八。按：這被認爲是原來限於本國的「影響焦慮」所刺激出來的，如意象主義大將龐德（Ezya Pound）對中國詩及中國文字結構的誤解；超現實主義大師布魯東（André Breton）將自動寫作跟佛洛伊德（Sigmund Freud）潛意識理論硬攀親戚（被後者譏爲「強作解人」）（同上）。

❻ 參見劉介民，《比較文學方法論》（臺北，時報，一九九〇年五月），頁二四二。

❼ 見注❷所引布魯姆書，頁六。

❽ 按：徐譯不夠清晰，此據張漢良譯解，見張漢良，《比較文學理論與實踐》（臺北，東大，一九八六年二月），頁五六。

不過，布氏等人所說的，多半限於「有意」的反影響，還有另一種「無意」的反影響也相當「可觀」。它大約沿著三條路線在進行：(1)是被影響者對原著的精神並不能十分把握，望文生義，匆忙接收，在自圓其說一番後，就大張旗鼓的實行起來；(2)是被影響者別有懷抱，專取原著中符合自己意願的部分大爲宣揚，有時還會犯了斷章取義的毛病，跟原作者的意思背道而馳；(3)是被影響者根本誤解了原著，借題發揮，憑空杜撰，然後進一步鼓動風潮，聚來群衆隨聲附和❾。這種反影響也常跟前一種反影響相混，而使人難以分辨被影響者對影響者的反動究是有意還是無意。

從許多跡象來看，生活在同一傳統中的作家（也兼讀者身分），很難不受該傳統中某些慣例的影響。這些慣例常顯現在共同的形式、類型、題目、技巧等方面（如慣用語、詩歌的韻律、戲劇的外在結構、神話及傳說的人物等），而爲公衆所有（不屬於某位作家）。然而，後出的作家對於前出作家沿襲慣例的作品，又往往感到無奈和不滿，而亟思有所改進（這時他就不止要掙脫前行作家的「籠罩」，也要掙脫傳統無形的「束縛」），以至如布氏所說的「影響焦慮」也就不可避免了。這種影響焦慮又可以擴大到隨時審視前人尚未發現的東西，而開啓獨特風格的創造❿。

---

❾ 參見羅青，〈各取所需論影響〉，收於李達三、劉介民主編，《中外比較文學研究》（臺北，學生，一九九〇年九月），第一冊（下），頁四六三。

文學史上各種創新的實例，如果不從這個觀點去考察，所得到的結果勢必難以使人信⑪。並且要提供後來者從事創新的資源，如果不從這個觀點去論說，所取得的例證也勢必缺乏「吸引力」⑫。在這個前提下，本文選取敦煌寫卷中〈孔子項託相問書〉，透過跟它前後相關文獻的比較辨析，鋪展出它的「嘲諷仿作」性格，一來可以迴應當代流行的反影響理論；二來也可以為有志創新的人儲存一點有益的「激素」。

---

⑩ 我國原也有類似的講法，如「詩文之所以代變，有不得不變者：一代之文，沿襲已久，不容人人皆道此語。今且千數百年矣，而猶取古人之陳言，一一而摹倣之，以是為詩，可乎？故不似則失其所以為詩，似則失其所以為我。李、杜之詩，所以獨高於唐人者，以其未嘗不似，而未嘗似也。知此者，可與言詩也已矣。」（見顧炎武，《日知錄》卷二一，〈詩體代降〉條）「蓋文體通行既久，染指遂多，自成習套，豪傑之士亦難於其中自出新意，故遁而作他體以自解脫。一切文體所以始盛終衰者，皆由於此。」（見王國維，《人間詞話》卷上）但這些仍不及「反影響」說直搗人的心靈深處那麼切近。

⑪ 古人所說的「文變染乎世情，興廢繫乎時序」（見劉勰，《文心雕龍・時序》）和今人偶而採取社會學批評來討論文章的製作及傳播，它們的有效性僅止於某些「普遍」的文風，而對於「個別」的文風幾乎無能為力。

⑫ 我們看許多教人作文作詩的專著，取例不可說不廣，但一涉及分析就難免流於「平面」。在這種不能兼顧「深度」的情況下，縱有「好例」，說者也指不出什麼可以令人印象深刻的東西給人看。

二

今天所見敦煌所有作品中，〈孔子項託相問書〉的傳本最多，共有十一卷，分別爲斯三九五、斯一三九二、斯二九四一、斯五五二九、斯五五三〇、斯五六七四、伯三二五五、伯三七五四、伯三八三三、伯三八八二、伯三八八三。其中多爲殘卷，而且各卷差異字甚多。王重民、王慶菽等人所編《敦煌變文集》[13]，收有伯三八八三號，並以其他十卷相校勘。本文所據爲討論的，就是該一校本。

在斯三九五號卷末，有一條題記：「天福八年癸卯歲十一月十日淨土寺學郎張延保記」。天福是後晉出帝年號，天福八年合西元九四三年[14]。約略可以推測〈孔子項託相問書〉曾「流傳」於唐、五代間。又從上述題記來看，寺院講師已有以〈孔子項託相問書〉爲題向人講說，張延保所記大概只是當中一種傳述。至於〈孔子項託相問書〉的性質，今人有的確定它是「合生體」（對話體）的變文[15]，有的認定它是韻散合組的「話本」[16]，有的認定它是問答體的俗賦[17]，恐

[13] 按：《敦煌變文集》原書出版於一九五七年（北京），此據臺北世界書局版（一九八九年十月）。

[14] 見姜亮夫，《歷代人物年里碑傳綜表》（臺北，文史哲，一九八五年二月），頁一九五〈徐玠〉條卒年推算。

怕都只是各人文學觀（分類觀念）的投射，而無從取得有關文獻的印證。

由於〈孔子項託相問書〉中所刻劃的孔聖人，一變而為猥鄙的小人：在智不敵項託的情況下，居然設計殺了項託。論者在面對這樣的「事實」時，都難免有太過「突兀」的感覺，於是發出了兩種推測：一種認為這是有意藉虛構孔子在項託面前的無知，和他對項託的卑鄙行為，來表現對當道的不滿⓲；一種認為這是宮廷中三教（儒、道、釋）論辯者所提供的枝詞遊說，目的在取悅「聖（皇帝）情」⓳。兩種關係〈孔子項託相問書〉的「作意」，竟是南轅北轍，直教人無所「適從」。不過，前者只是純粹推理，顯得有些牽強。後者有文獻為證，似乎較有可能。且看論者所徵引的幾則文獻：「悉詔能言佛、老、孔子者，相答難於禁中。有員俶者，九歲，升座，詞辨如注射，坐人皆屈。」（《新唐書》卷一三九，〈李泌傳〉）「講論儒、道、釋三教。渠牟

⓯ 見王重民，〈敦煌變文研究〉，收於周紹良、白化文編，《敦煌變文論文錄》（臺北，明文，一九八五年一月），上冊，頁二八一。按：王氏跟其他人合編《敦煌變文集》時收入〈孔子項託相問書〉，已認定它是變文，此文不過是在作「補充」說明。

⓰ 見周紹良，《敦煌文學芻議及其它》（臺北，新文豐，一九九二年二月），頁六〇；鄭金德，《敦煌學》（高雄，佛光，一九九三年八月），頁二一六～二一七；李騫，〈唐「話本」初探〉，收於《敦煌變文論文錄》，下冊，頁七九〇。

⓱ 見胡士瑩，《話本小說概論》（臺北，丹青，一九八三年五月），頁三一。

⓲ 見注⓯所引王重民文，頁三一九。

⓳ 見注⓱所引胡士瑩書，頁一一八。

枝詞遊說，捷口水注，上謂之講耨有素，聽之意動。」（《舊唐書》卷一三五，〈韋渠牟傳〉）「上元元年（西元七六〇年）七月，太上皇（玄宗）移仗西內安置。每日上皇與高公（力士）親看掃除庭院，芟薙草木。或講經論議，轉變說話，雖不近文律，終冀悅聖情。」（郭湜，《高力士外傳》）據此來推〈孔子項託相問書〉也是從三教論辯轉出，專為取悅聖情所設計的故事情節。這還有另一則文獻可以輔證：「太和六年（西元八三二年）二月，己丑，寒食節，上宴群臣於麟德殿。是日，雜戲人弄孔子。帝曰：『孔子，古今之師，安得侮瀆！』亟命驅出。」（《舊唐書》卷一七，〈文宗紀〉）雖然唐文宗本人不喜歡看人表演戲弄孔子（也許是礙於群臣在場，故作「矜持」），但難保其他皇帝也有相同脾性。因此，有〈孔子項託相問書〉這類枝詞遊說的存在，也就不足為怪了。至如說寺院講僧何以取這類故事向徒衆講說，這也不難想像。畢竟開孔子的玩笑或扭曲孔子的形象，不是更有利於徒衆領示而厭儒向佛，又何樂而不為？

這一路推演下來，好像很順理成章，沒有什麼大疑問，但也難防會落入法國後結構學家巴特（Roland Barthes）所說「家系神話」（關係考證神話）的陷阱中：「每篇本文（Text，文本）本身作為另一本文的相互本文（Intertext）是屬於相互本文指涉的，而這必定不能與本文的源頭混亂過來：去尋找作品的『源頭』及受到之『影響』只是滿足一種家系神話。構建本文的引述是無名的，不能還原的，而且是已經被閱讀的：它們是沒有引號的引述。」[20]而像這裡所作

---

[20] 見巴特，〈從作品到本文〉，收於朱耀偉編譯，《當代西方文學批評理論》（臺北，駱駝，一九九二年

的這樣（尋求「作意」），豈不是僅能聊供自己「乾過癮」，而根本無益於〈孔子項託相問書〉的理解？因此，勢必要越過這個階段，才有可能觸及〈孔子項託相問書〉的「意義」領域。

三

如果不急著認同巴特把作品視爲語言體系的作用（而跟作者扯不上關聯）的見解㉑，而仍許以作者對作品有「相當」的主導權，我們就可以藉由對〈孔子項託相問書〉的分析，略窺它「當初」成形的過程。

〈孔子項託相問書〉的故事情節，開始於孔子東遊在荊山下偶逢一小兒不跟其他小兒共戲而深感奇怪；接著是孔子和該小兒兩人的問答，共有十二次：第一次孔子問何不作戲、第二次小兒擁土作城而孔子問何不避車（並遣人問小兒姓名）、第三次孔子懷疑小兒年少而知事太多、第四

四月），頁一九。

㉑ 巴特以後，還有傅柯（Michel Foucault）、德希達（Jacques Derrida）等後結構學家和解構學家在暢論作品（本文或文本）的「互涉性」或「延異性」，而解消了傳統的「作者」的地位。但這裡面仍有些混淆，不盡可從。參見周慶華，〈作者已死？——作者死亡論的檢討〉，刊於《淡江大學中文學報》，第二期（一九九三年十二月），頁三一～四六。

次孔子問何山無石等十六個問題、第五次孔子邀約小兒共遊天下、第六次孔子以博戲相試探、第七次第八次孔子矯言要跟小兒平卻天下、第九次孔子問屋上何以生松等七事緣故、第十次孔子問夫婦和父母誰親、第十一次小兒以鵝鴨何以能浮等三個問題爲難孔子、第十二次孔子以天高幾許等八個問題詰問，小兒都能應對如流，理屈孔子；最後孔子嘆息後生可畏，又惱羞成怒而使詐殺了小兒，小兒精誠不散，化作森林百尺蒼竹。

這篇文章從頭到尾都在彰顯孔子不甘「顏面受損」而急於「報復」的心情。如果它正如今人所推測的不是憑空而起（有意編造來取悅聖情），那它應該還有更基本的原因，也就是編造此一故事所需要的靈感或情境觸發。這點當然沒有直接的證據，可以供給我們瞭解到底是怎麼一回事，但結果也不妨透過「旁敲側擊」來想像。首先，我們就看看在〈孔子項託相問書〉「前」的一些同類型或相關的文獻。《戰國策・秦策》最早記載項託爲孔子師事：

（文信侯欲攻趙）請張唐相燕，欲與燕共伐趙，以廣河間之地。張唐辭曰：「燕者必徑於趙，趙人得唐者，受百里之地。」文信侯去而不快。少庶子甘羅曰：「君侯何不快甚也？」文信侯曰：「吾令剛成君蔡澤事燕，三年而燕太子已入質矣。今吾自請張卿相燕，而不肯行。」甘羅曰：「臣行之。」文信君叱去曰：「我自行之而不肯，汝安能行之也？」甘羅曰：「夫項槖（同託）生七歲而為孔子師，今臣生十二歲於茲矣。君其試臣，奚以遽言叱也？」

爾後，《史記・樗子甘茂列傳》、《淮南子・脩務訓》、《新序・雜事》、《論衡・實知》等，也有同樣記載，但都只籠統說項託年七歲教孔子，而沒有交代詳情。另外，在《列子・湯問》有一小段敘述：

> 孔子東遊，見兩小兒辯鬥，問其故。一兒曰：「我以日始出時去人近，而日中時遠也。」一兒以日初出遠，而日中時近也。一兒曰：「日初出大如車蓋，及日中則如盤盂，此不為遠者小而近者大乎？」一兒曰：「日初出滄滄涼涼，及其日中，如探湯，此不為近者熱而遠者涼乎？」孔子不能決也。兩小兒笑曰：「孰謂汝多知乎？」

卻沒有提到項託。雖然如此，有這些資料，已足以讓我們明白〈孔子項託相問書〉同是源出孔子智不如項託（或某小兒）的傳說。

其次，傳說如果可信，孔子多少要以類似「入太廟，每事問」（《論語・八佾》）的莊重態度，「請教」或「師事」過項託，這樣自然會「留給」後人彌補傳說中不足或含糊部分的機會；而像《列子・湯問》所載這類故事，都有可能被虛構（臆造）出來。後人所以會這麼處理，也無非是要拆卸「聖人無所不知」的神話，以便達到其他的目的（教化或娛樂別人）。這可以看作是對「正統」贊譽孔子的反動。我們看〈孔子項託相問書〉中安排孔子「莽撞」的責問項託「何不避車」、懷疑項託年少而「知事甚大」、被項託爲難「鵝鴨何以能浮」等問題，也是同類型的反動表現。但〈孔子項託相問書〉卻不僅止於這個層次，它還有「別出心裁」的舉措，也就是讓孔子發出一些已有答案的「難題」（如「何山無石」等三十二個問題）和假設「狀況」誘引項託（如「與汝共遊天下」、「共汝博戲」、「與汝平卻天下」等），試圖難倒項託而扳回自己的顏面。在一切計策都失靈後，孔子又心一橫而謀害了項託，手段可說卑劣到極點。最後這一段情節，特別以韻文（七言古詩）形式出現，說得讓人「膽戰心驚」。這又是對還保有某種程度「謙謙君子」的孔子的反動。總計〈孔子項託相問書〉表現出兩種反影響：一是針對孔子正面上所獲得的聲譽（這跟前行相關文獻的「作法」相仿），一是針對傳說孔子師項託仍保有的「不恥下問」形象（這就遠超越了前行相關文獻的「作法」），充分顯示它的「嘲諷仿作」（切近歪曲模仿）特性。換句話說，〈孔子項託相問書〉是在反影響的心理因素支持下編造完成的。

四

雖然有關〈孔子項託相問書〉的作者（不論一人或多人）姓名已經無從考證，而作者反影響心理醞釀的過程也無從追溯（即使有能耐查得〈孔子項託相問書〉的作者，他也未必會意識到他作了這裡所說的反影響工作），但經由本文這樣的爬梳，卻可以得到兩點明顯可見的好處：第一，〈孔子項託相問書〉「後」還有不少同類型或相關的文獻，我們也可以採取同樣的方式，很快察覺它們如何受到創作機能的「支配」或「運使」，因此而獲得刺激自己創作慾望的有用元素；第二，以此類推，我們還會發現不同類型作品的「演變」，也存在著這種反影響的「模式」，而可以歸結出文學創新的一條規律。現在就先來證明第一點：

根據今人的考察，明本《歷代故事統宗》卷九有〈小兒論〉一篇，文字八九跟〈孔子項託相問書〉相同；明本《東園雜字》也錄有這個故事；清末民初，北平打磨廠寶文堂同記書鋪，還有鉛印〈新編小兒難孔子〉出售，跟〈孔子項託相問書〉文字仍有七八相同[22]。此外，臺灣也曾流傳〈孔子項橐論歌〉唱本（這個唱本有四頁，末題王賢德作，一九三七年七月，臺南州嘉義市西門町二丁目四九番地，捷發書店發行），和〈孔子小兒答歌〉唱本（一九五五年九月，臺灣新竹竹林書局發行），雖然字眼大有不同，但所述事體跟前者是一樣的[23]。

這裡就以《小兒論》和《新編小兒難孔子》爲例[24]，看看他們是否也採取反影響的策略。首

---

[22] 見《敦煌變文集》，上冊，校記，頁二三六。

[23] 見朱介凡，《俗文學論集》（臺北，聯經，一九八四年十一月），頁二三六～二三七。

[24] 二文見《敦煌變文集》，上冊，附錄，頁二四〇～二四三。

先，我們要假定這兩篇故事（彼此情節差異甚小）都源於〈孔子項託相問書〉，而〈孔子項託相問書〉原有「許多」傳本，它們到底依據那個傳本並不確定，但它們都少了孔子設計殺害項託那段情節。這不就顯示〈小兒論〉和〈新編小兒難孔子〉的作者（敍述者）不滿於〈孔子項託相問書〉的作者那樣「扭曲」孔子的形象（不論是否擔心那樣會教壞人心）嗎？其次，即使前面的假定不成立，而實際上它們各自所根據的傳本就少了孔子設計殺害項託那段情節，這也無妨。我們只要將它們並列來看，依然可以看出它們的差異（包括其他情節的增刪），而聯想到自己創造或改造同類型作品的訣竅：以奇異情節或變更情節來達成戲謔或歪曲模仿的目的，而「標示」出所造作品的「獨特性」。因此，第一點所說的我們能由〈孔子項託相問書〉這一系列作品獲致創新的靈感，到此可以明確肯定它的可能性。

至於第二點，也有「現成」的三個實例可說：分別是西王母故事、孟姜女故事、梁祝故事。西王母從原先的神話（見於《山海經》），演變為歷史故事的傳說（見於《穆天子傳》），最後蛻變為道教典籍裡的女仙，而成為民間流傳的信仰，並有小說家據為創作小說（見於《漢武故事》、《漢武內傳》）、詩賦家引為吟詠詩賦㉕，當中情節的踵事增華、文辭的朴飾變化，如果不從反影響的角度來看，實在很難想像那是怎麼可能的（這裡也是假定它們有前後脈絡的「聯

㉕ 參見施芳雅，《西王母故事的衍變》，收於陳鵬翔主編，《主題學研究論文集》（臺北，東大，一九八三年十一月），頁二一五～二四二。

結」）。孟姜女（杞粱妻）從爲丈夫戰死迎柩於路而被記入文獻（見於《左傳》襄公二十三年、《禮記・檀弓》）以來，文人稱詠不斷，有的感於她「向城而哭，隅爲之崩，城爲之阤」（見於《說苑・善說》），有的感於她「哭夫於城，城爲之崩；自以無親，赴淄（淄水）而薨」（見於《列女傳・貞順傳》），有的感於她「秦之無道兮四海枯，築長城兮遮北胡。築人築土一萬里，杞梁貞婦啼嗚嗚……一號城崩塞色苦，再號杞梁骨出土」（見於僧貫休〈杞梁妻〉詩）[26]，所述事體多少有些差異，這如果不追溯到文人的反影響心理，恐怕也很難有比較合理的解釋。梁山伯、祝英台這一對無緣結爲夫婦的絕命鴛鴦，時而被傳爲兩人先後殉情而並埋一墓（見於張讀《宣室志》、李茂誠《義忠王廟記》、徐樹丕《識小錄》〈梁山伯〉條），時而被傳爲兩人得異人傳授、身懷絕技、南征北討、建立功名（見於《柳蔭記》），時而被傳爲兩人死後又還魂結爲夫妻（見於朱少齋《英台》）或轉世投胎結爲夫婦（見於清初〈梁山伯歌〉）[27]，紛紛紜紜，莫衷一是，這又豈能不從相互反影響這一環節來理解呢！如果我們不急著衡量各類型故事衆傳本的「優劣」，而把彼此的差別視爲各傳本作者或敘述者創新的結果，那反影響一途就成了這種創新的不二法門了。

[26] 參見顧頡剛，《孟姜女故事的轉變》，收於《主題學研究論文集》，頁一八一～二〇五。

[27] 參見曾永義，《說俗文學》（臺北，聯經，一九八四年十二月），頁一二一～一二九。

五

換個立場來想，反影響所以會出現，是因爲影響的「無所不在」。這藉另一位對影響別有會意的學者的話說，影響可能具現在風格內、意象裡面、人物塑造上、主題處理上、形式上，也可能表現於某部作品的內容、思想、觀念或普遍的世界觀上㉘。既然無處不有前人的影響，那有才氣或不隨「流俗」的人，又要如何才能掙脫這種「牢籠」？這除了對前人進行全面的「誤讀」或片面的修正和改造，還有什麼更好的辦法？因此，一部文學史的發展或演變，就是影響和反影響不斷交互辯證的結果。由於影響是一個「既存的事實」，不需要別爲索證，這才「凸顯」反影響的特殊性，而值得廣爲舉例來加以印證。

本文嘗試以〈孔子項託相問書〉及相關文獻爲對象，掀揭它在國內還少有人注意的一種創作機能（反影響）㉙，相信這多少有助於大家開拓思考的空間。只是這裡還得再作一點強調：所謂由反影響而來的創新，是不能或不必預設正負價值的。因爲正負價值的判斷權在讀者，作者無法

㉘ 見蕭（Joseph T. Shaw），〈文學影響與比較文學研究〉，收於王潤華編譯，《比較文學理論集》（臺北，國家，一九八三年七月），頁七四。按：這比本文前面所提及的「慣例」部分還要可觀。

㉙ 所謂「少有人注意」，不是指國人對反影響理論的陌生，而是指缺乏在文學研究上的實踐。

事先估量讀者會怎麼判斷（當然作者可以「一廂情願」的決定正負價值的創新方式）。因此，當我們看到〈孔子項託相問書〉中某些「不忍卒睹」的情節時，可以表示我們個人的厭惡（甚至以它爲殷戒），但不必否定它的創新功能。這樣我們才有餘情再去審視更多「不堪入目」的作品，從而豐富我們的創作資源和廣闊的鑑賞視野。

（本文原刊載於《中國文化大學中文學報》，第三期，一九九五年七月。）

從變易中尋找「變易」

——中國古典小說研究的危機與轉機

一

晚近討論「傳統」的人，已經不像啓蒙運動那樣一味詆斥傳統爲「非理性」（拘限人的自由和阻礙社會的進步），反而對於傳統始終「作用於現在」有深刻的體認，而不斷在爲傳統作「辯解」❶。因爲不論傳統是指從過去延續到現在的事物，還是指一條世代相傳的事物變體鏈❷，都

❶ 參見殷鼎，《理解的命運》（臺北，東大，一九九〇年元月），頁一五一～一六七。

❷ 前者是傳統一詞最基本的義涵，它包括一個社會在特定時刻所繼承的建築、紀念碑、景觀、雕塑、繪畫、音樂、書籍、工具，以及保存在人們記憶和語言中的所有象徵建構；後者是傳統一詞較特殊的義涵，它圍繞一個或幾個被接受和延續的主題（如宗教信仰、哲學思想、藝術風格、社會制度等）而形成

不可否認它具有構成了一個社會創造再創造的文化密碼和給人類生存帶來了秩序及意義等功能。顯然這類討論多少可以開啓現代人的寬廣心靈，不再輕易的否定傳統或糟蹋傳統。但問題並沒有就此結束，大家可能會發現：意識或感覺傳統的存在幾乎無人不能，結果卻常「判若天淵」（也就是人人所意識或感覺到的傳統出入甚大），那誰所說的傳統才算數？

有關這個問題，恐怕不是一心執著於論述傳統的人所能「解決」（如果他仍認爲傳統是一個「具體」可辨的存在體），而得由能看透論述背後「必有」意識型態在起作用的人來處理❸。換句話說，傳統的認定不是「是什麼」的問題，而是「爲什麼」的問題；任何試圖把傳統定格在「是什麼」層面的人，都忽略了那不過是「爲什麼」這一更深層面的實踐，而這必須「另具隻眼」才能看出。就以文學傳統爲例，什麼樣的作品可以稱得上文學或什麼樣的作品符合傳統文學的規範，並沒有一個客觀的標準可據以爲衡量，一切都由論述者依其「利害關係」來作裁奪。這

的一系列變體。參見希爾斯（Edward Shils），《論傳統》（傅鏗、呂樂譯，臺北，桂冠，一九九二年五月），頁一四～二五。有關傳統（意義）的分辨，另參見朱德生〈傳統辨〉、陳文團〈傳統與現代性的辯證〉二文，收於沈清松編，《詮釋與創造》（臺北，聯經，一九九五年一月），頁三～一四、三七九～四〇二。

❸ 一切論述（言說）都是意識型態的實踐，任何人想要釐清上述那個問題，勢必要從這個角度切入才有可能。這是當今一些言說理論給我們的啓示，參見麥克唐納（Diane Macdonell），《言說的理論》（陳璋津譯，臺北，遠流，一九九〇年十二月），頁一一～一四。

點我們可藉伊格頓（Terry Eagleton）對文學批評的考察而得以「觸類旁通」：

> 文學理論家、批評家和教師們，這些人與其說是學說的供應商，不如說是某種話語的保管人。他們的工作是保存這一種話語，他們認為有必要對之加以擴充和發揮，並捍衛它，使它免遭其他話語形式的破壞，以引導新來的學生入門並決定他們是否成功地掌握它。話語本身沒有確切的所指，這不是說它不體現什麼主張：它是一個能指的網絡，能夠包容所有的意思、對象和實踐。某些作品被看作比其他作品更服從這種話語，因而被挑選出來，這些作品於是被稱作文學或「文學準則」。人們通常把這種準則看作十分固定，甚至在不同時代也是永恆不變的，這在某種意義上具有諷刺意味，因為，文學批評話語沒有確切的所指，但它如果想要的話，卻可以把注意力或多或少地轉向任何一種作品。準則的某些最熱心的保護者已經不時地表明如何使這種話語作用於「非文學」作品。❹

歷來有關文學傳統的種種（不同）認定，又何嘗不涉及這類話語形式（意識型態）間的競爭？因此，與其浪費時間去爭論「傳統究竟如何」和「傳統有何意義」等無謂的問題，不如集中精神來

---

❹ 參見伊格頓（Terry Eagleton），《當代文學理論導論》（聶振雄等譯，香港，旭日，一九八七年十月），頁一九二～一九三。

一探「傳統為何會在或為何要在相關論述中佔有地位」較為實際。

根據這點，我們來看既有的中國古典小說研究，就不免要擔一些憂慮❺：首先，今人已經不時興創作和閱讀（尤其是創作）古典小說，為何還要研究它？如果說這類研究也考慮到為使讀者有所「取徑」（不論用在閱讀上或用在創作上），我們應該「樂觀其成」，問題是當今的社會充斥著電子及資訊，文學快速的走向「死亡」（越來越少人對它感興趣）❻，還要回頭去樹立一些有關古典小說的「紀念碑」，究竟能發揮什麼「警惕」作用？其次，即使這類研究無意擔負挽救文學的使命，而只是研究者藉它來維護既得的「利益」或鞏固學術的「威望」，但也難保它沒有問題存在，因為文學又被一些極端的理論（特別是解構主義）解除了「既有」的特殊性（只剩「互為文本」一個通性）❼，那古典小說豈能倖免於被解構的命運？這樣研究者又如何可能公開

---

❺ 其他文類的研究自然也是，但因受到論題的限制，這裡只能舉小說研究為說。還有所謂「古典小說」是取通義，包括先秦的神話、六朝的志怪、唐代的傳奇、宋元的話本和明清的章回小說等一般人所公認或同意的古代作品，而不取限制義的「經典」作品（因為經典不經典的判斷也是以「利害關係」為「準的」，沒有必要對它「刮目相看」）。

❻ 參見鄭樹森，《從現代到當代》（臺北，三民，一九九四年二月），頁二一三～二二二。按：鄭氏對文學的復甦仍有著樂觀的期待，但不可否認的當今有耐心閱讀文學作品的人確是越來越少了（雖然還有不少人在從事創作的工作）。另參見蔡源煌，《當代文化理論與實踐》（臺北，雅典，一九九一年十一月），頁一七三～一七八。

❼ 參見注❹所引伊格頓書，頁一三四～一四六。

聲明他在研究「古典小說」，並且暗自期許因而可以維護既得利益或鞏固學術威望？再次，又即使文學並不如那些極端的理論所宣稱要完全喪失既有的特殊性（它主要展現在組構語言的技巧「不同凡響」）❽，而使「古典小說」的研究依舊可能，但我們要知道現前「當行」的不是這類研究，而是「現代小說」研究，誰有把握在一番相互抗衡（學術地盤爭奪戰）後，前者會取得優勢而（更）有益於未來小說的發展？如果不能，那又何必耗費心力去研究古典小說？

倘若說中國古典小說研究有什麼危機的話，那危機就在它既不可能把小說的創作和閱讀引回過去任何一個時代特有的情境，也無法保證可以有效的使當下或未來小說的創作和閱讀「提升」什麼效果。因此，縱使這類研究的存在也跟其他研究的存在一樣「同沾」意識型態的便利（如上面所辨析的），不能單獨對它有所「責難」或「詆訶」，但眞要看著它日漸流於「無用」（或說讓研究者留著當「孤芳自賞」），想必不是還關心文學如我輩的人所能忍受，於是只好勉力來爲它找尋出路；一方面使古典小說研究「確能」獲得轉圜機會，二方面藉以擬議「利用」古典小說來強化論述而產生使人信服功效的可能方案（以解決前面所說的「傳統爲何會在或爲何要在相關論述中佔有地位」的課題）。

❽ 參見周慶華，《秩序的探索——當代文學論述的省察》（臺北，東大，一九九四年十一月），頁二三四～二三五。

二

當然，在實際討論前，有必要先爲「中國古典小說研究」的涵義及現況作點界定和描繪，這將決定本文所能論述的對象和所能批判的範圍。照理說，從有「小說」出現以後，每個時代人都可以去劃定所謂的「古典小說」；於是可能有六朝人所劃定的古典小說、唐代人所劃定的古典小說及宋元明清人所劃定的古典小說等等，而所謂「古典」一詞（甚至「小說」一詞）也可以「隨人說法」，旁人沒有「理由」能給予干涉（但可以表示不同意）。同樣的，現在本文把從先秦的神話到明清的章回小說一併歸爲古典小說，也沒有什麼不可以。只是這都是基於論說需要所作的權宜性劃定，終究不能視爲「確義」或「眞理」。又在古典小說前加上「中國」，是爲了有別於「西洋」或中國以外的古典小說。但這些都還算「枝節」，比較重要的是那「研究」二字究竟要如何看待。

我們知道討論文學不外有兩種形態：一種是對文學活動進行個案的描述、分析和評判，一種是對文學活動進行普遍的抽象性說明或解釋。這就是大家所習稱的「文學批評」和「文學理論」；而把這兩種形態作一「史式」的呈現，又會構成所謂的「文學史」或「文學批評史」和「文學理論史」❾。然而「研究」又是什麼？當它以文學爲對象時，可以不指「對文學活動進行個案的描述、分析和評判」或「對文學活動進行普遍的抽象性說明或解釋」嗎？顯然不能。那麼「研究」也就跟「批評」、「理論」（或另一些今人也常用的詞彙，如「論述」、「論說」、「討論」等）沒有本質上的區別（都是在告訴人文學如何如何）。因此，所謂「中國古典小說研究」，我們就可以把它看成是對中國古典小說的創作、閱讀（其至傳播）及作品本身（三者合為類文學活動的整體）進行個案的描述、分析和評判或進行普遍的抽象性說明或解釋。

雖然如此，既有的個別研究經驗，在此刻已屬過去且為研究者個人所專有，我們所能考察的只剩他們的研究成果；而一切的論述和批判也就從這些成果開始。不過，這裡還有一點限制，那就是所有後設性的研究都不可避免要化約研究對象（這不僅是在客觀上研究對象難可窮盡，還有在主觀上基於論說方便勢必也要有所選擇），所以本文自然不可能把古今中外有關中國古典小說研究的成果都找來一併討論。但這也不能漫無標準的「任擇」一番，否則就會看不出所作討論的

---

❾ 參見韋勒克（René Wellek）、華倫（Austin Warren），《文學理論》（梁伯傑譯，臺北，水牛，一九八七年六月），頁六一；劉若愚，《中國文學理論》（杜國清譯，臺北，聯經，一九八五年八月），頁一～三。按：這裡只略依上述二書的說法，實際上它們本身不但有歧見，在範疇劃分上也都不盡「合理」。這點本人在另一文中把它區別為文學本體論、文學現象論、文學創作論、文學批評論和文學批評方法論，也許更能「窮盡」這類（文學論述）概念的內涵，見周慶華，〈文學理論的任務及其範圍問題〉，收於淡江大學中國文學研究所主編，《文學與美學》（臺北，文史哲，一九九二年十月），第三集，頁四六五～四七一。

重點及其意義所在。那麼本文又將如何選擇？我想這點有必要對照當前的相關環境來作考量：首先是該研究成果比較有可能「滋養」現今小說的創作和閱讀活動的，大概是含有研究對象爲傳奇、話本、章回小說等（「近似」現代小說的形式）那部分；此外，一些通論或理論性的書也相仿。這樣本文所要選來討論的對象，就「盡」在這個範圍內。其次是限於個人能力（無法閱讀外文），只能以中文著作爲準（就這一層面來說，本無所謂選擇不選擇，但因爲確有外文著作的存在，姑且也冒名爲選擇），其餘的著作（如果也夠「精彩」）就留待他日再去審視了。

話是這麼說，事實上一切的選擇都只是一個「爲意圖服務」的問題，本文也不必在這個關鍵上「故作姿態」。因此，這裡不想多費筆墨爲這點再作「分辨」（「不足」處就留給讀者去「塡補」），直接就來「看看」中國古典小說研究的現況：蔣祖怡在他的《小說纂要》一書中著錄了這麼一段觀察心得：

> 研究整理中國小說的風氣，在清末才開始，梁啓超曾有一篇〈小說與群治之關係〉，使當時蔑視小說的風尚，為之一變。他在《中國歷史研究法》一書中亦提出小說可以作為重要的史料……此種看法，與明末金人瑞之批《水滸》《西廂》的態度大不相同。而小說之評價，因此而日高。民國以後，政體既已改革，思想因隨之而奔放……此時，對於小說之態度，一為如梁氏之研究其思想，一為如林紓之研究其文筆。承新文化運動以後，胡適、蔡

元培、陳獨秀等對於舊小說捨兩者而弗由，專事考證鉤沈之學。蓋因舊小說至此時，雖甚發達，而作者久湮，源流莫明，稽考之功，自為當時的急務。於是對於小說的研究，分為四種態度：一、考證每部書的故事源流及作者生平，如胡適的〈水滸傳考證〉等。二、研究每部小說的版本及演化之跡，如鄭振鐸的〈三國志的幾種版本〉。三、研究中國小說的歷史，如魯迅《小說史略》。四、綴述舊聞，抄輯散逸，如蔣瑞藻《小說考證》、魯迅《古小說鉤沈》。⑩

蔣書寫於四〇年代（？），不及見到往後的情況，而他所謂「研究整理中國小說的風氣，在清末才開始」也只是「一家之言」，但文內所指出的三種研究取向，確是（或說跟本人的考察一致）歷來中國古典小說研究的「主流」。就舉較晚近的著作來說，有的專作外圍問題的考證，如柳存仁《明清中國通俗小說版本研究》、朱星等《金瓶梅考證》、趙岡《紅樓夢新探》、王三慶《紅樓夢版本研究》等；有的專作內部意義結構的探討，如夏志清等《文人小說與中國文化》、薩孟武《水滸傳與中國社會》、余英時《紅樓夢的兩個世界》等；有的專作內部敘事模式的分析，如葉朗《中國小說美學》、陳平原《中國小說敘事模式的轉變》等。而更多的是兼作考證及意義和模式的探討分析，如賈文昭等《中國古典小說藝術欣賞》、劉開榮《唐代小說研究》、樂蘅軍

⑩ 見蔣祖怡，《小說纂要》（臺北，正中，一九八七年十二月），頁一二九～一三〇。

《宋代話本研究》、趙聰《中國五大小說之研究》、李辰冬《三國水滸與西遊》、陶君起《三國演義研究》、鄭明娳《西遊記探源》、孫述宇《水滸傳的來歷、心態與藝術》《金瓶梅的藝術》、王關仕《紅樓夢研究》、胡萬川《平妖傳研究》等。此外，還有揉合以上三種研究取向而撰作小說史的，如范煙橋《中國小說史》、郭箴一《中國小說史》、譚正璧《中國小說發達史》、孟瑤《中國小說史》等。這些作為，也就是蔣書所說的「專事考證鉤沈」、「研究其思想」及「研究其文筆」，而它們也的確曾經合而構成了中國古典小說研究的風尚。如果要說還有什麼可敘述的，那就是另有一些後設理論或概論性的著作和運用某些西方理論（如寫實主義、結構主義、記號學等等）來說解的著作；前者如周啓志等《中國通俗小說理論綱要》、胡士瑩《話本小說概論》、康來新《晚清小說理論研究》、蔣祖怡《小說纂要》、胡懷琛《中國文學八論・小說論》等，後者如收在王德威《從劉鶚到王禎和——中國現代寫實小說散論》、周英雄《結構主義與中國文學》、張漢良《比較文學理論與實踐》、古添洪《記號詩學》等書中的部分篇章。這些雖然不在上述三種研究取向中（所論也多有「新穎」處），但不論在數量上或受重視的程度，還很難跟前者相比，只能說它們是中國古典小說研究的「支流」。現在我們所能看到的有關中國古典小說研究的實際狀況，大致不出以上所敘述的範圍（至於各自所採用的討論方式，這裡就不一一指實了）。

三

然而，這樣的研究有沒有難點？有，而且還不是研究者自己所可能想到的「方法」上的困窘[11]，它涉及了兩項根本性的問題：一項是「範疇的誤置」，一項是「意義的匱乏」。先說前一項：從整體來看，上述的研究成果都「試圖」在探索或追求一種「眞相」（不論是外圍的「故事源流」、「作者生平」、「版本演化」或內部的「意義結構」、「敍事模式」或什麼「後設理論」、「借鏡類比」），但研究者卻「不知道」這麼做也不過是在保存或擴充和發揮一種話語而已（如伊格頓所說的），根本不關什麼眞假或是非對錯。這只要從下列兩個「事例」就可以看出：

第一，自古以來，小說的地位就沒有「定於一尊」過，有人認爲它只是「小道」，不足以「致遠」，甚至還會「壞人心術」，如班固《漢書·藝文志》說：「小說家者流，蓋出於稗官，街談巷語，道聽途說者之所造也。孔子曰：『雖小道，必有可觀者焉，致遠恐泥，是以君子弗爲也。』」鄭光祖《一斑錄雜述》卷四說：「偶於書攤見有書賈記數一册云，是歲所銷之書，致富

---

[11] 有關「方法」方面的反省，參見龔鵬程、張火慶，《中國小說史論叢》（臺北，學生，一九八四年六月），序，頁一～四。

奇書若干，《紅樓夢》、《金瓶梅》、《水滸》、《西廂》等書稱是，其餘名目甚多，均不至前數。切嘆風俗繫乎人心，而人心重賴激勵。乃此等惡劣小說盈天下，以逢人之情慾，誘爲不軌，所以棄禮滅義，相習成風，載胥難挽也。幸近歲稍嚴書禁，漏卮或可塞乎！」有人認爲它「務爲奇觀」或「易感人心」，豈能以「小道」比配，如李漁《閒情偶寄》卷一說：「施耐庵之《水滸》、王實甫之《西廂》，世人盡作戲文小說看，金聖嘆特標其名曰『五才子書』、『六才子書』，其意何居？蓋憤天下之小視其道，不知爲古今來絕大文章，故作此等警人語以標其目。噫，知言哉！」蠡勺居士《昕夕閒談・小序》說：「若夫小說，則粧點雕飾，遂成奇觀；嘻笑怒罵，無非至文。使人注目視之，頃耳聽之，而不覺其津津甚有味，孳孳然而不厭也。則其感人也必易，而其入人也必深矣。誰謂小說爲小道哉？」而現在研究者卻幾乎都以小說的「正面性」爲出發點來論述。

第二，自古以來，作小說的目的也不盡一致，有的是爲了「自娛娛人」，如胡應麟《少室山房筆叢・九流緒論下》說：「小說者流，或騷人墨客，游戲筆端；或奇士洽人，蒐羅宇外。紀述見聞。無所迴忌；覃研理道，務極幽深。」酉陽野史《新刻續編三國志・引》說：「夫小說者，乃坊間通俗之說，固非國史正綱，無過消遣於長夜永晝，或解悶於煩劇憂愁，以豁一時之情懷耳。」有的是爲了「勸善懲惡」，如靜恬主人《金石緣・序》說：「小說何爲而作也？曰以勸善也，以懲惡也。夫書之足以勸懲者，莫過於經史，而義理艱深，難令家喻而戶曉，反不若稗官野乘福善禍淫之理悉備，忠佞貞邪之報昭然，能使怵目驚心，如聽晨鐘，如聞因果，其於世道人心不爲無補也。」瞿佑《剪燈新話・序》說：「今余此編，雖於世教民彝，莫之或補，而勸善懲惡，哀窮悼屈，其亦庶乎『言者無罪，聞者足以戒』之一義云爾。」有的是爲了「改良群治」，如梁啓超〈論小說與群治之關係〉說：「今日欲改良群治，必自小說界革命始；欲新民，必自新小說始。」（阿英編《晚清文學叢鈔・小說戲曲研究卷》，頁一九）天僇生〈論小說與改良社會之關係〉說：「吾以爲吾儕今日，不欲救國也則已，今日誠欲救國，不可不自小說始，不可不自改良小說始。」（同上，頁三八）有的是爲了滿足「審美慾望」，如東海覺我〈小說林緣起〉說：「所謂小說者，殆合理想美學、感情美學而居其最上乘者乎……簡言之，即滿足吾人之美的慾望，而使無遺憾也。」（同上，頁一五七）黃摩西〈小說林發刊詞〉說：「請一考小說之實質。小說者，文學之傾於美的方面之一種也……若夫立誠止善，則吾宏文館之事，而非吾《小說林》之事矣，此其所見不與時賢大異哉？」（同上，頁一六〇～一六一）有的是爲了「迎世牟利」，如張宗緒《賴古堂尺牘新鈔・正同學書》說：「近來文字之禍，百怪俱興，往往創爲荒唐詭僻之事，附以淫亂穢褻之詞，謂爲藝苑雄談，風流佳話，甚之曲筆寫生，規模逼肖，俾觀者魂搖色奪，毀性易心，其意不過網取蠅頭耳。」解弢《小說話》說：「昔人窮困不得志，乃閉戶著書，以洩一生之牢騷……今則不然。朝甫脫稿，夕即排印，十日之內，遍天下矣。作者孰不好當世之名，雖自知瑕疵尙夥，而迫不及待，急付書坊，藉以廣聲譽，得潤資。雖林琴南氏以文名者，尚不免此病，他更無論矣。」（一粟編《紅樓夢卷》，頁六三二）而現在研究者卻幾乎一律假定小說都是爲審美或道德而作。

這種情況，如果不是在保存或擴充和發揮一種話語（不論研究者是否有自覺到這一點），我們又該如何看待它？這假使還需要作點比較「具體」的說明，那麼就舉周啓志等人所著的《中國通俗小說理論綱要》爲例：該書在前言中極力分辨通俗小說和「雅文學」小說的不同（從創作方法、創作動機、價值取向等方面去區別），然後給通俗小說下個這樣的定義：「通俗小說是用淺近易懂的語言和一定程式創作的，以較大密度情節藝術地表現世俗的審美和倫理觀念，並以此爲特徵服務於社會的一種文學樣式。」⑫我們先不必質疑其中「雅俗」觀念（甚至更關鍵的「小說非小說」觀念）的判別是否可能⑬，就看這段定義所隱含的意識型態（社會主義寫實觀），應當會很快領悟到這已經跟向來是否有「通俗小說」的存在無關：它所暗示我們的是作者正在努力保存或擴充和發揮一種話語，而「通俗小說」云云就是這種話語的「實現」。既然中國古典小說研究也是不關「眞相」與否的問題，而研究者卻還在假定或執著「眞相」的存在，這豈不是一種「範疇的誤置」？

⑫ 見周啓志、羊列容、謝昕，《中國通俗小說理論綱要》（臺北，文津，一九九二年三月），頁四～五。

⑬ 這些觀念判別的困難，不是一般人所能想像。參見龍協濤，《文學讀解與美的再創造》（臺北，時報，一九九三年八月），頁二五三～二六四；注❽所引周慶華書，頁二一三～二二〇。

再說後一項：研究中國古典小說既是完結於保存或擴充和發揮一種話語，那它所「希望」產生作用的場域就不是在「古代」，而是在「當下」或「未來」。換句話說，這種話語所預設的接受者是跟研究者同時代人或後時代人（如果不是這樣，我們就會懷疑難道研究者也要爲古人「服務」呢）。但問題就出在這裡：中國現代小說的演變，不論是內部的意義結構和敘事模式，還是外圍的創作環境和閱讀（批評）風氣，或是中介團體的出版傳播和典藏翻譯，可說「繁複」到我們難以想像的地步，研究者所「描述」或「歸納」古典小說的那些理數或律則，又如何能參與現代的演變行列或有效的「導引」未來的發展？就以小說的創作和閱讀來說，中國現代小說經歷了各種寫實主義、超現實主義、魔幻寫實主義和後設小說等寫作模式及形式主義、詮釋學、結構主義、解構主義、精神分析學、政治批評和新歷史主義等閱讀策略，中國古典小說的創作和閱讀經驗（以研究者所描繪的情況爲準）又能提供什麼可資「借鏡」的質素和可爲「預示」變化方向的資源？如果不能（有些研究者運用上述部分新理論來解析古典小說，那也只是在「說」古典小說而已，並沒有因爲這麼做古典小說就能「作用」於現代），這類的研究豈不是現出了「意義的匱乏」（沒有什麼價值）？倘若說前一項「範疇的誤置」只緣於研究者缺乏「反省」而還可以諒解，後一項「意義的匱乏」再怎麼爲它辯解也難以教人釋懷，畢竟這是中國古典小說研究面臨危機的徵象，有心人如何能「袖手旁觀」而不爲它找找出路？

四

那麼中國古典小說研究的出路又在那裡？這點我們得先知道：並沒有一個固定的可稱爲「小說」的對象等著大家去作研究（一切都是個別觀念或集體觀念的投射），而所藉來作研究的方法也只具有偶然性或權宜性（不具有必然性或絕對性），最後僅剩下「爲什麼要研究小說」一個問題值得我們關注。換句話說，研究的對象不定，研究的方法不定（全看研究者採取那一種話語立場），這樣我們就無法判斷一種研究是否必要或是否有意義，但關於研究的意圖（目的）就不一樣了，它將決定著我們是否要繼續作研究或作研究後所能產生的功效。以這個「認識」作爲起點，也許才能使中國古典小說研究得著轉圜的機會。

從「歷史經驗」（綜合各種文獻而得）來看，小說的創作和閱讀（甚至傳播）始終充滿著「變易性」（或說「任意性」），似乎沒有人有把握可以左右它走向，最多只能發發像解弢《小說話》書中所期待的那類境界：「作小說須獨創一格，不落他人之窠臼，方爲上乘。若《西遊記》、《封神演義》、《金瓶梅》、《儒林外史》、《水滸傳》，皆能獨出機軸者。此外如《七俠五義》、《鏡花緣》，亦差可自豪，但爲力弱矣。《紅樓》則鎔化群書之長，而青出於藍者也。」（一粟編《紅樓夢卷》，頁六二三）或像王國維〈紅樓夢評論〉文中所暗示的那類努力：

「《紅樓夢》一書，與一切喜劇相反，徹頭徹尾之悲劇也……由叔本華之說，悲劇之中又有三種之別：第一種之悲劇，由極惡之人極其所有之能力以交構之者；第二種，由於盲目的運命者；第三種之悲劇，由於劇中之人物之位置及關係而不得不然者，非必有蛇蝎之性質與意外之變故也，但由普通之人物，普遍之境遇逼之，不得不如是，彼等明知其害，交施之而交受之，各加以力而各不任其咎，此種悲劇，其感人賢於前二者遠甚……若《紅樓夢》，則正第三種之悲劇情節。」（阿英編《晚清文學叢鈔・小說戲曲研究卷》，頁一一三～一一四）這些以「獨創一格」或「安排（較能感人的那種）悲劇情節。」來明期暗許人盡力一試，雖然未必會有「成效」，但它多少能產生一點「啓示」作用（這點其他的研究者也能提供）。然而，「事實」上問題正好倒過來：當我們以某些確定的條件或因素來期許小說創作和閱讀的發展，正是要「僵化」或「弱化」它的生命（幸好這在很多時刻都沒有成真，不然我們就看不到花樣繁多的寫作模式和閱讀策略了），這有悖我們希望它日益「活潑」或「強化」（效果不斷「提升」）的旨意。因此，「眞正」的重點是我們要從變易中尋找「變易」來「資助」當下或未來的小說創作和閱讀（而不是像先前研究者那樣從變易中尋找「不變」而「預備」僵化或弱化當下或未來的小說創作和閱讀）。而如果說這也是在左右小說創作和閱讀的走向，那它正合我們該大力去從事的工作。

　　至於古典小說有那些「變易」情況可以作爲後人的借鏡（變易二字加不加括號的區別在於：加括號的有限，不加括號的無限。我們基於論說需要，只能「選擇」前者），那就要看各人論述的旨趣而定：如果論述是為了「激發」人創作小說的慾望，那麼古人所有的那些「目的」取向（如上所述）都可以引來「發揮」一番；如果論述是為了「增加」人閱讀小說的樂趣，那麼古人所作的那些「地位」評價（如上所述），也都可以取來「演示」一番。總之，這是一個未定的領域，每一次「開拓」都是關聯當前的情境而帶給小說創作和閱讀（甚至傳播）「必要」的滋養，才不至於「白忙一場」。這樣即使本文所舉的兩個例子還「不夠恰當」，也無妨後起的研究者可以朝這個方向去努力。

五

以上所作關於古典小說如何如何的討論，算不算到小說傳統「走了一遭」？可以說不算，也可以說算。不算的理由是它不過是本人所意識到（觀念的投射）的「傳統」，不具有客觀性（頂多具有相互主觀性）；算的理由是如果依照一般的講法，把過去的事物（仍延續到現在）都歸入傳統，那很難說上述那些文獻不屬於傳統。但不論如何，我們所說的傳統，並不會只是隨口說說而已，它多少都負載了增強論述的「說服力」的功能。先前研究者有意無意的藉著他們所理解（意識）的中國古典小說來「啓發」現代人，現在本人也有同樣的企圖。雖然經由上面的辨析而判斷先前研究者的作法可能得到反效果，但彼此所抱持的理念卻沒有差別：那就是傳統確是一個好「利用」的對象。這就會引出第一節所提到的那個問題：「傳統爲何會在或爲何要在相關論述中佔有地位」。

我們可以這樣想：一切既成的話語都已經或將要「進入」傳統，我們要作論述勢必得有那些既成的話語作爲「先導」（不可能憑空去論述），這樣傳統就不得不對所有論述具有「影響力」；而基於個別論述的目的預設，傳統又會被化約（這也就是第一節所說的各人對傳統說法不一的主要原因）在論述中從正面或反面支持該特定目的，以至傳統又不得不成爲我們利用的對象（而最後我們就以這種情況作爲討論傳統和人之間關係的「依據」）。因此，「傳統爲何會在或爲何要在相關論述中佔有地位」明顯是一個片面的講法。但又無可奈何，不然我們就很難進一步去討論各種論述的「利弊得失」。而以本文的演示來看，如果去掉了「古典小說」，這場論述又怎麼能進行？又如果排除了古典小說中那「兩個案例」，這場論述又憑什麼可以跟前行的論述「一比高下」？到這裡終於可以斷言：傳統所以會在或所以要在相關論述中佔有地位，只因爲它可以充實並強化（尤其是強化）相關論述，進而（冀望）取得別人的信賴（不論能不能產生實際的效果）。

最後一節所作的這番辯白，並無意製造一個讓人誤以爲本文的重點不是在討論中國古典小說（而是在討論傳統的問題）的印象，實際的用心是要藉以表明傳統的小說永遠會作用於當下或未來。至於它是「正作用」或是「反作用」，那就看大家怎麼去論說它了。而本文所提出這套可以使中國古典小說研究獲致轉機的辦法，說穿了也不過是一種意識型態（權且稱為「新虛無主義」⑭）的表露而已，不敢必定會成為大家「習取」的對象，但願它有朝一日也能廁入傳統，然後隨人的論說去「浮沈」吧！

（本文原發表於古典文學會主辦「中國古典戲曲及小說研究的回顧與前瞻學術研討會」，一九九五年五月。）

⑭ 這是本人所能想到的因應被解構主義（徹底的虛無主義）解構了一切事物後的世界情勢的一種「對策」，它可以使人在「灰心」中還能擁有一線「希望」。

附錄

環繞〈文選序〉「事出於沈思，義歸乎翰藻」諸問題

一

蕭統《文選》，是現存最早的一部文學總集❶，它保存了姬漢以下七代一百三十餘家優秀的文學作品，也在文學史上樹立了一個難以動搖的標竿。就前者來說，唐宋以來，《文選》一書，已廣爲文士所賞愛，屢有奉爲圭臬的傳聞❷，更因研究者日衆，而發展出不同派別的《文選》學

---

❶ 在蕭統以前，已有杜預《善文》、李充《翰林》、摯虞《文章流別集》、劉義慶《集林》等書，但都已亡佚。

❷ 唐人有以《文選》教子，如杜甫〈宗武生日〉詩說：「熟精《文選》理。」又〈水閣朝霽〉詩說：「續兒誦《文選》。」也有視《文選》與經傳並重，如韓愈〈李邢墓誌〉說：「能暗記《論語》、《尚

❸，可以說是學界的一件盛事。就後者來說，蕭統所標榜「事出於沈思，義歸乎翰藻」的選文旨趣，被認爲兩漢以降，文學逐漸脫離經術而獨立後，其涵義已到了極端，後世再也沒有獨創的見解❹，也可以說是文學觀念演進中最重要的里程碑。今天我們重新省視這一部書，除了吟詠諷誦其中的篇章，也應該採取新的角度來詮釋它，希望對傳統文學理論的建構有所裨益。在此個人想以「事出於沈思，義歸乎翰藻」這兩句話爲主，探討蕭統的文學觀念及其成立的背景，同時考察他的選文是否能跟他的文學觀念相符合，以及這種文學觀念在當時和現代各具有什麼意義，作爲大家思考的起點。

---

❸ 據駱鴻凱所考，歷來《文選》學可別爲「注釋」、「辭章」、「廣續」、「讎校」、「評論」等五家，詳見駱鴻凱，《文選學》（臺北，華正，一九八〇年八月），頁四二～一二三。另參見林聰明，《昭明文選研究（初稿）》（臺北，文史哲，一九八六年十一月），頁一二一～一八三。

書》、《毛詩》、《左氏》、《文選》。」宋人更有視讀《文選》爲晉身的階梯，如陸游《老學菴筆記》說：「國初尚《文選》，當時文人專意此書，故草必稱王孫，梅必稱驛使，月必稱望舒，山水必稱清暉。至慶曆後，惡其陳腐，諸作者始一洗之。方其盛時，士子至爲之語曰：『《文選》爛，秀才半。』」這雖緣於唐宋以辭賦取士，使《文選》成爲文士必讀的書籍，但是《文選》本身如無精采的作品，恐怕也不會有這麼高的身價。

❹ 見王夢鷗，《文學概論》（臺北，藝文，一九七六年五月），頁三。

二

〈文選序〉說：

若夫姬公之籍，孔父之書，與日月俱懸，鬼神爭奧，孝敬之准式，人倫之師友，豈可重以芟夷，加之翦截。《老》《莊》之作，《管》《孟》之流，蓋以立意為宗，不以能文為本，今之所撰，又以略諸。若賢人之美辭，忠臣之抗直，謀夫之話，辯士之端，冰釋泉涌，金相玉振，所謂坐狙丘，議稷下，仲連之卻秦軍，食其之下齊國，留侯之發八難，曲逆之吐六奇，蓋乃事美一時，語流千載，概見墳籍，旁出子史，若斯之流，又亦繁博，雖傳之簡牘，而事異篇章，今之所集，亦所不取，至於記事之史，繫年之書，所以褒貶是非，紀別異同，方之篇翰，亦已不同；若其讚論之綜緝辭采，序述之錯比文華，事出於沈思，義歸乎翰藻，故與夫篇什，雜而集之。遠自周室，迄於聖代，都為三十卷，名曰《文選》云爾。

這段話是在說明不取經史子，而只取史之「讚論之綜緝辭采，序述之錯比文華，事出於沈思，義歸乎翰藻」。在這之前，蕭統已先論述了他所選的文章：

> 嘗試論之曰：〈詩序〉云：「詩有六義焉：一曰風，二曰賦，三曰比，四曰興，五曰雅，六曰頌。」至於今之作者，異乎古昔，古詩之體，今則全取賦名，荀宋表之於前，賈馬繼之於末，自茲以降，源流實繁；述邑居則有「憑虛」「亡是」之作，戒畋遊則有〈長楊〉〈羽獵〉之制，若其紀一事，詠一物，風雲草木之興，魚蟲禽獸之流，推而廣之，不可勝載矣。又楚人屈原，含忠履潔，君匪從流，臣進逆耳，深思遠慮，遂放湘南，耿介之意既傷，壹鬱之懷靡愬，臨淵有懷沙之志，吟澤有憔悴之容，騷人之文，自茲而作。詩者，蓋志之所之也，情動於中而形於言，〈關雎〉〈麟趾〉，正始之道著，〈桑間〉〈濮上〉，亡國之音表，故風雅之道，粲然可觀；自炎漢中葉，厥途漸異，退傅有「在鄒」之作，降將著「河梁」之篇，四言五言，區以別矣，又少則三字，多則九言，各體互興，分鑣並驅。頌者，所以游揚德業，褒讚成功，吉甫有「穆若」之談，季子有「至矣」之歎，舒布為詩，既言如彼，總成為頌，又亦若此。次則箴興於補闕，戒出於弼匡，論則析理精微，銘則序事清潤，美終則誄發，圖像則讚興。又詔誥教令之流，表奏牋記之列，書誓符檄之品，弔祭悲哀之作，答客指事之制，三言八字之文，篇辭引序，碑碣誌狀，眾制鋒起，源流間出，譬陶匏異器，並為入耳之娛，黼黻不同，俱為悅目之翫。作者之致，蓋云備矣。

由於前面蕭統沒有明示選文的標準，所以論者多把「事出於沈思，義歸乎翰藻」當作是他選文的標準。現在我們要問這兩句話到底能不能概括全書，以及這兩句話應該如何解釋。

關於第一個問題，必須考察這兩句話在整篇序中的地位，才能確定是否可以概括全書。首先，這兩句話是在「讚論之綜緝辭采，序述之錯比文華」後出現，如果它們不是一意相承，就是後兩句是前兩句的補充。由於前兩句的「辭采」、「文華」跟後面的「翰藻」同義，所以它們不大可能是一意相承，那麼就是後一種情況了。既然後兩句是前兩句的補充，它應該兼指「讚論」「序述」❺。換句話說，史中的「讚論」「序述」，凡是符合「事出於沈思，義歸乎翰藻」的條件，都在選取之列❻。其次，蕭統將這些「讚論」「序述」跟他所選的「篇章」「篇翰」「篇什」❼雜錯，而用「事出於沈思，義歸乎翰藻」標舉它們，那麼其他文章的選取，必然也是以這

---

❺ 郭紹虞說：「上句的事，承上文的『序述』而言，下句的義，承上文的『讚論』而言。」（見《中國歷代文論選》，（臺北，華正，一九八〇年四月），上册，〈文選序〉注三三，頁二九四）郭氏強作解人，把一段很順的話弄得支離破碎。殊不知「讚論」中有事，「序述」中有義，事義本爲「讚論」「序述」所共有。

❻ 也許有人會反問，依照這樣解釋，那上兩句中「綜緝辭采」「錯比文華」不是成了贅詞？我想我們應該這樣理解，蕭統先提出「讚論」有「綜緝辭采」的，「序述」有「錯比文華」的，都可能入選，它們都合乎「義歸乎翰藻」的要求，但是光是「綜緝辭采」「錯比文華」並不夠，還得先具備「事出於沈思」的條件，所以他才緊接著補足上面的話。

❼ 「篇章」「篇翰」「篇什」，異名同實，都是指蕭統所選的那些文章，大概爲了避免重出，所以變文爲用。

個爲標準。因此以這兩句話來概括全書，應該是沒有疑問的❽。

至於第二個問題，稍爲複雜，它牽涉到「事」、「義」、「沈思」、「翰藻」四個語詞的涵義，以及彼此的關係。以「事」、「義」來說，向來就有兩種看法，一種把它當作虛詞，如阮元〈與友人論古文書〉說：「昭明〈選序〉，體例甚明。後人讀之，苦不加意。〈選序〉之法，於經史子三家不加甄錄，爲其以立意紀事爲本，非沈思翰藻之比也。」又〈書梁昭明太子文選序後〉說：「昭明所選，名之曰文。蓋必文而後選也，非文則不選也。經也、子也、史也，皆不可專名之爲文也。故昭明〈文選序〉後三段特明其不選之故，必沈思翰藻，始名之爲文，始以入選也。」（《揅經室三集》卷二）阮氏但存「沈思翰藻」，而略去「事」「義」，可見他把「事」「義」當作虛詞看待；一種把它當作實詞，如朱自清〈文選序「事出於沈思義歸乎翰藻」說〉，將「事」解作「古事」「成辭」，將「義」解作「理」❾。同樣當作實詞，也有跟朱自清意見稍有不同的，如郭紹虞以爲「事」是「題材」，「義」是「意義」❿。以「沈思」、「翰藻」來

---

❽ 就今所見反對「事出於沈思，義歸乎翰藻」是《文選》全書的選文標準，大概只有吳達芸的〈評昭明文選的幾種看法與評價〉（刊於《現代文學》，第四六期（一九七二年三月），頁二〇六），不過吳文的理由並不充分，這裡也就不談它了。

❾ 見《朱自清古典文學論文集》（臺北，源流，一九八二年五月），頁四〇～四二。按：朱氏議論是針對阮元而發，他不同意阮元把「事」「義」略去不談。

❿ 同注❺，「說明」部分。

說，「翰藻」一詞，本來指雉毛的紋采，《文選》卷九潘岳〈射雉賦〉說：「敷藻翰之陪鰓。」李善注：「藻翰，翰有華藻也。」（藻翰、翰藻意思相同）藉爲「辭采」「辭藻」，這個大家都能會意，所以沒有什麼爭論⑪。「沈思」一詞，情況就不同了，駱鴻凱以爲就是《金樓子·立言》所說的「吟詠風謠，流連哀思」⑫，朱自清則以爲是「深思」⑬，郭紹虞則以爲「深刻的藝術構思」⑭，林聰明則以爲是「文學之想像」⑮。面對這許多說法，我們可以有兩種假定，一種是他們有的解對了，有的解錯了；一種是他們全都解錯了。要證明他們全都解錯了比較困難，因爲這兩句話並不是很難理解，何況他們也都能自圓其說，那麼只有假定他們有的解對了，有的解錯了；解對了是它可以跟原文的意思相應，解錯了是它難以跟原文相應（雖然它本身可以自圓其說）。

⑪ 獨持異議的只有朱自清一人，他以爲「翰藻」是偏重在「比類」（見注⑨所引朱自清書，頁五〇），這我們不敢苟同，見後。

⑫ 見注③所引駱鴻凱書，頁一九。

⑬ 見注⑨所引朱自清書，頁四二。按：朱氏並引《南史》卷六九〈傅縡傳〉所載縡爲文「未嘗起草，沈思者無以加甚」爲證。

⑭ 同注⑤，按：郭氏寫《中國文學批評史》時，還沒有這樣的說法，他當時是把「沈思」和「意旨」（思想）等同看待的（見《中國文學批評史》（臺北，文史哲，一九八二年九月），頁一二〇）。

⑮ 見注③所引林聰明書，頁一七。

現在就從「事出於沈思」開始談起。根據以上所舉，我們可以看出各家所以對於「沈思」一詞有不同的解釋，關鍵就在於「事」字。把「事」字當作虛詞的人，在解釋「沈思」時，比較有彈性，如駱鴻凱、林聰明就是；把「事」字當作實詞的人，在解釋「沈思」時，必須受到「事」字的限制，如朱自清、郭紹虞就是。那麼「事」字到底是實詞，還是虛詞？我們檢查〈文選序〉其他的「事」字，如「踵其事而增華」、「紀一事」、「銘則序事清潤」、「答客指事之制」、「事美一時」、「事異篇章」、「紀事之史」，都看不出有當虛詞用的，所以單獨把此「事」字視爲虛詞，實在沒有道理；又「事」「義」連文或對舉是很常見的，如《抱朴子．喻蔽》說：「(王充《論衡》)數千萬言，雖有不豔之辭，事義高遠，足相掩也。」《文心雕龍．體性》說：「事義淺深，未聞乖其學。」范曄〈獄中與甥姪書〉說：「文患其事盡於形，情急於藻，義牽其旨，韻移其意。」《文心雕龍．事類》說：「事類者，蓋文章之外，據事以類義，援古以證今者也。」不論連文或對舉，各「事」字也都沒有當虛詞用的，蕭統既以「事」字跟下文的「義」字對舉，也必有意義可說，如何能略去不談？依此我們可以肯定「事」字是個實詞。只是這個「事」字到底指什麼？朱自清說它指「古事」「成辭」，未免略嫌狹隘，不一定合蕭統的意思；郭紹虞就比較取巧，他用現代人常用的「題材」來指實「事」字，這跟他下面的解釋又可以連貫。不過，蕭統那個時代是不是有「題材」這個概念，還是個疑問，我們不如把「事」字如字看待，當它是一切事的共名。底下的「沈思」，尋其文意，朱自清「深思」的說法是可取的，除了朱氏所舉的一條旁證⑯，我們還可以舉出兩條來，⑴〈文選序〉呂延濟注：「言讚論用思深遠，故與篇章同拾而集之。」⑵許文雨《文論講疏》：「謂事出於沈思，則非振筆縱書；義歸翰藻，則非清言質說。」⑰以上呂氏把「沈思」解作「用思深遠」，我們不以爲然，不過他用「深遠」來解「沈」字，應該是切近原意的；至於許氏雖然沒有直接道出「沈思」就是「深思」，但是察其文意，顯然也有「深思」的意思。

接著談「義歸乎翰藻」。「事」字既不是虛詞，跟它對舉的「義」字，當然也不是虛詞。依照當時習慣的用法，這個「義」是由「事」所顯示的「意義」（義理），這是就讀者來說。如果就作者來說，恰好相反，也就是作者先有「意義」（義理）要說，然後舉事相徵。《文心雕龍・事類》說：「事類者，蓋文章之外，據事以類義，援古以證今者也。昔文王繇《易》，剖判爻位，〈既濟〉九三，遠引高宗之伐；〈明夷〉六五，近書箕子之貞，斯略舉人事以徵義者也。至若〈胤征〉羲和，陳政典之訓；〈盤庚〉誥民，敍遲任之言，此全引成辭以明理者也。然則明理引乎成辭，徵義舉乎人事，迺聖賢之鴻謨，經籍之通矩也。」這裡所謂「人事」是「事」，「成辭」也是「事」，因爲它們都是「據事以類義，援古以證今。」這裡的「事」，跟〈文選序〉的「事」不一定同義，我們引它只在說明「義」含「事」中，「事」以見「義」而已。依此朱自

⑯ 同注⑬。

⑰ 見《文論講疏》（臺北，正中，一九八五年八月），頁一〇一。

清、郭紹虞的解釋是對的。至於「翰藻」，就是「辭藻」，這在前面就說過了。朱自清說它偏重在「用比」方面，反把「翰藻」一義窄化了，我想沒有人會接受他這樣的結論。因爲「用比」在《文選》的篇什中雖然常見，但是要用它來函蓋全書，只有捉襟見肘了。朱自清說：「若說『義歸乎翰藻』一語專指『比類』，也許過分明畫，未必是昭明原意。可是如說這一語偏重『比類』，而合上下兩句渾言之，不外『善於用事，善於用比』之意：那就與當時風氣及《文選》所收篇什都相合，昭明原意當也不外乎此了。」⑱他說這話顯得太過自信，蕭統會不會首肯，不得而知，我們是很難同意的。其實，根據上面的分析，這兩句話的意思應該很清楚了，它們是說文章取事必須經過愼重的選擇、安排和組織，而其所要表達的意義（義理）則藉由華美的辭藻來呈現⑲。

三

「事出於沈思，義歸乎翰藻」，看作蕭統的文學觀念，應該是沒有問題的，只是蕭統這一文

---

⑱ 見注⑨所引朱自清書，頁五〇。

⑲ 前者相當劉勰所說「言爲文之用心」的意思，後者相當劉勰所說「古來文章，以雕縟成體」的意思（並見《文心雕龍・序志》）。

學觀念出現的背景如何，似乎也要探討一番，才交代得過去。我們先從〈文選序〉看起。在〈文選序〉中，蕭統明白表示了文學是演進的：

> 式觀元始，眇覿玄風，冬穴夏巢之時，茹毛飲血之世，世質民淳，斯文未作。逮乎伏羲氏之王天下也，始畫八卦，造書契，以代結繩之政，由是文籍生焉。《易》曰：「觀乎天文，以察時變；觀乎人文，以化成天下。」文之時義遠矣哉！若夫椎輪為大輅之始，大輅寧有椎輪之質？增冰為積水所成，積水曾微增冰之凜，何哉？蓋踵其事而增華，變其本而加厲。物既有之，文亦宜然；隨時變改，難可詳悉。

大輅取代椎輪，華美的文章取代質朴的文章，是「踵事增華」「變本加厲」的結果⑳，那麼他的「事出於沈思，義歸乎翰藻」的觀念，也就順理成章的成立了。在這種情形下，有些文章是不夠資格入選的，第一是經書的篇章，據他說經書「與日月俱懸，鬼神爭奧，孝敬之准式，人倫之師

---

⑳ 葛洪《抱朴子．鈞世》說：「且夫古者事事醇素，今則莫不雕飾，時移世改，理自然也。至於罽錦麗而且堅，未可謂之減於蓑衣；輜軿妍而又牢，未可謂之不及椎車也。」蕭統大概受到葛洪這種「今勝於古」的觀念的啓發。而葛洪又可能遠紹自王充，王充在《論衡．超奇》、〈齊世〉、〈須頌〉、〈案書〉裡多有相同的論點。

友」，不可「重以芟夷，加之翦截」，這可能是門面話，實際上大部分經書不合「義歸乎翰藻」的要求；第二是《老》《莊》《管》《孟》之流，這些「以立意爲宗，不以能文爲本」，也就是不合「義歸乎翰藻」的條件；第三是賢人、忠臣、謀夫、辯士的言說，這些「事美一時，語流千載」，「雖傳之簡牘，而事異篇章」，不選的理由也跟前面類似；第四是史書，它們「所以褒貶是非，紀別異同」，也是不合「義歸乎翰藻」的要求。總的說來，蕭統所要求的文章，只有四個字：文質彬彬。他在〈答湘東王求文集及詩苑英華書〉說：「夫文，典則累野，麗亦傷浮。能麗而不淫，典而不野，文質彬彬，有君子之致。吾嘗欲爲之，但恨未遒耳。」這可以作爲旁證。而我們仔細推敲「義歸乎翰藻」這句話，「義」屬「質」，「翰藻」屬「文」，合起來不是「文質彬彬」的意思嗎？至於前句「事出於沈思」，是「義歸乎翰藻」的前提，這應該不成問題。只是蕭統大概不知道，就他站在選文的立場提出這個前提，其眞實性是有待考驗的。

再就整個外在環境說，從魏晉以來，文學觀念大爲解放，或崇尙綺錯浮豔，或標榜質直清藻，並沒有定見㉑，而其中有一折衷派的意見㉒，也在醞釀成形。這大概要從陸機數起，陸機

㉑ 參見王夢鷗，《傳統文學論衡》（臺北，時報，一九八七年六月），頁一三一～一六四。

㉒ 這裡的「折衷」一詞，是取自《文心雕龍・序志》：「及其品列成文，有同乎舊談者，非雷同也，勢自不可異也；有異乎前論者，非苟異也，理自不可同也。同之與異，不屑古今，擘肌分理，唯務折衷。」

〈文賦〉論文章體制說：「詩緣情而綺靡；賦體物而瀏亮；碑披文以相質，誄纏綿而悽愴；銘博約而溫潤；箴頓挫而清壯；頌優游以彬蔚；論精微而朗暢；奏平徹以閑雅；說煒曄而譎誑。」這已透露了文意（義）和言辭互相配合得當，是各種文體的共同要求。〈文賦〉又說：「其爲物也多姿，其爲體也屢遷。其會意也尚巧，其遣言也貴妍。」所謂「會意尚巧」「遣言貴妍」，不就是「文質彬彬」的主張嗎？類似的意見，也出現在范曄的文章裡。范曄〈獄中與諸甥姪書〉說：「常謂情志所託，故當以意爲主，以文傳意。以意爲主，則其旨必見；以文傳意，則其詞不流；然後抽其芬芳，振其金石耳。」文「以意爲主」，然後「抽其芬芳，振其金石」，范曄也是主張「文質彬彬」的，只不過他特別強調「先有其意」這一點。後來劉勰的論說，都在這方面著意。《文心雕龍·徵聖》說：「然則志足而言文，情信而辭巧，迺含章之玉牒，秉文之金科矣。」又〈情采〉說：「夫鉛黛所以飾容，而盼倩生於淑姿；文采所以飾言，而辯麗本於情性。故情者文之經，辭者理之緯；經正而後緯成，理定而後辭暢，此立文之本源也。」我們看蕭統所提倡的「事出於沈思，義歸乎翰藻」，儼然是范曄、劉勰等人的同調㉓，可見蕭統的文學觀念，並不是

㉓《梁書·昭明太子傳》說：「（昭明太子）引納才學之士，賞愛無倦，恆自討論篇籍，或與學士商榷古今，閒則繼以文章著述，率以爲常。于時東宮有書幾三萬卷，名才並集，文學之盛，晉宋以來，未之有也。」又〈劉勰傳〉載劉勰兼東宮通事舍人，深受蕭統愛接，想必有過相互討論。那麼他們二人有相似的文學主張，就不是什麼稀奇的事了。

憑空而起。至於蕭統爲何會沿襲折衷派的意見，這就無從考證了。

四

蕭統的文學觀念，具體的體現在他的選文中。後人對於他的選文，有贊同的，也有不贊同的。贊同的人，如阮元，他認爲蕭統所選的文章，正與選旨相同（阮氏意見見前）。不贊同的人，如章太炎，他認爲蕭統選例不一，其說無以自立，章氏的意見，見於〈文學總略〉一文：

昭明之序《文選》也，其於史籍則云不同篇翰，其於諸子則云不以能文為貴。此為裒次總集，自成一家，體例適然，非不易之定論也。《抱朴子·百家》曰：「陝見之徒，區區執一，惑詩賦瑣碎之文，而忽子論深美之言。真偽顛倒，玉石混殽，同廣樂於桑間，均龍章於素質。」斯可以箴矣。且沈思孰若莊周、荀卿？翰藻孰若呂氏、淮南？總集不摭九流之篇，格於科律，固不應為之詞。誠以文筆區分，《文選》所集，無韻者猥衆，豈獨諸子？若云文貴其彣耶，不知賈生〈過秦〉、魏文〈典論〉，同在諸子，何以獨堪入錄？有韻文中既錄漢祖〈大風〉之曲，即古詩十九首亦皆入選，而漢晉樂府反有慭遺，是其於韻文也，亦不以節奏低卬為主，獨取文采斐然，足耀觀覽，又失韻文之本矣。是故昭明之說，本無以自立者也。

又說：

〈文選序〉云：「謀夫之話，辯士之端，雖傳之簡牘，而事異篇章。」此則語言文字之分也。然選例亦不一致；依史所載，荊卿〈易水〉、漢祖〈大風〉，皆臨時觸興而作，豈嘗先屬草稿，亦與出話何異？而《文選》固錄之矣。至於辭命，則有草創潤色之功；蘇、張陳說，度亦先有篇章。《文選》錄〈易水〉、〈大風〉二歌，而獨汰去辯說，亦自相鉏吾矣。士衡〈文賦〉云：「說煒曄而譎誑。」是亦列為文之一種矣。

又說：

《文選》之興，蓋依乎摯虞《文章流別》，謂之總集。《隋書・經籍志》曰：「總集者，以建安之後，詞賦轉繁，衆家之籍，日以孳廣，晉代摯虞苦覽者之勞倦，於是芟翦繁蕪，自詩賦下各為條貫，合而編之，謂之《流別》。」李充之《翰林論》，鎦義慶之《集林》，沈約、丘遲之《集鈔》，放於此乎？《七略》惟有詩賦，及東漢銘誄論辯始繁，荀昺以四部變古，李充、謝靈運繼之，則集部自此著。總集者，本括囊別集為書，故不取六藝史傳諸子，非曰別集為文，其他非文也。《文選》上承其流，而稍入詩序、史贊、《新書》、《典論》諸篇，故名不曰集林、集鈔，然已痟矣。其序簡別三部，蓋總集之成法，顧已迷誤其本。以文辭之封域相格，慮非摯虞、李充意也。《經籍志》別有《文章英華》三十卷、《古今詩苑英華》十九卷，皆昭明太子撰，又以詩與雜文為異，即明昭明義例不純。〈文選序〉率爾之言，不為恆則。㉔

然而詳察章氏的批評，實在也沒有什麼道理，如莊周、荀卿之書固然出於沈思，呂氏、淮南之書固然帶有翰藻，但是分別課以「沈思翰藻」，顯然不足以勝任，所以蕭統一概摒除不選；又如蕭統選了漢高祖〈大風歌〉、古詩十九首，而憖遺甚多漢晉的樂府，這大概受到卷數的限制，不得不割愛，朱彝尊〈書玉臺新詠後〉說：「昭明《文選》初成，聞有千卷，既而略其蕪穢，集其精英，存三十卷。」如果這個說法屬實，那麼章太炎所計蕭統該選入的篇章，可能原先沒有遺漏，只是後來為存三十卷數而將它汰去了；又如謀夫、辯士的言說，蕭統已明辨其「事異篇章」，也就是不合「義歸乎翰藻」的條件，章氏硬要列為「文之一種」，這是強人所難。先前，章學誠也

㉔ 以上三段見注❸所引駱鴻凱書，頁一七～一八引，今本章太炎《國故論衡》（臺北，廣文，一九七三年六月）所收〈文學總略〉一文，缺中間一段，而且文字也有差異。

有微辭，《文史通義・詩教》說：

> 賈誼〈過秦〉，蓋〈賈子〉之篇目也，因陸機〈辨亡〉之論，規仿〈過秦〉，遂援左思「著論準〈過秦〉」之說，而標體為論矣。魏文《典論》，蓋猶桓子《新論》、王充《論衡》之以論名書耳，〈論文〉其篇目也。今與六代〈辨亡〉諸篇同次於論，然則昭明自序所謂「《老》《莊》之作，《管》《孟》之流，以立意為宗，不以能文為本」，其例不收諸子篇次者，豈以有取斯文，即可裁篇題論，而改子為集乎？

章學誠批評蕭統標明不選子書，卻選了賈誼〈過秦論〉、曹丕《典論・論文》，它們也是屬於子書範圍。可是賈誼、曹丕之書，被認定爲子書，是後來的事，在蕭統那個時代不一定將它視如《老》《莊》《管》《孟》之流。章學誠以今律古，恐怕也不妥當。

至於對選文去取之間，有異議者還很多，如譏其「入選之文有贋品者」、「入選之文有事與人不足錄者」、「入選之文道理事理文理俱無者」、「入選之文失於滑澤者」、「未選之文有宜取者」等㉕。不過，這些批評在我們看來都是細微末節，無損於《文選》本身的價値。張戒《歲寒堂詩話》說：「近時士大夫以蘇子瞻譏《文選》去取之謬，遂不復留意。殊不知《文選》雖昭

㉕ 詳見注❸所引駱鴻凱書，頁二八～三一。

明所集，非昭明所作，秦漢魏晉奇麗之文盡在，所失雖多，所得不少。作詩賦四六，此其大法，安可以昭明去取一失而忽之？」張氏所說，頗爲公允。其實，值得我們留意的是蕭統所選的文章，跟他的選旨是否相符，而不是去計較還有那些文章他沒有選入。嚴格的說，《文選》不是七代的文學，而是一個觀念的文學，也就是說它是用一個觀念來統攝七代中合此觀念的文學，所以它不必面面顧到，盡採天下的遺文。在這樣的認識下，我們查驗《文選》全書，也實在找不出一篇不合選旨的文章㉖，可見《文選》這個標幟是不容懷疑的。

五

魏晉以來，除了文學本身在變㉗，文學理論也在變，有的主張法古，轉爲守舊；有的崇尚靡

㉖ 呂興昌〈昭明文選的選文標準〉說：「從純文學的觀點看，蕭統的理論基礎是相當狹隘的，他所選的文章也充滿著非文學的作品，不過，後人不能以此說他是鄙陋的，當他收集這些文章時，只是想把它們當作作文的範本，壓根兒沒想到別人的觀點會不會同意。」（刊於《現代文學》，第四六期（一九七二年三月），頁二〇三～二〇四）呂氏說蕭統的理論基礎狹隘，這是一種誤解。他又說蕭統所選的文章也充滿著非文學的作品，我們不知道他所謂「文學」的定義是什麼，可以肯定的是他還沒有弄清楚「事出於沈思，義歸乎翰藻」的意義，才會有《文選》中有非文學作品的誤判。

㉗ 如古體五言詩，逐漸變爲律詩；兩漢魏晉大賦、宋齊俳賦，逐漸變爲律賦；魏晉駢文，逐漸變爲四六

麗，勇於趨新。前者如裴子野〈雕蟲論〉：

> 自是閭閻年少，貴游總角，罔不擯落六藝，吟詠情性。學者以博依為急務，謂章句為專魯。淫文破典，斐爾為功，無被於管絃，非止乎禮義。深心主卉木，遠致極風雲，其興浮，其志弱。巧而不要，隱而不深，討其宗途，亦有宋之風也。

裴氏對當時「閭閻年少，貴游總角」有這樣的批評，正顯示他是主張爲文止於禮義，尙法六藝的。《梁書．裴子野傳》說：「子野爲文典而速，不尙麗靡之詞。其製作多法古，與今文體異。當時或有詆訶者，及其末皆翕然重之。」可見裴氏也是一個能踐履自己理論的人。後者如蕭綱〈與湘東王書〉：

> 比見京師文體，儒鈍殊常，競學浮疏，爭為闡緩。玄冬修夜，思所不得。既殊比興，正背風騷。……又時有效謝康樂、裴鴻臚文者，亦頗有惑焉。何者？謝客吐言天拔，出於自然，時有不拘，是其糟粕。裴氏乃是良史之才，了無篇什之美。是為學謝，則不居其精華，但得其冗長。師裴，則蔑絕其所長，惟得其所短。謝故巧不可階，裴亦質不宜慕。

蕭氏不但爲其藻繪之說張目，還把他的對手裴子野罵了一頓。蕭氏是宮體詩的首創者，《梁書・簡文帝本紀》說：「雅好題詩。其序云：『余七歲有詩癖，長而不倦。』然傷於輕豔，當時號曰宮體。」所以他有這種主張，也不足爲怪了。

有人對於以上兩者無以名之，權且稱爲守舊派和趨新派㉘。介於這兩派之間，還有一折衷派的意見，如劉勰、蕭統。他們能折衷二派之所長，而無其所短，如劉勰的「志足而言文，情信而辭巧」，蕭統的「事出於沈思，義歸乎翰藻」，這是守舊派和趨新派所不曾有過的言論，而這些言論也的確沒有什麼好挑剔的。還有他們談「通變」，而不談「新變」㉙。「新變」只是一味的

體。此外，聲律、對偶、用事之講求，增強了文學的藝術美；而文、筆的分辨，也使文學多了一項特徵。

㉘ 詳見周勛初，《梁代文論三派述要》，收入羅聯添編，《中國文學史論文精選》（臺北，學海，一九八四年九月），頁五二五～五五一。

㉙ 「新變」之說，是蕭子顯提出來的，《南齊書・文學傳論》說：「習玩爲理，事久則瀆，在乎文章，彌患凡舊，若無新變，不能代雄。建安一體，《典論》短長互出；潘陸齊名，機岳之文永異。江左風味，盛道家之言，郭璞舉其靈變，許詢極其名理。仲文玄氣，猶不盡除；謝混情新，得名未盛。顏謝並起，乃各擅奇；休鮑後出，咸亦標世。朱藍共妍，不相祖述。」

㉚ 詳見《文心雕龍・通變》。蕭統雖然沒有明顯的談到「通變」，但是〈文選序〉那段「若夫椎輪爲大輅之始……」，就含有「通變」之意。而這種「踵其事而增華，變其本而加厲」的說法，跟劉勰是相近的。

變，而漫無止歸；「通變」則是「斟酌乎質文之間，檃括乎雅俗之際」、「望今制奇，參古定法」㉚，為文者可以清楚的掌握變的方向。

雖然折衷派的意見，要比守舊派和趨新派的意見爲佳，但是在兩派互相攻訐的過程中，他們卻保持緘默，沒有作過什麼聲明。而就現有的文獻來考察，他們這一派的理論，似乎也沒有受到重視。後人談及《文選》，興趣多在文章，對於他的理論經常是視而不見的。我們反觀趨新派和守舊派，前者曾經風光一時，直到隋代才遭到嚴厲的批判，李諤〈上隋高帝革文華書〉說：

> 降及後代，風教漸落。魏之三祖，更尚文詞，忽君人之大道，好雕蟲之小藝。下之從上，有同影響，競騁文華，遂成風俗。江左齊梁，其弊彌甚，貴賤賢愚，唯務吟詠。遂復遺理存異，尋虛逐微，競一韻之奇，爭一字之巧。連篇累牘，不出月露之形；積案盈箱，唯是風雲之狀。世俗以此相高，朝廷據茲擢士。祿利之路既開，愛尚之情愈篤，於是閭里童昏，貴遊總丱，未窺六甲，先制五言。至如羲皇舜禹之典，伊傅周孔之說，不復關心，何嘗入耳？以傲誕為清虛，以緣情為勳績，指儒素為古拙，用詞賦為君子。故文筆日繁，其政日亂。良由棄大聖之軌模，構無用以為用也。損本逐末，流徧華壤，遞相師祖，久而愈扇。

後者沒有遭到什麼批判，倒是得到道學家、理學家的呼應，而助長了勢力。王通《中說・天地》說：「學者博誦云乎哉？必也貫乎道；文者苟作云乎哉？必也濟乎義。」李漢〈昌黎先生集序〉說：「文者，貫道之器也。」柳宗元〈答韋中立論師道書〉說：「始吾幼且少，爲文章以文辭爲工。及長，乃知文者以明道，是固不苟爲炳炳烺烺、務釆色、誇聲音而以爲能者。」周敦頤《通書》說：「文，所以載道也。」只有折衷派的理論，一直淹沒不彰，我們實在無法想像是什麼緣故。不過，我們重新反省這段歷史，仍不得不承認折衷派的理論有其優越性，因爲它爲「文學」標出了最豐富的意涵。我想蕭統在這一點上，有其不可抹滅的貢獻。只是蕭統的文學觀念，只作了概括性的提示，有關創作的途徑、認定的方法等，都沒有展開，而有待我們去努力。

（本文原刊載於《問學集》，第一期，一九九〇年十一月。）

敦煌文學在研究上運用的問題

敦煌莫高窟藏經洞出現的寫卷中，有一部分是文學作品，時在唐、五代間，大家習慣稱它爲「唐代俗文學」或「敦煌文學」；而爲了論說方便，近來多逕稱「敦煌文學」，以有別於其他唐代俗文學和標識發現地的特殊性。

雖然「敦煌文學」這個名稱還沒有引發什麼爭議，但對於它的指涉對象卻已有不同看法。有人只把寫卷中的變文、詩歌（含詞文）、曲子詞、話本、俗賦、雜文（議論文）等列入❶；有人還增加表疏、書啓、契狀、帖牒、傳記、題跋、文錄、頌箴、碑銘、祭文、講經文、因緣（緣起）、押座文和解座文等項❷。這涉及文學觀和論說取向的差異，這裡不打算細加追究。但有一

❶ 見傅芸子，〈敦煌俗文學之發見及其展開〉，收於周紹良、白化文編，《敦煌變文論文錄》（臺北，明文，一九八五年一月），上册，頁一三四～一四四；張錫厚，《敦煌文學》（臺北，國文天地，一九九三年七月），頁一六～一八。

個現象卻不得不給予留意，那就是許多人在研究上利用敦煌文學來證成某些「事實」或塡補某段「空白」，而有意無意的誇大了敦煌文學的功能，以至看不到還有什麼更切實際的運用途徑。

大致上，當今研究敦煌文學的人，無論在文字的校勘、制事的考證，或各種專題的研究，都有不錯的成績❸。只是再把這些研究結果運用到別的研究上時，就難免有推論太過或偏頗的嫌疑。個中原委，也該有人來作一徹底的探討了。現在這裡準備擇取變文、詩歌、曲子詞等幾項主要類別，嘗試來考察它們被過度利用或片面強調的情況。首先，我們看看變文、詩歌、曲子詞個別被利用或強調的實例：

在變文方面，王慶菽〈試談「變文」的產生和影響〉、馮宇〈漫談「變文」的名稱、形式、淵源及影響〉、程毅中〈關於變文的幾點探索〉❹等文，都認爲變文韻散夾雜的體裁和生動活潑的敍事方式，對後世的寶卷、彈詞、諸宮調等講唱文學，甚至唐傳奇、宋話本、明清章回小說等

---

❷ 見周紹良，《敦煌文學芻議及其它》（臺北，新文豐，一九九二年二月），頁四～六三。

❸ 相關的論文著錄或介紹，可參見吳其昱〈八十年來之敦煌學〉，刊於《漢學研究通訊》，第五卷第四期，一九八六年十二月；鄭阿財，〈敦煌學研究論文著作目錄稿〉，刊於《敦煌學》，第十二輯，一九八七年二月；鄭金德，《敦煌學》（臺北，佛光，一九九三年八月），頁一八三～二二〇。此外，漢學研究中心於一九九一年六月編印的《第二屆敦煌學國際研討會論文集》，以及新文豐出版公司於一九九三年印行完成的「敦煌學導論叢刊」，也能提供最近的一些研究成果。

❹ 三篇都收入注❶所引周紹良、白化文所編書。

通俗文學，都有決定性的影響。先不要說他們對於「影響」概念還欠分辨❺，就說這種「單方向」影響是否可能。我們都知道敦煌文學是在「夤緣際會」下聚集，很難說先前或同時沒有類似的體裁；而基於對閱聽對象的考慮，有關體裁的設計也會隨時改變，各體裁間的「相互吸收」或「各別苗頭」都有可能，豈可執著變文「出現」較早（這是今人所見，實情未必如此）一端，就判定變文的「優先性」？顯然這是推論太過了❻。

在詩歌方面，張錫厚《敦煌文學》、項楚《敦煌詩歌導論》等書，對於敦煌詩歌（特別是王梵志體詩）給予極高的評價，認爲那些詩歌多能揭露「社會矛盾」、反映下層人民「生活疾苦」和「思想情緒」，符合現實主義的精神；但對於王梵志體詩中表達佛教思想（如描繪地獄狀況和講因果輪迴）的部分，卻又斥爲「有著濃厚的迷信色彩」，只能「適應地主階級鞏固反動統治的政治需要，把人民引向皈依佛教的錯誤道路」❼。這是受到現實政治的制約（特指中國大陸的現

❺「影響」的問題，不如他們所想的那麼單純，它涉及的層面甚廣。這方面的研究，可參見李達三、劉介民主編，《中外比較文學研究》（臺北，學生，一九九〇年九月），第一冊（下），頁四一五～四九〇。

❻當今所見的文學史（主要如鄭振鐸《中國俗文學史》、劉大杰《中國文學發展史》、王忠林等《中國文學史初稿》等），幾乎都同樣見解（後出的大都沿襲前說），而很少有人反省到推論本身的問題。

❼見注❶所引張錫厚書，頁五四～七三；項楚，《敦煌詩歌導論》（臺北，新文豐，一九九三年五月），頁二八九～三三三。

況）而作的片面強調，跟敦煌詩歌流行時的實情，恐怕有一大段距離。又黃永武《敦煌的唐詩》一書，從字義、制度、音律、修辭、語彙、辨僞等方面，確定敦煌詩歌（特指今存詩篇）可以給今人的唐詩研究，提供許多寶貴的資料和啓示❽。這如果作爲自己對唐詩「應該」如何的看法，並沒有什麼不可以；但如果要當它是唐詩的原貌，就有片面強調敦煌詩歌特別「優質」的疑慮。因爲我們無法保證原作者不會遺誤而抄寫者也不致犯錯，要如何依據傳世唐詩不同於敦煌唐詩而以敦煌唐詩爲實際的唐詩❾？

在曲子詞方面，張錫厚《敦煌文學》吸收王重民《敦煌曲子詞集·敍錄》及〈陰法魯序〉、任二北《敦煌曲初探》等研究成果，以爲敦煌曲子詞（歌辭）可以證明崔令欽《敎坊記》所載曲名（無曲詞）的可靠而爲宋詞的先河，同時敦煌曲子詞兼有浪漫主義和現實主義色彩的藝術手

❽ 見黃永武《敦煌的唐詩》（臺北，洪範，一九八七年五月），序，頁二～九。

❾ 如崔顥〈黃鶴樓〉詩，首句「昔人已乘黃鶴去」，敦煌本（P三六一九）作「昔人已乘白雲去」（其他字詞也略有不同），黃永武肯定原詩應作「乘白雲」，而不作「乘黃鶴」。但所傳本有「乘黃鶴」、「乘白雲」兩個本子，如何確定敦煌寫本一定抄的是崔顥的原詩？又如李白〈望廬山瀑布水〉詩二首之一（「西登香鑪峯」），敦煌本（P二五六七）題爲《瀑布水》，且字句多不一樣，而黃永武卻能指出當中部分文字經傳本擅改而敦煌本能存其眞（以上分見《敦煌的唐詩》，頁二二一～二二四、一九～二二），反不懷疑自己也在臆測？按：本文所引敦煌寫卷篇目都據黃永武《敦煌遺書最新目錄》（臺北，新文豐，一九八六年九月），而原文檢索也依黃永武主編由新文豐出版公司影印出版的《敦煌寶藏》。

法，也給文人詞的創作提供可資借鑑的機會，爲中國詞學的發展作出寶貴的貢獻❿。前者試圖解決「詞」的起源問題，卻犯了推論太過的毛病。因爲要找詞的起源，儘可到《樂府詩集》（錄有王胄等〈紀遼東〉四首）、《古今樂錄》（錄有梁武帝〈江南弄〉七首）、《隋書》（錄有牛弘等〈上壽歌辭〉）、《全唐詩》（錄有長孫無忌〈新曲〉二首、閻朝隱〈采蓮女〉、王勃〈新曲〉）等書中去找⓫；而唐以前的各體樂府詩、近體詩，也不無發揮相當程度的「形塑」詞的作用（前人常稱詞起於樂府詩和近體詩，不無道理），敦煌曲子詞實在不足以當作詞的源頭。後者仍是現實政治制約下的偏見使然，完全不顧民間詞也有從文人詞借鑑的可能性（特別是體式的創造或改良方面）。

從以上的辨析，可以看出今人利用敦煌文學來解決文學史上的某些問題，並沒有什麼實質效果。倒是經由這段「曲折」的歷程，讓我們體會到研究者假藉敦煌文學爲自己的文學理念或政治立場「張目」的企圖：如五四以來，主張白話文價值高於文言文的人（這背後又隱含了啓迪民智、共創國運的政治動機），自然不會放過這些「口語化」的作品而藉機渲染一番⓬；又如當今

❿ 見注❶所引張錫厚書，頁二一～四四、一三七～一三八。

⓫ 參見蘇瑩輝，《敦煌學概要》（臺北，五南，一九九二年五月），頁六八～六九。

⓬ 鄭振鐸曾說「『俗文學』不僅成了中國文學史主要的成分，且也成了中國文學史的中心」（這跟胡適《白話文學史》同樣見解），但這是依觀看角度或價值預設而定，並無中心不中心的問題。更何況他也

大陸學者，爲了維護社會主義的政治體制，總要強調社會的矛盾（黑暗）面和民間的疾苦，藉爲剷除「階級敵人」的殘餘勢力，而每遇有記載「不平」事跡的文獻，就都成了他們藉來發揮的好對象，敦煌文學的存在自然是個大「引子」，不免招來各地的好手「盡瘁於斯」了。

然而，在這一片「喊好」聲中，我們不能不靜下來想想：文言和白話只是「語用」的不同，並沒有本質（語音、語法、語意）的差異⓭，爲何要再藉敦煌文學來塑造文言和白話「二元對立的神話」？更何況白話在當今已經這麼普遍（不像民初那樣遭遇舊勢力的阻礙⓮），敦煌文學所能提供借鑑的功能幾乎沒有了呢！因此，像敦煌文學中的詩歌或曲子詞，除了個別探討它的內涵（如果還可著力的話），恐怕再也沒有什麼「利用」價值了。至於變文，因爲體製特殊，還可以跟今天的教學或傳道「形式」，比比優劣，也許可以讓多數從事教學或傳道的人，曉悟自己的教學或傳道方式可能呆板了些；同時對於古代實際經講中有專人負責向講師質疑問難，或由聽衆自由向講師詰問論辯的風氣⓯，也大可擴大宣揚，以徹底改善當今教學或傳道偏向單方向灌輸或傳

無法處理這些被他凸顯，卻「不登大雅之堂，不爲學士大夫所重視」的俗文學所隱含的矛盾。引文見鄭振鐸，《中國俗文學史》（臺北，商務，一九八六年十月），頁一～二。

⓭ 參見張漢良，《比較文學理論與實踐》（臺北，東大，一九八六年二月），頁一二一～一二七。

⓮ 參見司馬長風，《中國新文學史》（臺北，傳記文學，一九九一年十月），上册，頁五三～六二。

⓯ 參見孫楷弟，〈唐代俗講軌範與基本之體裁〉，收於注❶周紹良、白化文所編書，頁一〇一～一一三。

授的「不合理」現象。如果說敦煌文學還有「功用」的話，那大概就在這一點上了。

（本文原刊載於《國文天地》，第九卷第十一期，一九九四年四月。）

後記

繼《秩序的探索——當代文學論述的省察》後，再出版這本論文集，不免會有一點特別的感觸。在這數年間，前後還完成了碩士論文《詩話摘句批評研究》和博士論文《臺灣光復以來文學理論探究》，對於傳統的文學批評和當代的文學理論有過較爲系統的探討；而這兩本論文集，是針對一些重要的文學課題進行「廣面」和「深化」的論述，合而顯示了個人對文學的一套看法。

就爲了這套看法的成型，不知道已經遭遇多少的自我磨難和外界考驗。別人所看到的是我的文章一篇篇的出來，卻料想不到我爲突破眼前的困境曾經如何的焦慮。「不踐前人舊形迹，獨驚斯世擅風流」，這是張耒評黃庭堅詩中的兩句話，我不敢引爲自比，但願能勉力走出「前人舊形迹」，迎向充滿無限可能的未來（至於是否會在「斯世擅風流」，那已經不是我所在意或必要叨念的了），快活的過日子。先前的困慮勉行，所圖謀的就這麼一點罷了。

現在這本論文集，所標記的也是我長期以來在文學領域尋求出路的一段心迹。書中所收文章，普遍有一個嶄向：就是當今所見文學研究，多半只停在爲「已經過去的人」服務階段，看不出在現實情境中具有什麼意義或能起什麼作用，更別說還能引導未來文學研究的走向；而本書中各文，基本上都在開發一條由過去到現在且通往未來的研究途徑，不論所發掘的課題或所研究的結果、甚至所採行的研究方案，相信多少都可供當下或未來相關的研究參考。當然，我這樣說，並無意要塑造什麼「特定」或「唯一」的模式，那裡頭仍有相當寬廣的空間可供「游刃」。有興趣也來走一回的人，諒必都會感受得到。

再度承蒙東大圖書公司慨允出版，感激之餘，最難忘懷的還是那股體貼讀書人的溫情！友人界華兄和中曾兄答應爲本書寫序，分別從論述立場和論述旨趣來作「提要」和「導論」，給本書增色不少，盛情一樣令我銘感！在學術研究這條路上，走來雖然艱苦，但並不寂寞；這裡有親人的體諒支持、師友的教誨鼓勵、出版界先進的協助玉成……在在都讓我忘掉沿途的坑陷和障礙，而不時能一股作氣的邁向每一個標的。如果說這幾年的努力還有一點成績的話，可以肯定它不是專屬於我的。

面對二十世紀末這個擾動不安的年代，有這本書跟讀者見面，在我來說另有一份可「別爲期待」的意義。文學界所有的「混亂」局面，其他領域也同樣存在，而「混亂」所以爲「混亂」，未必全是「本質」上的，更多的是人自我「無明」造成的。如何擺脫「無明」而過比較「正常」

的生活，也就成了我們這代人所要思考的課題。我個人以鑽研文學多年的心得，自忖已經可以跨向其他領域，繼續開發類似的道路（事實上這早就零散的在做了）。因此，往後除非有特殊緣故，不然我將「移力」到文學以外的領域去探險，也許能再發現另一種安頓生命的方式。

一九九六年元月於新店

滄海叢刊書目（一）

國學類

中國學術思想史論叢（一）～（八）	錢　　穆　著
現代中國學術論衡	錢　　穆　著
兩漢經學今古文平議	錢　　穆　著
宋代理學三書隨箚	錢　　穆　著
論語體認	姚式川　著
論語新注	陳冠學　著
西漢經學源流	王葆玹　著
文字聲韻論叢	陳新雄　著
楚辭綜論	徐志嘯　著

哲學類

國父道德言論類輯	陳立夫　著
文化哲學講錄（一）～（六）	鄔昆如　著
哲學與思想	王曉波　著
內心悅樂之源泉	吳經熊　著
知識、理性與生命	孫寶琛　著
語言哲學	劉福增　著
哲學演講錄	吳　　怡　著
日本近代哲學思想史	江日新　譯
比較哲學與文化（一）（二）	吳　　森　著
從西方哲學到禪佛教——哲學與宗教一集	傅偉勳　著
批判的繼承與創造的發展——哲學與宗教二集	傅偉勳　著
「文化中國」與中國文化——哲學與宗教三集	傅偉勳　著
從創造的詮釋學到大乘佛學——哲學與宗教四集	傅偉勳　著
佛教思想的現代探索——哲學與宗教五集	傅偉勳　著
中國哲學與懷德海	東海大學哲學研究所主編

從哲學的觀點看	關子尹 著
中國死亡智慧	鄭曉江 著
後設倫理學之基本問題	黃慧英 著
道德之關懷	黃慧英 著
異時空裡的知識追逐 ——科學史與科學哲學論文集	傅大為 著

宗教類

天人之際	李杏邨 著
佛學研究	周中一 著
佛學思想新論	楊惠南 著
現代佛學原理	鄭金德 著
絕對與圓融 ——佛教思想論集	霍韜晦 著
佛學研究指南	關世謙 譯
當代學人談佛教	楊惠南編著
從傳統到現代 ——佛教倫理與現代社會	傅偉勳主編
簡明佛學概論	于凌波 著
修多羅頌歌	陳慧劍譯著
禪話	周中一 著
佛家哲理通析	陳沛然 著
唯識三論今詮	于凌波 著

應用科學類

壽而康講座	胡佩鏘 著

社會科學類

中國古代游藝史 ——樂舞百戲與社會生活之研究	李建民 著
憲法論叢	鄭彥棻 著
憲法論集	林紀東 著
國家論	薩孟武 譯
中國歷代政治得失	錢穆 著
先秦政治思想史	梁啟超原著、賈馥茗標點
當代中國與民主	周陽山 著

釣魚政治學	鄭赤琰 著
政治與文化	吳俊才 著
中華國協與俠客清流	陶百川 著
世界局勢與中國文化	錢　穆 著
海峽兩岸社會之比較	蔡文輝 著
印度文化十八篇	糜文開 著
美國社會與美國華僑	蔡文輝 著
日本社會的結構	福武直原著、王世雄 譯
文化與教育	錢　穆 著
開放社會的教育	葉學志 著
大眾傳播的挑戰	石永貴 著
傳播研究補白	彭家發 著
「時代」的經驗	汪　琪、彭家發 著
新聞與我	楚崧秋 著
書法心理學	高尚仁 著
書法與認知	高兆仁、管唐慧 著
清代科舉	劉兆璸 著
排外與中國政治	廖光生 著
中國文化路向問題的新檢討	勞思光 著
立足臺灣，關懷大陸	韋政通 著
開放的多元化社會	楊國樞 著
現代與多元 ——跨學科的思考	周英雄主編
臺灣人口與社會發展	李文朗 著
財經文存	王作榮 著
財經時論	楊道淮 著
經營力的時代	青龍豐作著、白龍芽 譯
宗教與社會	宋光宇 著

史地類

古史地理論叢	錢　穆 著
歷史與文化論叢	錢　穆 著
中國史學發微	錢　穆 著
中國歷史研究法	錢　穆 著
中國歷史精神	錢　穆 著
中華郵政史	張　翊 著

憂患與史學　杜維運 著
與西方史家論中國史學　杜維運 著
清代史學與史家　杜維運 著
中西古代史學比較　杜維運 著
歷史與人物　吳相湘 著
歷史人物與文化危機　余英時 著
共產國際與中國革命　郭恒鈺 著
共產世界的變遷
——四個共黨政權的比較　吳玉山 著
俄共中國革命祕檔（一九二〇～一九二五）　郭恒鈺 著
抗日戰史論集　劉鳳翰 著
盧溝橋事變　李雲漢 著
歷史講演集　張玉法 著
老臺灣　陳冠學 著
臺灣史與臺灣人　王曉波 著
變調的馬賽曲　蔡百銓 譯
黃　帝　錢穆 著
孔子傳　錢穆 著
宋儒風範　董金裕 著
弘一大師新譜　林子青 著
精忠岳飛傳　李安 著
鄭彥棻傳　馮成榮 著
張公難先之生平　李飛鵬 著
唐玄奘三藏傳史彙編　釋光中 編
一顆永不殞落的巨星　釋光中 著
新亞遺鐸　錢穆 著
困勉強狷八十年　陶百川 著
困強回憶又十年　陶百川 著
我的創造・倡建與服務　陳立夫 著
我生之旅　方治 著
逝者如斯　李孝定 著

語文類

文學與音律　謝雲飛 著
中國文字學　潘重規 著
中國聲韻學　潘重規、陳紹棠 著

文字聲韻論叢　陳新雄 著
魏晉南北朝韻部之演變　周祖謨 著
詩經研讀指導　裴普賢 著
莊子及其文學　黃錦鋐 著
管子述評　湯孝純 著
離騷九歌九章淺釋　繆天華 著
陶淵明評論　李辰冬 著
鍾嶸詩歌美學　羅立乾 著
杜甫作品繫年　李辰冬 著
唐宋詩詞選
——詩選之部　巴壺天 編
唐宋詩詞選
——詞選之部　巴壺天 編
清真詞研究　王支洪 著
苕華詞與人間詞話述評　王宗樂 著
優游詞曲天地　王熙元 著
月華清　樸月 著
梅花引　樸月 著
元曲六大家　應裕康、王忠林 著
四說論叢　羅盤 著
紅樓夢的文學價值　羅德湛 著
紅樓夢與中華文化　周汝昌 著
紅樓夢研究　王關仕 著
紅樓血淚史　潘重規 著
中國文學論叢　錢穆 著
牛李黨爭與唐代文學　傅錫壬 著
迦陵談詩二集　葉嘉瑩 著
西洋兒童文學史　葉詠琍 著
一九八四　George Orwell原著、劉紹銘 譯
文學原理　趙滋蕃 著
文學新論　李辰冬 著
文學圖繪　周慶華 著
分析文學　陳啟佑 著
學林尋幽
——見南山居論學集　黃慶萱 著
中西文學關係研究　王潤華 著

魯迅小說新論	王潤華 著
比較文學的墾拓在臺灣	古添洪、陳慧樺主編
從比較神話到文學	古添洪、陳慧樺主編
神話即文學	陳炳良等譯
現代文學評論	亞菁 著
現代散文新風貌	楊昌年 著
現代散文欣賞	鄭明娳 著
葫蘆・再見	鄭明娳 著
實用文纂	姜超嶽 著
增訂江皋集	吳俊升 著
孟武自選文集	薩孟武 著
藍天白雲集	梁容若 著
野草詞	韋瀚章 著
野草詞總集	韋瀚章 著
李韶歌詞集	李韶 著
石頭的研究	戴天 著
寫作是藝術	張秀亞 著
讀書與生活	琦君 著
文開隨筆	糜文開 著
文開隨筆續編	糜文開 著
印度文學歷代名著選（上）（下）	糜文開編譯
城市筆記	也斯 著
留不住的航渡	葉維廉 著
三十年詩	葉維廉 著
歐羅巴的蘆笛	葉維廉 著
移向成熟的年齡——1987～1992詩	葉維廉 著
一個中國的海	葉維廉 著
尋索：藝術與人生	葉維廉 著
從現象到表現——葉維廉早期文集	葉維廉 著
解讀現代・後現代——文化空間與生活空間的思索	葉維廉 著
山外有山	李英豪 著
知識之劍	陳鼎環 著
還鄉夢的幻滅	賴景瑚 著

大地之歌	大地詩社　編
往日旋律	幼　柏　著
鼓瑟集	幼　柏　著
耕心散文集	耕　心　著
女兵自傳	謝 冰 瑩　著
詩與禪	孫 昌 武　著
禪境與詩情	李 杏 邨　著
文學與史地	任 遵 時　著
抗戰日記	謝 冰 瑩　著
給青年朋友的信（上）（下）	謝 冰 瑩　著
冰瑩書柬	謝 冰 瑩　著
我在日本	謝 冰 瑩　著
大漢心聲	張 起 鈞　著
人生小語（一）～（七）	何 秀 煌　著
人生小語（一）（彩色版）	何 秀 煌　著
記憶裡有一個小窗	何 秀 煌　著
回首叫雲飛起	羊 令 野　著
康莊有待	向　陽　著
湍流偶拾	繆 天 華　著
文學之旅	蕭 傳 文　著
文學邊緣	周 玉 山　著
文學徘徊	周 玉 山　著
無聲的臺灣	周 玉 山　著
種子落地	葉 海 煙　著
向未來交卷	葉 海 煙　著
不拿耳朵當眼睛	王 讚 源　著
古厝懷思	張 文 貫　著
材與不材之間	王 邦 雄　著
劫餘低吟	法　天　著
忘機隨筆 ——卷一・卷二・卷三・卷四	王 覺 源　著
詩情畫意 ——明代題畫詩的詩畫對應內涵	鄭 文 惠　著
文學與政治之間 ——魯迅・新月・文學史	王 宏 志　著
洛夫與中國現代詩	費　勇　著

老舍小說新論	王潤華 著

美術類

音樂人生	黃友棣 著
樂圃長春	黃友棣 著
樂苑春回	黃友棣 著
樂風泱泱	黃友棣 著
樂境花開	黃友棣 著
樂浦珠還	黃友棣 著
音樂伴我遊	趙琴 著
談音論樂	林聲翕 著
戲劇編寫法	方寸 著
與當代藝術家的對話	葉維廉 著
藝術的興味	吳道文 著
根源之美	莊申 著
扇子與中國文化	莊申 著
從白紙到白銀	莊申 著
畫壇師友錄	黃苗子 著
水彩技巧與創作	劉其偉 著
繪畫隨筆	陳景容 著
素描的技法	陳景容 著
建築鋼屋架結構設計	王萬雄 著
建築基本畫	陳榮美、楊麗黛 著
中國的建築藝術	張紹載 著
室內環境設計	李琬琬 著
雕塑技法	何恆雄 著
生命的倒影	侯淑姿 著
文物之美 ——與專業攝影技術	林傑人 著

～涵泳浩瀚書海　激起智慧波濤～